Kaye Alden

Bonsai Beasts - Hamsterherz

Bonsai Beasts 1

D1730257

Kaye Alden

Bonsai Beasts:
HAMSTERHERZ

Bonsai Beasts 1

Gay Romance Roman

Informationen über die Autorin findest du hier:
www.kaye-alden.de

Originalausgabe, Auflage 1

ISBN: 9781099617164

Herausgeber:
Kaye Alden
c/o Papyrus Autoren-Club, R.O.M. Logicware GmbH
Pettenkoferstr. 16-18
10247 Berlin

Covergestaltung: Sylvia Ludwig, cover-fuer-dich.de

STOCKPHOTOS
Teddy hamster: Uki_71/pixabay.com
Sporty handsome young man model: Alones/shutterstock.com
Hamster, black and white: freeart/shutterstock.com

Gay Romance

KAPITEL I

Einzelgänger hatten nichts in Pubs verloren. Die meisten Wandler um Joshua herum waren dementsprechend Rudel-, Schwarm- und Gruppentiere: Mäuse, Ratten, Chinchillas, Spatzen. Alles, was klein war, fand im *Bonsai Beast* nach Feierabend ein zweites Zuhause.

Hamster wie er waren eher selten anzutreffen. Aber manchmal zog es auch Joshua hierher. Besonders nach einer zu langen Woche mit viel zu vielen Stunden im Krankenhaus, davor waren selbst Personalsachbearbeiter nicht gefeit.

Ebenso wenig wie dagegen, im trüben Sumpf zu versinken, weil er seinen Gefährten noch immer nicht gefunden hatte. Joshua fühlte sich wie ein Fehlschlag. Seine Zwillingsschwester war mit ihrer Gefährtin glücklich in Toronto, seine großen Brüder wohnten mit ihren Gefährtinnen nun an der Ostküste.

Nur er hing nach wie vor allein herum und wurde bedrohlich älter. Dreißig schon, vor einer Woche geworden. Sein Verfallsdatum rückte näher. Ungebundene Wandler wurden nicht alt, kurzlebige wie Hamster noch viel weniger.

Joshua trank einen Schluck Bier. *Two Wolves*. Die meisten Kleinwandler mochten es, den Spieß einmal umzudrehen und große Raubtiere zu fressen. Selbst wenn es nur in Form von veganer Flüssigkeit war. Joshua auch.

Er hätte bei Cayden anklingeln sollen, ob der Lust hatte, eben mitzukommen. Mit seinem besten Freund ließ es sich viel besser gegen Frust antrinken, und als Eichhörnchenwandler konnte der natürlich ebenfalls ins *Bonsai Beast*. Jetzt war es zu spät und Joshua müde. Kein Wunder nach *der* Woche.

Er gähnte und leerte sein Glas. Zeit, zurück ins Krankenhaus zu huschen, sich anzuziehen und nach Hause zu fahren. Zum Glück hatte er das Wochenende frei. Da durfte er endlich wieder ausschlafen, statt um fünf Uhr morgens – also mitten in seiner Nacht – auf der Matte stehen zu müssen. Joshua war Nachtmensch, und meistens gab das keine Probleme, denn viele Kollegen wollten lieber Frühschichten arbeiten. Doch es klappte eben nicht jedes Mal.

»Noch eins, Josh?« Oscar, der glatzköpfige Ochsenfrosch-Wandler und Besitzer des Pubs, schenkte ihm von hinter der Theke ein breites, sonniges Grinsen. Seine hervorstehenden Augen schienen immer in unterschiedliche Richtungen zu schauen, obwohl er kein Chamäleon war.

Joshua schüttelte den Kopf. »Das war's für mich. Danke. Zieh's von der Kreditkarte ab, okay?« Das war ein großer Vorteil hier – viele Wandler kamen in Tierform und damit ohne Geld. Wenn man seine

Daten hinterließ, ging das Bezahlen ab dem zweiten Besuch jedoch sehr unkompliziert ohne Hickhack.

Oscar nickte und machte sich eine Notiz. »Komm gut heim, pass auf dich auf.«

»Immer.« Joshua grinste. »Schönen Abend noch und nur nette Gäste.«

Bis zum Krankenhaus war es nicht weit. Was sollte da schon passieren? Inmitten von Vancouver gab es kaum freilaufende Hunde und Katzen, und gegen anderes Kleingetier wie Ratten kam er gut an. Kampfhamster hatte ihn Cayden einmal genannt. Und im Zweifelsfall konnte er sich immer noch verwandeln. War zwar nicht toll, splitterfasernackt auf der Straße zu stehen, aber ein Ausweg.

Er schob sich durch den vollen Schankraum, während Stimmengewirr um ihn herumwusch, gedämpfter als in normalen Kneipen. Wandler hatten fast durch die Bank weg feine Ohren. Er winkte einem Bekannten zu, dann bog er in den Gang ab, der zu den Toiletten und den Umkleiden führte. Männer und Frauen brav getrennt, weil das die Vorgabe der Behörden war, obwohl die meisten Wandler ein sehr unkompliziertes Verhältnis zu Nacktheit hatten. Ging wohl mit der Wandlung einher. Zusätzlich gab es einen dritten Raum für alle, die sich weder dem einen, noch dem anderen Geschlecht zugehörig fühlten, und für jeden, der wollte.

Dieser war ganz vorne, also nahm Joshua diese Tür. Gähnend warf er den Kaftan, den das *Bonsai Beast* für in Tiergestalt ankommende Gäste bereithielt, in einen der Wäschekörbe. Auch das eine Vorgabe der Behörden; nicht zu viel Nacktheit. Er stellte die Leih-Schlappen daneben ab und wandelte.

Der Raum um ihn verlor an Farbe, schien zu wachsen. Alles, was sich weiter als einen Meter von seiner Nase entfernt befand, wurde unscharf. Dafür nahmen die Gerüche drastisch zu. Joshua roch, dass vor kurzem ein Fuchs hier gewesen war, mehrere Ratten und ein Tier, das er nicht einordnen konnte. Außerdem gewann jedes Geräusch an Lautstärke.

Fröhlich wackelte er einmal mit den Ohren. Dann huschte er zu dem Tunnel hin, der den Keller, in dem das *Bonsai Beast* lag, mit der Straße verband. Wandler, die größer als kleine Katzen oder Hunde waren, passten schlicht nicht hindurch. Diese zugegebenermaßen nicht wirklich faire Vorsortierung machte das Publikum familiär. Alle waren mehr oder minder gleich. Menschliche Gefährten oder Freunde konnte man durch den Hintereingang mitnehmen.

Zwei Mäuse huschten an ihm vorbei, sie hatten die Schwänze miteinander verwunden. Ganz offensichtlich frisch verbunden, die beiden, der Geruch war eindeutig.

Joshua unterdrückte ein fröhliches Schnattern. Er liebte es, vereinigte Gefährten zu sehen. Klar machte es ihn ein wenig neidisch, aber mehr noch freute es ihn. Gefährten gehörten einfach zusammen, und irgendwann würde er seinen eigenen auch finden. Jawohl.

Am Eingang hielt er an und schnupperte nach draußen. Asphalt, Abgase, abgeschabtes Gummi von Reifen, Diesel, Hundeurin. Nichts Ungewöhnliches.

Dazu natürlich der Geruch der zahlreichen Tiere, die hier aufgrund des Pubs verkehrten. Wachsam drehte und wendete er die Ohren. Motorenbrummen, trotz der späten Stunde. Schritte und leicht trunkene Stimmen einer Gruppe Menschen weiter weg, vermutlich auf dem Weg zum nächsten Club.

Er huschte nach draußen, aus dem Schutz des Ganges, und flink am Haus entlang. Joshua liebte es, als Hamster unterwegs zu sein. Die Welt wurde eine andere, zeigte neue Facetten durch seine schärferen Sinne und dadurch, dass er nicht viel sah.

Er schnupperte. Mmh, Körner. Geröstet. Fast wäre er abgebogen und dem verlockenden Duft gefolgt. Bestimmt hatte sie jemand von einem gesunden Burger verloren. Aber das hieß nicht, dass sie von der Straße gefuttert gesund blieben. Trotzdem hatte er immer das Bedürfnis, Essen in die Backentaschen zu stopfen, sobald er an etwas vorbei kam, das gut roch.

Als er Schritte hinter sich hörte, wuselte er hastig hinter einem Blumenkübel in Deckung. Ratten und Mäuse wurden von Menschen ignoriert und in Ruhe gelassen. Hamster hingegen schienen greifende Hände und Rufe wie »Oh, wie niedlich! Das arme Kerlchen!« magisch anzuziehen. Als wollte er von jedem angefasst werden!

Die Schritte kamen näher.

Etwas über Joshua raschelte. Er zuckte zusammen, hob den Kopf, schnupperte. War das …

Im nächsten Moment stieg ihm ein verlockender, herber Duft in die Nase, der jeden anderen Sinneseindruck überlagerte. Sein Fell richtete sich auf, bis er sich wie ein kleiner Plüschball fühlte. Aufgeregtes Zittern erfasste ihn, alle Zellen in ihm begannen zu kribbeln.

Das war der Mensch, der da gerade an ihm vorbei ging! Ein Mann, sowohl vom Geruch als auch von der verschwommenen Gestalt her. Himmel, der duftete besser als die süßesten Körner, besser als Geschwisterkuschelhäufchen, besser als alles, was Joshua je erschnuppert hatte! Sein Herz begann zu pochen.

Er konnte nicht widerstehen, huschte dem Mensch hinterher. Er musste näher an ihn herankommen, musste mehr von diesem Duft einatmen. Der Mann roch wie ein Aphrodisiakum mit umgehendem Suchtfaktor. Das war es, genau! Unglaublich, dass jemand so einen Eigengeruch haben konnte. Absolut unmöglich eigentlich. Aber da lief der Kerl vor ihm her und hinterließ diese Duftspur, ohne zu ahnen, dass ein kleiner Hamster hinter ihm gerade beschloss, dass das Paradies zwei Beine hatte und …

Ein dumpfes Pochen von Pfoten auf Asphalt brachte den scharfen Gestank nach Katze mit sich.

Erschrocken quiekte Joshua auf, fuhr herum. Im nächsten Moment spürte er brennenden Schmerz, als Krallen seine Flanke aufschlitzten. Der Schlag hob ihn an, schleuderte ihn durch die Luft. Hart landete er auf dem Boden, der Atem wurde in einem lauten Quietschen aus seinen Lungen gepresst.

Scheiße, verdammt! Wo kam diese Pest her? Und wieso hatte er sie nicht bemerkt? Fuck, tat das weh!

Joshua kämpfte sich zurück auf die Pfötchen, taumelte herum und starrte in ein Maul voll riesiger, gebleckter Fangzähne unter gelben Augen.

Verwandeln. Jetzt! Egal, ob der Mensch ihn dabei sah! Stattdessen schnatterte er wütend und hilflos die Katze an, ehe er reflexartig die Backen aufplusterte, um größer zu wirken. Der Schmerz in seiner Seite machte es ihm schwer, sich zu konzentrieren. Irgendwie war das nicht das, was er sich vorgestellt hatte im unwahrscheinlichen Falle eines Angriffs. Verdammt! Er musste …

Die Katze zuckte mit der Pfote vor, und Joshua biss beherzt zu. Leider war das Monster schneller. Joshua schaffte es nicht, die Zähne in einen empfindlichen Ballen zu schlagen. Das hätte sie bestimmt auf Abstand gebracht. Wollte die ihn fressen? Wollte die spielen? Warum war die überhaupt auf der Straße? Das war gefährlich! Die konnte ruckzuck unter ein Auto geraten! Was für unverantwortliche Besitzer ließen diese Pest nach draußen?

Sie duckte sich, der Hintern ging hoch, der Schwanz peitschte aufgeregt hin und her. Stinkender Atem erreichte Joshua, bereitete ihm Übelkeit.

Scheiße, verdammt! Jetzt! Verwandeln! Jetzt! Er konzentrierte sich auf seinen Menschenkörper, auf lange Beine, kräftige Arme, einen gestreckten Körper und glatte Haut … Schmerz in seiner Seite. Adrenalin in seinen Adern. Der Gestank nach Katze. Ein Fauchen, das Summen von sich anspannenden Muskeln.

KAPITEL 2

Ein hartes Klatschen ließ ihn und die Katze gleichermaßen zusammenzucken. Laute Schritte trampelten heran.

»Hey! Weg von dem kleinen Kerl!«, dröhnte eine endlos süße Männerstimme irgendwo weit über Joshua.

Trotz aller Schmerzen und all des Adrenalins war ihm klar, dass er noch nie eine schönere gehört hatte. Nie! Oder vielleicht auch genau deswegen. Denn die Katze wich fauchend zurück. Okay, eventuell war es doch nicht so schlecht, dass Hamster zugreifende Hände anzogen. Eine Ratte hätte der Mann bestimmt nicht verteidigt.

»Wo bist du denn ausgebüchst, du Flauschkugel?« Der Mann lächelte, Joshua konnte es hören. Der Mensch ging in die Hocke, dann schlossen sich behutsam schlanke Finger um Joshua. »Alles in Ordnung mit dir?«

Joshua hatte gleichermaßen das Bedürfnis, warnend zu schnattern und sich in die warmen Handflächen zu schmiegen. Doch im nächsten Moment überwog das Gefühl von vollkommener Geborgenheit. Als könnte ihm nichts mehr geschehen, weil ein Wildfremder ihn hochgehoben hatte.

Aus der Nähe war der Duft noch viel berauschender. Wenn nur nicht gerade alles so höllisch schmerzen würde! Es fühlte sich an, als sei seine linke Seite komplett aufgerissen.

Der Mann hob ihn dichter an sein Gesicht. Er lächelte wirklich, jetzt konnte Joshua es erkennen. Und wie er lächelte! Mit sanft geschwungenen, energischen Lippen, die Joshua selbst als Hamster echt küssenswert fand. Hätte es nicht so wehgetan, hätte er sich aufgerichtet, um ihm noch ein wenig näher zu kommen.

Dunkle Augen schimmerten. Fältchen zeichneten sich in den Augenwinkeln ab, die zeigten, dass der Mann gerne lachte. Warmer Atem streifte Joshuas aschblondes Fell und brachte unvergleichliche Süße mit sich. Himmel, mit was putzte der Kerl die Zähne? So gut, wie das roch, musste da Magie mit im Spiel sein! Vor allem, da das anhielt, obwohl Joshua Cocktails wittern konnte.

»Ach, du Scheiße, du blutest ja, Fluffi! Hat dich die Katze doch erwischt?« Der Mann hob ihn noch näher an sein Gesicht.

Küss es weg? Joshua hob den Kopf und schaffte es, die Nase des Mannes mit seiner anzustoßen. Ein Prickeln rann durch seinen Körper. Oh Mann, der Kerl musste etwas im Deo haben, das ihn umnebelte! Das war doch nicht normal!

Als der Mann lachte, fühlte er das Kribbeln erneut. Heftig. Das war aber auch schön, dieses Lachen! Warm und klar und einfach perfekt.

»Du bist ja ein Süßer. Halbtot und trotzdem total zahm. Mensch, erst mal müssen wir jetzt schauen, dass wir dich versorgt bekommen.« Sacht hielt der Mann ihn mit einer Hand gegen die Brust gedrückt, während er mit der anderen sein Handy hervorholte.

Joshua hörte das leise Streichen seiner Fingerkuppen auf dem Display. Mmh, die sollten lieber durch sein Fell streicheln. Nein, was dachte er da! Ein Arzt war wichtiger. Der Blutverlust musste größer sein, als er gedacht hatte, so leicht, wie sich sein Kopf anfühlte und so dumme Gedanken, wie er hatte. Bestimmt lag er schon halb im Delirium. Aber was für ein tolles Delirium. Das durfte gerne noch ein wenig anhalten.

Eingehüllt in die Wärme und den Duft des Fremden, sicher gehalten von einer sanften Hand konnte er fast ignorieren, dass er offensichtlich gerade im Sterben lag. Dumm nur, dass ihn der Schmerz immer wieder daran erinnerte, sobald sich einer von ihnen bewegte. Joshua oder der Mann.

»Ah, da ist eine Tierklinik nur zwei Straßen weiter, Fluffi. Die haben einen Notdienst, perfekt. Halte durch, ja? Gleich bekommst du Hilfe.« Der Mann starrte auf sein Handy, orientierte sich kurz und marschierte los.

Uh, vorsichtiger. Autsch, das tut weh! Joshua ächzte, unhörbar für einen Menschen mit dessen unempfindlichen Ohren. Das Gefühl von sicherer

Geborgenheit verflog. Jede Erschütterung jedes Schrittes riss an seiner Seite. *Scheiß Katze! Drecksvieh!*

Der Weg war nicht weit, aber er wurde zur Hölle. Mit jedem Meter schien Joshuas Flanke tiefer in Feuer getaucht zu werden. Da half auch der süße Duft des Fremden nicht viel. Joshua war ihm endlos dankbar, dass er den Aufzug in den zweiten Stock zur Praxis nahm und nicht die Treppen.

»Ist sanfter für dich, denke ich mal«, murmelte der Mann. »Halte durch, Kleiner, ja? Nicht aufgeben. Aufgeben gilt nicht.«

Joshua nickte schwach. Natürlich würde er nicht aufgeben. Kam gar nicht in Frage. Er hatte zwölf Pflegehamster daheim, die warteten auf ihn. Die brauchten ihn. Außerdem wollte er diesen gut duftenden Mann kennenlernen. Das ging nicht, wenn er jetzt an ein paar Kratzern verreckte.

»Ich fasse das als eine Zustimmung auf, Flauschkugel!« Der Mann lächelte und strich ihm sehr behutsam mit einer Fingerkuppe über den Kopf.

Toll. Herrlich. Mehr! Wenn nur diese Schmerzen nicht wären! Dennoch tat es gut, weil der Mann einfach weitermachte. Es war tröstlich und irgendwie beruhigend. Da störte selbst der sterile Geruch der Tierarztpraxis nicht, in den sich neben Desinfektionsmittel der Gestank der Angst von Hunden, Katzen und anderen Tieren mischte, obwohl es nächtlich leer war.

»Hi, ich bin Daniel. Willkommen bei uns. Wie heißt der kleine Patient?«, fragte der Tierarzthelfer, der die Daten aufnahm.

»Fluffi.«

Was? Vor Empörung hätte Joshua seinem Retter fast in den Finger gebissen. Der Kerl hatte ja wohl eine Meise! Fluffi? Als Name? Dummerweise hatte Joshua keine Kraft, um seinen Unmut effektiv kundzutun. Egal. War ja nur für diesen kurzen Besuch hier.

»Ich habe ihn gerade vor einer Katze gerettet. Er gehört mir eigentlich nicht. Aber ich zahle für seine Behandlung. Ich bin Nick Bennett. Ihr könnt ihm helfen, ja?« Der Mann klang richtig besorgt.

Nick. Schöner Name. Tröstend kuschelte sich Joshua ein wenig mehr in seine Hand. *Ich halte schon durch, hab keine Angst.* Mensch, war der süß! Obwohl er ihn als Fluffi hatte eintragen lassen.

»Wir werden alles für ihn tun, was wir können. Sollte er eine Narkose brauchen, willst du die günstige Standardvariante mit Spritze oder die schonendere Version per Inhalation? Bei Kleintieren ist so eine Betäubung nicht ohne, muss ich sagen. Ich würde trotz des Preises zur Inhalation raten.« Der Tierarzthelfer beugte sich zu Nicks Händen, um einen genaueren Blick auf Joshua zu werfen.

Danke, keine Narkose. Böse funkelte Joshua ihn an. Darauf konnte er echt verzichten. Er hatte 'ne aufgeschlitzte Seite, aber das war mit ein paar Stichen zu richten.

»Dann auf jeden Fall Inhalation.« Behutsam streichelte Nick ihn mit dem Daumen, als hätte er Joshuas Unmut gespürt. »Dem Kerlchen soll nichts passieren, der hat genug mitgemacht, der Arme.«

Joshua schmolz in seinen Händen dahin. Der Mann war Zucker pur!

»Gut. Dann wollen wir den kleinen Patienten mal direkt ins Behandlungszimmer bringen«, sagte der Tierarzthelfer freundlich und winkte Nick, ihm zu folgen.

Die Ärztin wartete bereits auf sie.

Behutsam legte Nick Joshua auf einem kalten und sehr ungemütlichen Metalltisch ab. Joshua fand das alles andere als akzeptabel, der Wärme und Nähe beraubt zu werden. Aber musste ja sein. Er verkniff sich ein empörtes Quieken ebenso wie die Anstrengung, zurück zu Nick zu krabbeln.

Eigentlich wäre doch jetzt der perfekte Moment, sich zu verwandeln. Splitterfasernackt vor dem hübschen Mann ausgestreckt, ob der das verlockend fand? Na ja, die Ärztin störte. Und die Wunde in Joshuas Seite.

Stattdessen untersuchte ihn die Frau, was nicht halb so angenehm wie Nicks sanftes Streicheln war. Ihre Hände stanken nach Desinfektionsmittel. Musste wohl. Aber Joshua hasste den Geruch. Trotzdem ließ er die Prozedur über sich ergehen. Inklusive eines ätzend direkten Blicks auf seine Privatausstattung.

»Du hast ein Böckchen gefunden, Nick.« Die Frau lächelte. »Und einen sanften Kerl, der ist ja richtig zahm. Das bekommen wir hin. Immerhin hat er keinen Biss abbekommen. Ich muss die Seite rasieren und den kleinen Mann nähen. Außerdem braucht er ein Langzeitschmerzmittel und vorsichtshalber Antibiotikum. Katzenkrallen können fies sein.«

Das fand Joshua auch. Toll, Rasur. Ugh. Klar, war notwendig, doch bei den großzügigen Ärzten hatte er danach bestimmt auf der linken Brust keine Haare mehr. Nicht, dass er viel hatte, aber er mochte seinen Flaum!

»Wenn sich nichts entzündet, sollte es deinem kleinen Freund in ein paar Tagen besser gehen.«

Klang alles gut. Hervorragend. Dankbar blinzelte Joshua zu ihr hoch, obwohl er außer blondem Haar kaum etwas erkennen konnte. Doch die Frau hatte eine nette, warme Stimme. Die Klinik würde er sich merken, falls er mal mit seinen eigenen Hamstern einen Aushilfstierarzt brauchte und sein Haus- und Hoftierarzt spontan schloss. Mit denen konnten gar nicht so viele Ärzte umgehen.

»Wir werden ihn in Narkose legen, geht nicht anders. Obwohl ich das bei Kleintieren gerne vermeide. Inhalation, ja?« Sie warf einen Blick auf die Patientenakte, die Daniel ihr hingelegt hatte.

Auf keinen Fall! Die paar Stiche hielt Joshua auch so aus! Er würde sich hier nicht in die Bewusstlosigkeit schießen lassen! Klar, bei echten Hamstern war das notwendig, aber nicht bei ihm, verdammt noch mal! Am Ende verschwand Nick, und Joshua saß in einer Tierarztpraxis fest und wusste nicht, wohin der Kerl ging! Ein Name reichte nicht weit. Nicht einmal ein so hübscher wie Nick Bennett.

Energisch wollte Joshua sich freimachen, doch die Tierärztin hatte ganz offensichtlich Erfahrung mit wuseligen Kleintieren. Und Joshua eindeutig ein Handycap.

Sie lachte, hob ihn mit sicherem Griff hoch. »Daniel, gib mir mal die Narkosekammer rüber, bevor der Racker seine Kraft wiederfindet und abhaut.«

Gleich darauf saß Joshua in einem Plastikbehälter. Er kannte das Mistding. Da würden die das Narkosegas einleiten, und das war es! Aber verdammt, er konnte sich unmöglich jetzt hier auf dem Tisch verwandeln, egal wie reizvoll die Idee war. Die drei Menschen bekämen einen Herzinfarkt. Und es würde die Kammer sprengen, die die Ärztin für echte Notfälle brauchte. Nur wie sonst könnte er …

Nick beugte sich vor und hielt sein Gesicht ganz dicht vor die Plexiglasscheibe. So ein süßes Gesicht! Er lächelte und brachte Joshuas Herz gleich wieder zum Hüpfen. »Hab keine Angst, Fluffi. Du bist hier in guten Händen.«

Joshua richtete sich an der Scheibe auf, egal, wie sehr seine Flanke schmerzte, und presste die Pfoten dagegen. *Nimm mich raus, verdammt! Lass mich nicht hängen!*

Daniel lachte. »Dafür, dass du ihn eben erst gefunden hast, scheint er schon einen Narren an dir gefressen zu haben.«

»Tiere spüren, wer es gut mit ihnen meint«, sagte die Ärztin.

Nicks Lächeln vertiefte sich, er legte zwei Fingerspitzen an die Stellen, an denen Joshuas Pfoten ruhten. »Ich bleibe bei dir, bis du schläfst, in Ordnung?«

Nee, hol mich schön mal raus. Erbost schnatterte Joshua. Gleich darauf streifte ihn ein weiterer, unendlich beängstigender Gedanke.

Was, wenn die die Chance nutzten, um ihn in einem Aufwasch zu kastrieren? Seine empfindlichen Weichteile zogen sich zusammen, wollten förmlich in seinen Körper reinkriechen. Nee, das würden die nicht riskieren. Eine Wunde reichte, das wäre zu gefährlich. Hamster wurden im Normalfall nicht kastriert, wenn keine medizinische Notwendigkeit vorlag. Aber was, wenn die sich nicht daran hielten?

»Shh, alles gut«, murmelte Nick.

Joshua stellte fest, dass sich sein Fell wieder gesträubt hatte. Normale Teddyhamster machten das nicht, aber bei ihm funktionierte das wunderbar, wenn er sich aufregte. Er sah aus wie ein nervöser Plüschball!

Scheiß auf den dreifachen Herzinfarkt und die Narkosekammer! Er würde nicht das Risiko eingehen, ohne seine Kronjuwelen aufzuwachen!

»Gleich geht's dir besser, Kerlchen«, sagte die Ärztin liebevoll und hielt einen Schlauch in die Box.

Oh Scheiße! Joshua fuhr herum, starrte die drohende Öffnung an, die etwas von einem Schlangenmaul hatte. *Verwandlung! Jetzt!*

Stattdessen nebelte sein Kopf ein. Die Gerüche wurden dumpf, die Laute um ihn her verblassten. Dann wurde alles schwarz.

KAPITEL 3

Eigentlich war Nicks Nacht zu kurz gewesen. Erst ein Absacker mit seinem besten Freund Lawrence, der natürlich wieder einmal viel länger geworden war als geplant. Bis nach Mitternacht hatten sie sich verquatscht. Dann die Aufregung um den süßesten Hamster, den Nick je gesehen hatte. Was für ein niedlicher Flauschball mit seinem sandfarbenen Plüschfell, den runden Öhrchen und den zauberhaften Knopfaugen!

Uneigentlich sprang Nick bereits um acht Uhr energiegeladen mit dem ersten Weckerklingeln aus dem Bett. Und zwar wegen des Flauschballs. Die Ärztin hatte den Hamster sicherheitshalber über Nacht dabehalten, um ihn nach der Narkose beobachten zu können. Falls es Komplikationen geben sollte.

Nick war das recht, er hatte ohnehin nichts für die Hamsterpflege daheim. Erst einmal musste er einkaufen, denn natürlich würde er Fluffi aufnehmen. Auf keinen Fall blieb der in der Tierklinik und wartete darauf, dass vielleicht jemand kam, um ihn mitzunehmen. Seine vorherigen Besitzer konnten weggezogen sein. Oder wohnten in einem ganz anderen Stadtteil. Oder sie hatten den Süßen gar ausgesetzt!

Nick wanderte ins Bad und weckte sich mit einer Dusche richtig auf. Noch kürzer war die Nacht dadurch geworden, dass er – schon im Bett – weit über eine Stunde auf Hamster-Pflege-Seiten unterwegs gewesen war. Schließlich wollte er herausfinden, was genau er besorgen musste. Bei *Hamsterherz* war er fündig geworden. Der Mann betrieb eine Pflegestelle und hatte detailliert aufgelistet, was Nick benötigte. Inklusive der Angabe, dass die kleinen Fellkugeln weitaus mehr Platz brauchten, als Nick erwartet hatte.

Unglücklich dachte er an seinen alten Hamster Plüschi zurück, der in einem winzigen Plastikkäfig dahinvegetiert war. Natürlich war das nicht gut gegangen. Aber dieses Mal würde Nick alles richtig machen!

Entschlossen starrte er sich im Badezimmerspiegel in die dunklen Augen und nickte sich zu. »Jawohl! Dieses Mal keine halben Sachen! Fluffi bekommt ein Paradies.«

Kunstvoll verwuschelte Nick sein braunes Haar mit den blondierten Spitzen mit einem Hauch Gel. Er sollte mal wieder färben. Der Grünstich der letzten rausgewaschenen Tönung wurde langsam richtig unansehnlich. Aber das hatte Zeit.

In Jeans und ein enges, sonnengelbes Langarmshirt gekleidet warf er sich samt Handy im Wohnzimmer auf das Sofa. Zuerst klingelte er bei der Tierklinik durch und erkundigte sich nach dem Patienten. Zu seiner endlosen Erleichterung ging es dem Kleinen gut. Der war putzmunter aus der Narkose erwacht und hatte sogar schon ein wenig gefressen. »Ich hole ihn gegen Mittag ab, sobald hier alles steht, ja?«

»Klar, Nick.« Daniel lächelte, Nick konnte es hören. »Bis nachher dann.«

»Bis nachher.« Der Tierarzthelfer war süß und schwul oder bi. Nick hatte beim Gehen ein wenig mit ihm geflirtet. Flirten machte Spaß.

Doch auch dieser Mann ließ sein Herz nicht schneller schlagen. Wie irgendwie gar kein Mann. Manchmal trieb Nick das in den Wahnsinn. Er stand auf Männer, und zwar ausschließlich. Er liebte Sex. Aber er verliebte sich nicht.

Dabei sehnte er sich nach einer Beziehung. Danach, einen Mann an seiner Seite zu haben, mit dem er kuscheln konnte. Herumknutschen. Mit dem er morgens zusammen aufwachte und abends ins Bett ging. Mit dem er sein Leben teilen konnte. Der vor allem sein Herz schneller schlagen ließ.

Hin und wieder hatten Lawrence und er Sex. Beste Freunde mit gewissen Vorzügen eben. Sie waren vertraut. Sie konnten kuscheln. Aber sie liebten sich nicht auf romantische Art. Nicht auf prickelnd heiße. Vermutlich würde ihre Freundschaft bis ins Grab halten, doch Nick wollte sich nichts weniger vorstellen, als ihn zum Partner zu haben. Das passte einfach nicht. Dafür war Lawrence der beste Freund, den er sich erträumen konnte. War Not am Mann, durfte er ihn auch um drei Uhr morgens aus dem Bett klingeln.

Nick warf einen Blick auf die Uhr. Jetzt war es halb neun. Perfekt. Er wählte durch.

»Oy, Süßer, alles okay?« Ups, Lawrences Stimme kam ziemlich verschlafen durch den Äther.

Verdutzt hob Nick die Brauen. Eigentlich war der Kerl doch Frühaufsteher! »Warum schläfst du noch?«

Lawrence lachte. »Es ist Samstag. Ich habe frei. Und ich war gestern erst gegen drei im Bett.«

Ui, ähnlich wie Nick. »Sorry! Aber jetzt bist du eh wach. Schnucki, ich brauche deine Hilfe. Ich muss einen Hamsterkäfig kaufen. Den kann ich nicht gut alleine schleppen.«

»Was musst du? Und warum an einem Samstagmorgen? Außerdem … Hamsterkäfig?« Lawrence klang verwirrt und noch immer etwas schlafduselig. »Ist das für eines deiner Cosplays?«

Jetzt musste Nick lachen. »Nein. Und es kann nicht warten. Das ist ein Notfall.« Nachdem er Lawrence die Situation geduldiger erklärt hatte, war es natürlich keine Frage mehr, dass sein Freund mitkam. Echt, der Kerl war ein Held! »Ich hole dich in zwanzig Minuten ab. Ist das okay? Reicht das? Wir machen einen kurzen Zwischenstopp bei Tim Hortons für einen großen Kaffee und Muffins, in Ordnung? Ich lade dich ein.«

Lawrence gluckste. »Geht klar. Ich bin bestechlich, weißt du ja.«

Eine gute Stunde später parkte Nick seinen Sedan auf dem Parkplatz des etwas außerhalb gelegenen PetSmart. Der Shop war gigantisch, entsprechend groß sollte die Abteilung für Kleintiere sein. Die Online-Bewertungen hatten auf jeden Fall eine reichhaltige Auswahl versprochen.

Lawrence trank seinen letzten Schluck Kaffee, zerwühlte mit schlanken Händen sein rotes Haar, bis es aussah, als sei er eben erst aus dem Bett gestiegen, und glättete es wieder. »Okay, ich bin für jede Schandtat bereit. Und auf der Rückfahrt will ich einen zweiten Kaffee.«

Nick lachte und ließ den Motor ersterben. »Kein Thema. Aber auch nur zum Mitnehmen. Ich will Fluffi so schnell wie möglich aus dem Minikäfig bei der Tierärztin rausholen.«

Bestimmt war der Kleine total nervös. Die meisten Tiere gingen doch nicht gern zum Arzt, weil sie keine Ahnung hatten, was dort geschah. Außerdem war es laut und wuselig, während Hamster tagsüber schliefen. Ein wenig wie Nick, er mochte Spätschichten auch lieber. Als Krankenpfleger war das zwar immer ziemlich stressig, aber es kam seinem persönlichen Rhythmus echt entgegen.

Als sie den Laden betraten, umfing sie ein Geruch nach Streu und Plastik, vermutlich von all den Umverpackungen und eben all dem Plastikzeug, was man so für die lieben Fellnasen kaufen konnte. Noch war recht wenig los. Zielstrebig hielt Nick auf die Abteilung zu, die mit *Kleintiere* beschriftet war. Er holte das Handy aus der Hosentasche und rief seine Einkaufsliste auf. Sie war lang. Treu lenkte Lawrence den Einkaufswagen hinter ihm her.

»Ich habe die Kommode gegenüber dem Fernseher ausgemessen. Perfekt wäre es, wenn ich was mit den exakten Maßen fände.« Nick scrollte einmal durch, dann hielt er die Liste Lawrence unter die Nase. »Hier, das brauche ich alles.«

Sein Freund lachte. »Das wird ein Großeinkauf! Wenn du etwas machst, machst du es richtig, was?«

»Der hat genug Stress gehabt«, antwortete Nick resolut. »Jetzt braucht er Ruhe. Oh, schau! Kauspielzeuge und Chinchillasand! Hervorragend!«

Vorsichtshalber nahm er gleich eine große Auswahl an natürlichen Kauspielzeugen mit. Wer wusste schon, was Fluffi bevorzugte? Dieses Mal wollte er alles richtig machen. Nicht noch einmal tödliche Fehler! Außerdem wählte er das größte Laufrad, das er finden konnte. Syrische Teddyhamster brauchten Platz, hatte *Hamsterherz* geschrieben.

Geduldig folgte Lawrence ihm, während Nick ein Sortiment an Höhlen, Schälchen, Spielzeugen und Holzbrücken in den Wagen lud.

»So, was noch?«, murmelte Nick und ging die Liste durch. »Leckerlis habe ich, Futter hab ich, Streu in drei Varianten hab ich auch. Bin ich durch?«

Lawrence gluckste und deutete den Gang hinab. »Wie wäre es mit dem Käfig? Oder willst du ihm dein komplettes Schlafzimmer zur Verfügung stellen? Verliebt genug erscheinst du mir gerade.«

»Oh!« Verdutzt sah Nick auf seine Liste, dann lachte er. »Der war so selbstverständlich, den habe ich nicht aufgeschrieben! Und jetzt hätte ich ihn fast vergessen! Danke.«

»Du passt zu deinem Hamster«, brummte Lawrence amüsiert. »Der ist außen flusig, du bist es im Kopf.«

»Hey!« Kichernd stieß Nick ihn an. »Schnucki, sei vorsichtig mit dem, was du sagst!«

»Du musst zugeben, ich habe recht.« Liebevoll legte Lawrence ihm einen Arm um die Schultern und drückte ihm einen Kuss auf die Wange. »Das Größte und Wichtigste zu vergessen, das schaffst auch nur du, Süßer.«

»Hätte ich nicht! Ich hätte es spätestens an der Kasse gemerkt!« Nick grinste. Beim Bezahlen. Der Käfig – oder eher das Terrarium, das ihm vorschwebte – war immerhin das Teuerste am ganzen Einkauf. Zumindest als Einzelpreis. Der Kleinkram dürfte sich tüchtig summieren.

»Schwuchteln«, knurrte eine dunkle Stimme und ließ ihn zusammenzucken. »Wenn ihr schon rumschwulen müsst, macht das zu Hause und nicht in der Öffentlichkeit.«

Nick versteifte sich. Die Fröhlichkeit rann aus ihm hinaus. Mit einem Schlag fühlte er sich wieder wie fünfzehn, als sein Lieblingsonkel George ihn nach seinem Coming Out mit kalten Augen angesehen und ihn *ekelhaft und unnatürlich, wider Gott und die Natur* genannt hatte.

Es wurde nicht viel besser, als er sich zu einem Mann umdrehte, der ein kleines Mädchen an der Hand hielt. Der Kerl war genauso braunhaarig mit grauen Schläfen wie Onkel George, ebenfalls um die Vierzig. Nick sah seinen Onkel nur noch selten, ausschließlich auf Familienfeiern, vor denen er sich nicht guten Gewissens drücken konnte. Der Kerl hatte die gleichen kalten Augen, obwohl braun doch eigentlich eine warme Farbe war.

Zum Glück endete da die Ähnlichkeit. Der Mann war deutlich muskulöser. In Anbetracht der Tatsache, dass er gerade zu pöbeln begonnen hatte, war das allerdings nichts, was Nick beruhigte. Das Gesicht war kantiger als Onkel Georges und sah natürlich ganz anders aus. War ja auch nicht sein Onkel.

»Schau weg, wenn es dir nicht passt«, sagte er trotz seiner Magenschmerzen. Er mochte sich wie fünfzehn fühlen, er war es jedoch nicht mehr. Nie wieder würde er verschreckt und verschüchtert irgendwen ansehen, der ihn nicht akzeptierte.

»Ich werde meiner Enkelin nicht die Augen zuhalten, nur weil ihr eure ekelhaften Triebe nicht beherrschen könnt!«, grollte der Mann und warf Nick einen Blick zu, der ihn eigentlich auf der Stelle hätte tot umfallen lassen müssen, so voller Hass, wie er war.

»Es war ein Kuss auf die Wange unter Freunden.« Lawrence lächelte der Kleinen zu, die sie mit großen Augen anstarrte und sich an die Hand ihres Großvaters klammerte. »Homosexualität ist eine vollkommen natürliche Form der Liebe.«

»Wage es nicht, meiner Marie deine Homo-Propaganda unterzujubeln, du schwules Schwein! So Kroppzeug wie euch sollte man ....« Der Kerl verstummte, als würde ihm bewusst, dass man auch wegen Drohungen angezeigt werden konnte. »Verschwindet!«

KAPITEL 4

»Wir sind hier Kunden wie du. Und wir werden erst gehen, wenn wir unsere Einkäufe erledigt haben.« Nicks Magenschmerzen nahmen zu. Schützend verschränkte er die Arme vor der Brust. Was bildete sich der Typ überhaupt ein? Warum gab der so einen Müll von sich und noch dazu vor dem kleinen Mädchen? »Und jetzt fahr deinen homophoben Scheiß mal runter, der gehört nicht hierher.«

»Das ist ein freies Land, in dem ich meine Meinung jederzeit laut sagen darf«, knurrte der Mann und hatte mit einem Schlag Ähnlichkeit mit einem wütenden Bären. »Ob es euch passt oder nicht.«

»Weswegen wir auch lange und ausgiebig öffentlich herumknutschen dürfen, ob es dir passt oder nicht.« Eigentlich wollte Nick nur weg. Sich klein machen und verstecken. Aber den Onkel Georges dieser Welt musste man entgegentreten, egal wie jung und ungeschützt er sich mit einem Schlag fühlte.

Drohend trat der Mann einen Schritt auf sie zu. »Ich sage es noch mal, und ihr werdet mich nicht still bekommen: Ihr seid dreckige …«

»Sir, mäßigen Sie Ihren Ton.« Ein Angestellter in der typisch blauen Uniform des Geschäfts bog in den Gang ein, groß und beruhigend breitschultrig. Ihm folgte eine zierliche Frau in derselben Kluft. »Kanada ist ein freies Land, das von seiner Vielfältigkeit lebt. Und PetSmart ist überdies ein freier Laden, in dem keine Diskriminierungen geduldet werden. Entweder beenden Sie umgehend ihr beleidigendes Verhalten, oder ich muss Sie bitten, mich nach draußen zu begleiten.«

Zornig starrte der Mann ihn an. An seiner Schläfe begann eine Ader, drohend zu pochen. Für einen Moment fürchtete Nick, dass er die Kontrolle verlieren und sich auf einen von ihnen stürzen würde, um zu prügeln.

Doch der Mann hob nur abrupt das Kind auf den Arm. »Marie, wir gehen«, sagte er sehr sanft zu dem Mädchen. »Dein Kaninchen bekommst du woanders. In so einem verdorbenen Drecksladen kaufen wir nicht ein.«

»Ich begleite Sie nach draußen.« Der Angestellte lächelte Nick und Lawrence kurz zu, dann folgte er dem Mann, der mit Sturmschritt den Gang entlang lief.

»Wow«, sagte die zierliche Frau. »Wow, was für ein ...« Sie räusperte sich. Offensichtlich hatte sich gerade rechtzeitig dabei ertappt, bevor sie einen Ex-Kunden beleidigen konnte. Obwohl sie, wenn es nach Nick ging, wirklich jedes noch so vulgäre Schimpfwort hätte benutzen dürfen. »Verzeiht, dass ihr zwei das hier erleben musstet. Ich hab erst mal

Jack geholt, als ich mitbekommen habe, wie der Kerl mit dem Pöbeln anfing. Jack hat breitere Schultern. Ist alles in Ordnung?«

Nick atmete durch und nickte. In ihm zitterte alles. Das freundliche Lächeln der Verkäuferin und die Unterstützung machten es zwar ein wenig besser – sie waren nicht allein, sie waren willkommen. Dennoch fühlte er sich nach wie vor, als müsste er sich daheim verstecken.

»Ja«, log er. »Alles in Ordnung. Danke für die Hilfe. Mann, was für ein Arsch!«

»Echt, dass es solche Fossilien immer noch gibt ...« Lawrence schob einen Arm um Nicks Taille und drückte ihn. Sein Freund kannte Nicks Familiengeschichte natürlich, der konnte sich denken, was in Nicks Kopf vor sich ging.

»Jack wird ihm Ladenverbot erteilen«, versicherte die Frau. Peggy stand auf ihrem Namensschild am Revers. »Er ist der stellvertretende Store Manager. Macht euch keine Sorgen, ihr werdet dem Mann hier nicht noch einmal begegnen.« Dann warf sie einen prüfenden Blick direkt in Nicks Gesicht. »Sicher, dass alles okay ist? Soll ich euch einen Kaffee bringen? Ein Glas Wasser?«

Nick zwang sich zu einem Lächeln. Dass ihn solche Idioten aber auch jedes Mal so eiskalt erwischen mussten! »Wirklich, uns geht es gut. Danke. Er war nur ausfällig, nicht handgreiflich. Geht gleich wieder.«

Sie nickte, offensichtlich nicht ganz überzeugt. »Wartet ihr eben auf mich? Ich hole euch einen

Fünfzehn-Prozent-Voucher, okay? So als kleinen Ausgleich für den Schreck.«

»Das ist …« Fast hätte Nick abgelehnt, schlicht aus Reflex und dem unangenehmen Gefühl heraus, wertlos zu sein. Im letzten Moment verschluckte er die Worte. »Das ist echt lieb, danke!« Er schaffte sogar ein weiteres Lächeln.

»Bin gleich wieder da. Lauft mir nicht weg!« Peggy erwiderte es und eilte energisch davon.

»Süßer? Komm her.« Die Frau war noch nicht richtig um die Ecke gebogen, als Lawrence Nick bereits schon in die Arme schloss. »Denk nicht mal im Traum daran, dass an dem Scheiß, den der Arsch von sich gegeben hat, auch nur ein Fünkchen Wahrheit dran ist.«

»Denke ich nicht«, brummte Nick, erwiderte die Umarmung und lehnte sich an ihn. Die Nähe tat gut, holte ihn zurück in die Wirklichkeit der Gegenwart und raus aus dem Gefühl, ein hilfloser Teenager zu sein. Er presste das Gesicht gegen Lawrences Hals und atmete tief den vertrauten Geruch ein. »Weiß ich doch. Hätte mich bestimmt auch nicht so kalt erwischt, wenn er nicht ausgesehen hätte wie Onkel George.«

»Ich würde ja behaupten, alle homophoben Arschlöcher sind gleich. Oder braunhaarig.« Lawrence gluckste, sein Körper vibrierte davon. »Aber das würde die Sache zu einfach machen. Und du bist auch brünett.« Sacht drückte er ihm einen Kuss auf die Schläfe. »Ich bin stolz auf dich. Du hast dich echt gut gehalten!«

Wärme sickerte in Nick zurück. Er hob den Kopf und sah seinem Freund mit einem Lächeln in die blauen Augen. »Ja, nicht wahr? Es ist schon deutlich besser geworden. Keine Tränen.«

»Keine Tränen«, bestätigte Lawrence, fuhr ihm einmal durch das Haar und erwiderte das Lächeln. »Denk dran, du bist perfekt, so, wie du bist. Ein wundervoller Mensch, ein toller Freund, witzig, warmherzig, loyal, ein wenig durchgeknallt. Der Mann, der dich abbekommt, der wird nicht glauben können, was für ein Glück er hat, dass du schwul bist. Der wird Gott auf Knien dafür danken. Oder dir, weil er in der Position dein bestes Stück gerade in Augenhöhe hat.«

Nick kicherte. »Du hast das noch nie gemacht. So göttlich kann das also nicht sein.«

»Ich bin schließlich nicht gläubig.« Lawrence lachte. »Aber ich mag dein bestes Stück. Tief in mir am liebsten«, murmelte er so leise, dass es wirklich nur Nick hören konnte. »Das werde ich vermissen, wenn einer von uns einen Freund hat.«

»Ich auch.« Gleich begann es, zwischen Nicks Beinen zu kribbeln. Das fühlte sich offenbar angesprochen. Mmh, kein Wunder. Er liebte Sex, und das letzte Mal mit mehr Beteiligten als seiner eigenen Hand war eindeutig zu lange her. Vielleicht hatte Lawrence ja mal wieder Lust auf eine Runde. Oder zwei oder drei. Heute Abend möglicherweise sogar. Nicks Lächeln vertiefte sich.

Vorsichtshalber löste er sich jedoch von seinem Freund. Nicht, dass er jetzt einen Ständer bekam, weil sein Körper meinte, das unangenehme Erlebnis mit etwas Nettem auslöschen zu müssen. Ohne darauf Rücksicht zu nehmen, dass sie sich mitten in einem Laden befanden. »Immerhin hat der Arsch mir fünfzehn Prozent Rabatt eingebracht. Passend, dass es ausgerechnet heute passiert ist. Bei dem Einkauf kann ich das echt brauchen.«

»Sehr zuvorkommend von ihm, das so zu timen«, lobte Lawrence und lachte.

Wenig später kam Peggy mit dem Voucher und Grüßen von Jack zurück, der in einem anderen Teil des Ladens schon wieder mit Beschlag belegt worden war. Sie brachte sie auch gleich in den Gang mit den Gehegen. Geschäftstüchtig und freundlich zugleich begann sie, Nick zu beraten.

»Und was ist mit denen?«, fragte Lawrence und deutete mit einem eindeutig faszinierten Glitzern in den Augen auf eine Auswahl an Plastikkäfigen in lustigen Formen wie Schloss und Rennwagen in knallbunten Farben.

»Zu klein«, antworteten Nick und Peggy wie aus einem Mund, sahen sich an und lachten.

Schließlich entschied sich Nick für ein Terrarium, bei dem er einen Teil der Frontscheibe nach oben entfernen konnte, um an Fluffi zu gelangen, ohne ihn zu ängstigen. Es bot weit über einen Quadratmeter Platz und genug Tiefe zum Buddeln.

»Zu klein vielleicht«, brummte Lawrence belustigt, als sie das Monster auf den Einkaufswagen hoben. »Aber der Transport wäre deutlich einfacher gewesen. Du hättest mehrere nehmen können.«

»Kein Plastik für Fluffi«, sagte Nick streng. Keine Splitter, die er verschlucken und daran sterben konnte. Wie sein alter Hamster. Noch immer stach die Schuld, obwohl er es damals nicht besser gewusst hatte. »Außerdem muss die Grundfläche mindestens einen Quadratmeter bieten. Mehrere kleine Käfige, die aneinander geschlossen werden, reichen nicht aus. Hamsterherz hat geschrieben, dass sie den Platz am Stück brauchen.«

»Hamsterherz, so so.« Lawrence lachte. »So, wie du dich verausgabst, hat dieser Hamster auf jeden Fall dein Herz schon vollkommen in Besitz genommen. Ich bin gespannt auf ihn, so wie er dich um die Pfötchen wickelt.«

Ein wenig verlegen grinste Nick. Stimmte wohl. Erstaunlich eigentlich. Aber Fluffi war so unglaublich zutraulich, wie sollte er dabei nicht dahinschmelzen? So wie sich diese kleine Fellwolke in seine Hand geschmiegt hatte … traumhaft! »Du wirst ihn heute Abend kennenlernen«, versprach er. »Wir bringen den Einkauf nach Hause zu mir, dann fahre ich dich heim und hole ihn gleich ab. Und wenn du nachher kommst, zeige ich ihn dir natürlich.«

Eigentlich hatten sie weggehen wollen. Doch Nick wollte Fluffi lieber im Auge behalten, nur für den Fall der Fälle. Und jetzt war ihm das nur doppelt so recht, daheim bleiben zu können. Er hasste es, aber gerade fühlte er sich angreifbar und unsicher. Das musste erst abflauen.

KAPITEL 5

Als Joshua erwachte, war es ruhig. Angenehmes Halbdunkel umfing ihn, keine Stimmen und eine kuschelige Unterlage. Hin und wieder brummte irgendwo draußen ein Auto vorbei. Leise rauschte die Lüftung. Nebenan raschelte Papier auf die charakteristische Weise, die verriet, dass Seiten umgeblättert wurden. Jemand las – ganz altmodisch ein Buch zwischen zwei Deckeln.

Außerdem war Joshuas linke Flanke kalt, und es stank ekelhaft nach Desinfektionsmittel. Joshua rümpfte die Nase. Seine Schnurrhaare zitterten. Oh, Hamsterform.

Gleich darauf zuckte er zusammen. Die Katze. Der Mann mit dem süßesten Duft und der tollsten Stimme. Die Tierärztin. Narkose.

Seine Kronjuwelen!

Hektisch drehte Joshua sich auf den Rücken, krümmte sich ungeachtet des Ziehens in seiner Flanke und starrte zwischen seine Beine. Zwei hübsche Bällchen, in kurzes Samtfell verpackt. Alles da. Erleichtert atmete er auf und sackte mit einem Ächzen zusammen. Alles da …

Sein Herz, das einen rapiden Sprint eingelegt hatte, beruhigte sich wieder. Dazu schaltete sein Hirn eine Stufe hoch. Dass sie ihn kastriert hätten, wäre eigentlich auch ziemlich unwahrscheinlich gewesen. Wirklich zu riskant. Trotzdem zog sich ihm sofort noch einmal alles zusammen, einfach bei dem Gedanken, was hätte passieren *können.*

Das Rascheln im Nebenraum verstummte, ein Stuhl wurde gerückt. Dann erklangen Schritte. Gleich darauf beugte sich der Tierarzthelfer zu ihm. Ein Lächeln zog über sein Gesicht. »Hallo, Kleiner. Bist ja endlich aufgewacht. Alles in Ordnung?«

Jupp, Kronjuwelen vorhanden. Alles in Ordnung. Joshua nickte und brachte den Mann zum Lachen. Der hielt das vermutlich für einen witzigen Zufall, dass die Bewegung zur Frage passte.

»Hervorragend. Dann kann ich dir auch Wasser und Futter reinstellen, hm?« Daniel gluckste.

Joshua fand, dass das eine exzellente Idee war. Das Futter konnte ihn gern haben, aber er brauchte dringend etwas zu trinken. Hoffentlich gab es keine dieser ätzenden Flaschen, bei denen er mit der Zunge gegen eine blöde Kugel drücken musste, um einen Tropfen nach dem anderen zu bekommen.

Er hatte Glück. Es gab ein Schälchen mit Wasser und eines mit Trockenfutter. Nachdem er seinen Durst gestillt hatte, inspizierte er seine nackte Flanke und die Naht, wachsam von Daniel beobachtet. Der wollte bestimmt sichergehen, dass der Hamster die Fäden nicht eigenständig zog. Hatte Joshua nicht vor, aber das konnte der Mann nicht wissen.

Der Gestank von Desinfektionsmittel kam natürlich von der Wunde, dem konnte er nicht entkommen. Und das noch für zwei, drei Tage nicht. Wandeln war erst mal nicht drin, da riss das gleich wieder auf. Die Naht wandelte schließlich nicht mit.

Joshua blinzelte dem Mann erneut zu, um ihm zu verstehen zu geben, dass alles okay war, was der natürlich nicht verstand. Dann rollte er sich behutsam in einer Falte des kuscheligen Tuches zusammen, mit dem der Winzkäfig ausgekleidet war. Er musste heilen, da konnte er auch gleich schlafen. Das half. Langweilig war es hier ohnehin.

»Fluffi hat beschlossen, dass Schlaf die beste Medizin ist.« Daniels Stimme und die Schritte von zwei Menschen weckten Joshua auf. »Heute Morgen hat er einmal ein wenig Frischfutter geknabbert, aber ansonsten ist er sehr ruhig gewesen.«

Stimmt. Joshuas Magen hatte ihn irgendwann knurrend geweckt. Das Schnitzchen Möhre war ihm da gerade recht gekommen.

»Muss ich mir Sorgen machen?«

Sofort war Joshua hellwach. Das war Nick! Kurzsichtig blinzelte er zu den beiden Männern, die zu seinem Käfig traten. Gleich wehte auch wieder der traumhafte Duft zu ihm, drang durch die Lüftungsschlitze und verwirbelte seine Gedanken. Mann, das war also keine Auswirkung eines Schmerzdeliriums gewesen. Denn jetzt spürte Joshua dank der Schmerzmittel kaum etwas von der Wunde. Der Mann roch wirklich so gut!

»Nein, er ist soweit fit. Alles in bester Ordnung. Er hat die Narkose gut vertragen, hat getrunken und gefressen. Ich denke, er wird heute Abend wieder fitter sein.« Daniel lächelte und holte den Käfig aus dem Regal, um ihn auf einem Tisch abzustellen.

Joshua konnte nicht anders, er wuselte auf die Seite, auf der Nick stand. *Okay, ich bin so weit. Du bist hier, um mich mitzunehmen, ja? Finde ich super!*

Was für eine Seele von einem Mensch! Rettete einen Hamster vor einer Katze, brachte ihn in die Tierklinik, zahlte für eine OP mit teurer Narkose, damit dem Fellball nichts geschah. Und jetzt war er entweder hier, um sich nach dem Patienten zu erkundigen. Aber das hätte er auch per Telefon tun können, richtig? Oder eben, um ihn zu adoptieren. So unglaublich süß! Das hieß, Joshua wüsste bald, wo dieser Herzensmensch wohnte. Wie geil!

Dumm nur, dass er klein und plüschig war. Das würde etwas werden, Nick einzuweihen, ohne dass der durchdrehte. Aber einen Schritt nach dem anderen. Erst mal mit Nick mitgehen. Dann halbwegs gesunden. Und danach weitersehen. Kam Zeit, kam Rat.

Während Daniel Nick Anweisungen zum Beobachten des Patienten und zum Verabreichen der Medizin gab, öffnete er den Käfig und hob Joshua behutsam heraus. Mist. Joshua hätte eindeutig Nicks Hände bevorzugt. Leider ging es ohne Übergang samt dem Tuch in eine Transportbox.

Hätte Joshua gekonnt, hätte er durch die Zähne gepfiffen. Recht viel Platz, ausreichend Streu und sogar eine Höhle, damit er sich verkriechen konnte. Entweder hatte der Mann Hamstererfahrung, oder er hatte sich gut informiert. Allerdings hatte Joshua nicht vor, sich zu verstecken.

»Na, Nacktbauch?« Mit einem Lächeln hob Nick die Box vor sein Gesicht. »Jetzt geht es ab nach Hause. Ich hoffe, dir gefällt dein neues Domizil.«

Darauf kannst du wetten. Es ist bei dir. War es doch, oder? Besorgt sah Joshua in die schönen braunen Augen. Hoffentlich hatte Nick ihn nicht einfach weitervermittelt! An seine kleine Schwester oder einen Neffen oder so.

Leider gab Nick ihm auf seine Befürchtungen keine Antwort. Eine gute Stunde musste Joshua bangen, während es in ein Parkhaus ging, dann auf den Beifahrersitz und von dort aus eine lange Strecke über Straßen. Allein von der Fahrtzeit her verließen sie nicht nur Vancouver Downtown, sondern vermutlich sogar Vancouver. Nicht, dass er einen Übergang hätte sehen können, die Orte gingen einer in den anderen ohne sichtbare Grenze über. Surrey, Richmond, Burnaby … war alles mehr oder minder eines.

Munter erzählte Nick ihm davon, wie schön sein neues Zuhause sein würde, oder sang mit dem Radio mit. Dann schwieg er. Joshua schaffte es, ihn zum Lachen zu bringen, indem er auffordernd an der Wand kratzte, als die Stille zu lange anhielt. Er wollte ihm weiter zuhören. Die Stimme kribbelte in ihm durch und durch.

Endlich hielten sie. Dankbar wackelte Joshua mit den Ohren, als der Motor erstarb. Als Hamster fand er das Geräusch echt unangenehm.

Nick stieg aus, holte seinen Käfig vom Beifahrersitz und trug ihn zu einem ziegelsteinroten Haus.

Neugierig sah Joshua sich um. Hier war er noch nie gewesen, soweit er das erkennen konnte. Roch nicht im Mindesten vertraut, und seine kurzsichtigen Hamsteraugen verrieten auch nicht viel. Blöd, er konnte nicht mal Straßenschilder lesen.

Nick schloss auf, trug ihn zwei Stockwerke hoch und in eine helle Wohnung.

»Willkommen«, sagte er mit einem Lächeln. »Ich hoffe, es gefällt dir bei mir.«

Erleichtert atmete Joshua durch. Oh, was für ein Glück! Bei Nick daheim, tatsächlich! Fröhlich nickte er und brachte Nick damit zu einem weiteren dieser herrlichen Lachen. Mensch, der Laut fuhr ihm direkt in den Bauch und kribbelte dort munter vor sich hin.

»Komm, ich zeige dir dein Reich.« Nick streifte die Schuhe ab und trug ihn in ein weiträumiges Wohnzimmer.

An der Wand gegenüber einer großen Fensterfront stand ein Terrarium, das der Traum eines jeden Haustierhamsters sein würde. Vergnügt wackelte Joshua mit den Ohren. Herrlich!

»Tut mir leid, dass alles noch sehr neu riecht, Fluffi. Ich denke, das ist okay, hm? Aber ich habe es erst heute Morgen gekauft und aufgebaut. Na, du wirst es schnell mit deinen Duftmarken versehen, was?« Nick hob den Deckel ab und stellte die Transportbox komplett hinein, ehe er seitlich das Türchen öffnete. »Hier, Kleiner. Dein funkelnagelneues Zuhause. Ich hoffe, es gefällt dir.«

Joshua war nicht einverstanden. Gar nicht. Also theoretisch schon. Nick gab dem Hamster Raum, das fremde Revier in seinem eigenen Tempo zu erkunden, nachdem der ja erst so aufregende Sachen wie eine Katzenrettung und einen Tierarztbesuch hinter sich hatte. Aber praktisch ... verdammt, warum hatte er ihn nicht einfach raus gehoben? Zu gern hätte er sich noch einmal in die warmen Handflächen gekuschelt! Sich von dem süßen Duft umhüllen lassen! Das jetzt? Also wirklich, das war gar nicht okay!

Unzufrieden schnatterte er, obwohl Nick nun tatsächlich nichts dafür konnte.

»Macht dir der große Käfig Angst?«, sagte Nick liebevoll und ging in die Hocke. »Du wirst dich schnell daran gewöhnen. Spätestens, wenn du das Futter findest, hm? Ich hoffe, es ist etwas dabei, was dir zusagt, Kleiner. Ich habe in verschiedene Ecken unterschiedliche Sorten gestellt. Bedien dich einfach.«

Jupp, dich. Du sagst mir zu. Weil Joshua nicht wollte, dass Nick traurig wurde, krabbelte er aus dem Transportkäfig und plumpste in die weiche Streu. Seine Pfötchen juckten, sich einzubuddeln, um herauszufinden, ob es tief genug war, um Gänge anzulegen. Aber Nick schien darauf zu warten, dass er sich umsah. *Na, weil du es bist.*

Der Käfig stellte sich wirklich als ein Traum heraus. Es gab ausreichend Versteckmöglichkeiten, viel Streu zum Graben, Tunnel, ein angemessen großes Rad, zahlreiche Kauspielzeuge. Joshua wuselte durch Chinchilla-Sand und über Torf, fand die diversen angekündigten Futtersorten und knabberte zu Nicks offensichtlicher Begeisterung an einem Stück Salat.

Das erfreute Quietschen, als Joshua sich aufrichtete und ein Korn in die Pfötchen nahm, ließ ihn grinsen. Nur für Nick stopfte er sich die Backentaschen voll und brachte seine Beute in die Wohnhöhle mit mehreren Kammern, um sich dort ordnungsgemäß eine Vorratskammer anzulegen.

»Oh Mann, bist du niedlich!«, drang Nicks Stimme von draußen rein. »Ich bin so froh, dass es dir gefällt!«

Nicht so niedlich wie du. Gleich flitzte Joshua wieder hinaus. Eigentlich sollte er vermutlich Ruhe halten. Die Seite heilen lassen und so. Aber noch wirkte das Schmerzmittel. Wahrscheinlich würde er die ganze Aktivität nachher bereuen. Egal. *Okay, mein Darm beginnt zu drücken. Wie wäre es, du drehst dich jetzt um? Ich kacke nicht vor dir.*

Eigentlich sah sein Plan vor, eine gut erreichbare Stelle zum Klo umzufunktionieren, damit Nick nicht zu viel Arbeit hatte, den Käfig sauber zu halten. Aber da der Mann nicht einmal ansatzweise daran dachte, sich auch nur für zwei Minuten abzuwenden, nutzte Joshua die Höhle mit der sandgefüllten Keramikschale. Die hatte Nick bestimmt ohnehin dafür vorgesehen.

Was sich schließlich bemerkbar machte, war Erschöpfung. Mist, verdammt. Joshua war echt nicht fit. Dabei hätte er wirklich gern weiter dafür gesorgt, dass Nick sich freuen konnte. Aber sein Körper wehrte sich. Der wollte Ruhe.

Unzufrieden starrte Joshua zu Nick hin. Konnte der ihn nicht einfach rausnehmen und in seinen Schoß legen? Da würde er sich jetzt gerne zusammenrollen. Dort würde er auch bestimmt hervorragend schlafen können.

Leider machte Nick vorbildlicherweise keine Anstalten, also rollte Joshua sich schließlich in einer Kuhle in der Streu zusammen. Höhlen waren gemütlicher, aber da hätte er keinen Blick mehr auf Nick. Dort umgab ihn außerdem nur der Geruch nach Streu. Hier hatte er zumindest die Chance, dass ihn noch mal ein Hauch von Nicks Duft streifte. Und hey, bestimmt bereitete es Nick Freude, seine kleine Plüschkugel schlafen zu sehen. Hamster waren niedlich. Eindeutig.

Eigentlich hatte Joshua nicht vorgehabt, direkt einzuschlafen. Doch sein Körper war anderer Meinung. Kaum hatte er die Augen geschlossen, senkte sich auch schon der Schlaf über ihn.

KAPITEL 6

Als Joshua erwachte, war er allein. Regen hämmerte gegen die Scheiben des Wohnzimmers; dichte Wolken ließen den Eindruck entstehen, dass es später war, als es sein konnte. Er hörte Nick summen und das Klappern von Töpfen. Der deftige Geruch von gebratenem Fleisch und gewürztem Gemüse zog durch die Wohnung.

Verdammt, und seine Pflegehamster hockten daheim und hatten Hunger. Okay, sie hatten allesamt Vorratskammern angelegt, ein paar Tage hielten sie auf jeden Fall durch. Aber allzu lang konnte Joshua nicht bei Nick bleiben und ruhig vor sich hinheilen. Die Kleinen brauchten ihn. Zum Füttern, für Auslauf und um ihren Dreck wegzuräumen.

Gähnend streckte Joshua sich und ächzte. Okay, das Schmerzmittel ließ langsam nach. Doch der Schlaf hatte ihm gutgetan. Er konnte spüren, dass die Wunde bereits zu heilen begonnen hatte. Wandler zu sein, war wirklich praktisch. Meistens zumindest. Joshua hatte den Vorteil von zwei Körpern. Von schärferen Sinnen. Von einem tausendmal besseren Immunsystem. Und rapiden Selbstheilungskräften.

Und allen voran – die innigste Partnerschaft der Welt, wenn er nur endlich seinen Gefährten entdeckte. Dann hätte er auch noch ein längeres Leben, keinen drohenden frühzeitigen Tod irgendwann zwischen fünfundvierzig und fünfzig. Maximal, weil er ein Kleintierwandler war. Großtiere hatten meistens um die fünf Jahre mehr. Ebenfalls nicht gerade viel.

Aber sobald er den Einen fand ... Träumend kugelte Joshua sich wieder zusammen. Eine intimere Beziehung gab es nicht als die zwischen Gefährten. Nicht nur Liebe, nicht nur Sex. Gefährten berührten sich auf ganz eigene Weise.

Nicks Lächeln schob sich in seine Gedanken. Unvermittelt wurde es Joshua warm. Er hätte rein gar nichts dagegen, wäre Nick sein Gefährte. Der Mann roch ja allein schon zum Verlieben. Und diese Stimme! Dazu war er aufmerksam und sanft, wunderschön und zauberhaft, liebenswert, lustig ...

Wie elektrisiert stellte sich Joshuas Fell auf. Abrupt hob er den Kopf und richtete die Öhrchen in Richtung Küche, von wo aus immer noch Nicks Stimme zu ihm wehte. *Warte!* Der Duft! Der leckerste Duft von allen! Das Gefühl von Geborgenheit, das er sofort empfunden hatte, kaum dass sich die großen Hände behutsam um ihn geschlossen hatten. Das Kribbeln, das jedes Wort in ihm hervorrief, wenn Nick so niedliche Sachen wie »Hi!« sagte. Die Tatsache, dass Joshua »Hi!« überhaupt niedlich fand.

Begeistert quietschte er. Natürlich! Aufgeregt sprang er auf, putzte hastig mehrfach sein Gesicht.

Wahrhaftig! Endlich war es geschehen. Endlich hatte er seinen Gefährten gefunden! Eigentlich hätte ihm das direkt klar sein müssen, als ihm *dieser* Duft in die Nase gestiegen war. Aber die Katze, diese verfluchte Katze, hatte ihn abgelenkt. Und dann der Schmerz. Und die Schmerzmittel.

Dafür war er jetzt bei ihm! Bei Nick! Bei seinem Gefährten!

Joshua wollte aus diesem verdammten Käfig raus, zu ihm stürzen und ihn in die Arme schließen. Sofort!

Leider ging das aus mehreren Gründen nicht. Ein wenig Zeit musste er der Wunde geben, ehe er sich verwandelte. Riss die Naht, und das würde sie, klaffte der Schnitt gleich wieder auf. Zumindest einen Tag sollte er ihm noch gönnen. Außerdem wollte er das großartige Gehege nicht zerstören, indem aus einem Dreizehn-Zentimeter-Hamster mit einem Schlag ein Ein-Meter-Achtzig-Mann wurde. Das würde irgendwann einem echten Hamster ein tolles Zuhause bieten. Vor allen Dingen war es garantiert keine gute Idee, plötzlich als nackter Mann in Nicks Wohnung aufzutauchen.

Nein, das würde er anders angehen müssen, egal wie schwer es ihm gerade in diesem Moment fiel. Am besten war vermutlich, dass er Nick ausbüchste, wenn der ihn rausnahm. Hoffentlich tat der das morgen. Sich dann versteckte, bis der Mann das Haus verließ. Und danach erst mal das Weite suchte, um ihm erneut als Mensch zu begegnen.

Seine Hormone widersprachen. Die wollten, dass er jetzt zu Nick raste. Sofort. Auf der Stelle. Ihm erklärte, dass sie Gefährten waren. Und sich umgehend mit ihm vereinte.

Hektisch putzte Joshua sich weiter. Das ging nicht. Das würde nur dazu führen, dass Nick ihn im besten Fall rauswarf und im schlechtesten die Polizei rief. Aber es würde nicht damit enden, dass sie sich direkt verbanden. Nick sah nicht so aus, als hätte er schon mal eine Begegnung mit der Anderswelt gehabt. Der würde an Einbrecher denken.

Putzen half nicht. Nicht jetzt, da Joshua wach und klar bei Verstand war. Nicht, da er *wusste*, dass Nick zu ihm gehörte. Dreimal rannte er durch das gesamte Gehege, ehe er ins Laufrad sprang und losflitzte.

»Pass auf die Wunde auf, Fluffi.« Nick schaltete das Wohnzimmerlicht ein und kam zu ihm. In seiner Stimme lag das Lächeln, das Joshuas Herz jedes Mal aufgehen ließ. »Wenn du es übertreibst, muss ich das Rad rausnehmen. Wir wollen nicht, dass die Naht aufgeht.«

Bist du verrückt? Ich brauche das, um die Hormone loszuwerden! Damit ich dich nicht anspringe! Trotzdem hielt Joshua direkt an und wuselte zur Scheibe. Mit einem Mal war die Sehnsucht einfach zu groß für Abstand. Er richtete sich auf und presste die Pfoten gegen das Glas. *Nimm mich raus. Komm schon!*

Nick lachte. Weich und warm und … oh, so wunderschön. »Fast könnte ich meinen, du magst mich, du Flauschball.«

Machst du Witze? Sehnsüchtig reckte Joshua sich ihm entgegen, egal wie sehr seine Seite spannte und zwickte. Autsch, tat das weh.

Erneut lachte Nick. »Vorsicht, Kleiner.« Er klappte den Deckel des Terrariums hoch und hielt die Hand rein. Sehr behutsam schob er sie seitlich an Joshua heran, als wollte er ihm nicht das Gefühl geben, dass Raubvögel von oben angriffen. Mann, wie niedlich!

Joshua flitzte direkt zu ihm hin. Da war er wieder, der Duft nach Nick. Nach Gefährte. Freudig fiepste er, viel zu hoch, als dass die Menschenohren das Geräusch würden wahrnehmen können. Gut, vermutlich. Er benahm sich ohnehin gerade nicht wie ein Hamster, sondern wie ein hormonbesessener Wandler. Und dieser hormonbesessene Wandler hatte nichts Besseres zu tun, als sofort auf die Hand zu krabbeln und sich anzukuscheln. Oh Mann, himmlisch. Nick und Wärme und dieser Duft …

»Du magst mich wohl wirklich, Mini.« Fast klang Nicks Stimme überwältigt. »Bist du so dankbar, dass ich die Katze verjagt habe? Hätte nicht gedacht, dass du da eine Verbindung ziehen kannst. Aber anders ist das ja nicht zu erklären.« Vorsichtig hob er ihn heraus und näher an sein Gesicht. Er lächelte. Glücklich und voller Wärme.

Joshuas Herz begann wieder, heftig zu klopfen. Dieser Ausdruck in Nicks Miene war derart sanft, dass ihm ganz schwummerig wurde. Leider kam ein Verwandeln noch immer nicht infrage. Die dreißig Minuten oder so seit der ersten Überlegung hatten die Situation nicht geändert.

Aber er wollte ihn so gern in den Arm nehmen. Diese geschwungenen Lippen küssen, die aussahen, als würden sie sich perfekt auf seine schmiegen. Ihn halten. Ihn küssen. Oh ja, ihn lange und ausgiebig und leidenschaftlich küssen. Und vielleicht noch mehr machen. Ach was, vielleicht. Auf jeden Fall! Den kompletten Nick küssen, von den garantiert total süßen Zehen über den ganzen Körper bis zu den Fingerspitzen. Ihn erkunden und erforschen und …

Hektisch richtete er seine Gedanken auf andere Dinge, als er spürte, wie sich da etwas zu regen begann. Keine gute Idee. Nicht als Hamster. Das fand Nick bestimmt nicht niedlich, einen irritierend erregten Hamster.

Behutsam fuhr Nick mit einem Finger über seinen Rücken und brachte Joshua zum Schmelzen. Oh, fühlte sich das toll an. *Mehr …*

»Ich glaube, wir zwei werden uns gut verstehen«, murmelte Nick. Mit einem Mal trug seine Stimme einen traurigen Unterton mit sich. »Du bist ein Einzelgänger, ich bin es auch. Na ja, du, weil du es willst.«

Nö, will ich nicht. Ich will bei dir sein. Merkst du selbst, oder? Joshua kuschelte sich noch ein wenig mehr in die warme Handfläche und rieb tröstend das Köpfchen an seinem Handballen. *Nicht traurig sein.*

»Weißt du, eigentlich will ich nicht allein sein.« Sanft kraulte Nick ihm im Nacken.

Eine wohlige Gänsehaut wanderte über Joshua. *Bist du nicht länger. Ich bin jetzt da. Und wenn ich erst etwas angeheilt bin, dann überdies richtig. Eins achtzig groß, aschblond, trainiert. Klingt gut? Ich kann auch in Menschengestalt gut kuscheln. Besser sogar noch bei einem Menschen, was sagst du?*

Nick lachte. »Hey, du kannst ja echt plüschig werden. Du bist süß! Und mit dir bin ich ein bisschen weniger allein, hm? Wir haben jetzt eine Junggesellen-WG, was sagst du? Ist zwar nicht das Gleiche, wie mit einem Partner zusammenzuwohnen, allerdings auch nicht übel, was? Ich schaue einen Film, und du schaust süß aus. Ich koche, und du isst. Du machst Dreck, ich mach den Dreck weg. Ich trinke Bier und du Wasser. Na gut, ich mag Bier nicht, aber hey, das ist männlich.«

Joshua lachte. Heraus kam ein vergnügtes Schnattern. Er mochte Nicks Humor. Und er mochte, dass Nick gleich darauf ebenfalls lachte.

»Du bist echt ein Geschenk, Fluffi.« Wieder streichelte Nick ihn. Sein Grinsen war eindeutig fröhlicher. »Was bin ich froh, dass ich gerade da war, als die fiese Katze dich angegriffen hat. Wobei die natürlich auch nichts dafür kann. Bin aber trotzdem froh.«

Die Türklingel ließ sie beide zusammenzucken.

Dann vertiefte sich Nicks Lächeln. »Oh, das ist Lawrence.«

Lawrence? Joshuas Fell sträubte sich sofort auf ganz und gar unwohlige Art. Nick klang zu erwartungsvoll. Und roch mit einem Schlag auch ein wenig anders. Erregt? War der etwa in diesen Kerl verliebt? Das ging gar nicht!

Ohne Rücksicht auf Joshuas Gefühle zu nehmen, setzte Nick ihn zurück ins Gehege, legte hastig den Deckel auf und eilte davon.

Eifersüchtig lauschte Joshua ihm hinterher. Hatten die beiden etwa ein Date? Auf keinen Fall! Nein! Die würden nicht … die konnten nicht hier vor seinen Augen daten und am Ende knutschen oder so! Sein Fell sträubte sich noch ein wenig mehr. War dieser Lawrence der Grund, warum Nick so unglücklich geschaut hatte? Weil er in ihn verliebt war?

Wütend schnatterte Joshua in Richtung der Wohnungstür. *Ich beiße ihn, wenn er auch nur so viel wie einen Finger in meine Nähe hält!*

KAPITEL 7

Hallende Schritte im Hausflur.

Dann ging die Wohnungstür auf.

»Hey Schnucki.« Nicks Stimme.

Das Kosewort versetzte Joshua einen Stich.

»Hallo Süßer.« Eine fremde Männerstimme.

Joshua hörte, wie sich die beiden umarmten, und schnatterte lauter. Leider nicht laut genug, dass die zwei das im Nebenraum hören konnten. Scheiß unempfindliche Menschenohren! Immerhin gab es keinen Begrüßungskuss. Gut. Vielleicht waren sie einfach Freunde. Hoffentlich waren sie nur Freunde!

»Zeig mal, was du mit all dem Zeug angestellt hast, das wir heute Morgen hergeschleppt haben. Ich hoffe, dein Hamster ist wach.« Der fremde Mann grinste, Joshua konnte es an seiner Stimme hören.

»Lawrence, er ist zauberhaft! Ein richtiger Kuschler. Komm!« Fröhlich lief Nick voraus und besänftigte Joshua gleich sowohl durch seinen begeisterten Ton als auch dadurch, dass er nicht Händchen mit diesem Kerl hielt. »Schau, ist er nicht süß?«

Sie kamen zu Joshua und gingen beide in die Hocke, um ihn besser sehen zu können. Der Fremde hatte kurze, rote Haare, viel zu schöne blaue Augen und ein ätzend hübsches Gesicht.

Joshua mochte ihn auf Anhieb nicht. Aus schmalen Augen starrte er ihn an, obwohl ihm bewusst war, dass selbst schmale Knopfaugen nicht sonderlich bedrohlich wirkten. *Wehe, du tust ihm weh. Wehe, er ist in dich verliebt, und du nutzt das aus.*

»Bisschen kahl auf der einen Seite.« Lawrence gluckste. »Er sieht aus, als müsste er Übergewicht auf die andere bekommen bei all dem Flauschefell. Und müde ist er auch, so klein, wie seine Äuglein sind.«

»Du wärst ebenfalls müde, wenn du in der Nacht eine OP hinter dich gebracht hättest«, verteidigte Nick ihn und legte die Fingerspitzen an die Glasschieber. »Hör nicht auf ihn, Fluffi. Du bist sogar mit dem kahlen Streifen niedlich. Das wächst nach.«

Lawrence lachte. »Er ist ein Hamster. Er versteht mich nicht. Du musst ihn nicht in Schutz nehmen. Und ja, er ist auch mit kahlem Streifen niedlich.«

Joshua huschte zu Nicks Hand und stupste die Nase gegen eine Fingerspitze. *Danke. Mach dir keine Sorgen.* Dann drehte er sich zu Lawrence und starrte den wieder an. *Ich verstehe jedes Wort, du Stinker. Und ich bin nicht müde, sondern misstrauisch. Du hast keine Ahnung von Hamstern, was? Nick ist da echt besser als du. Hör auf den.*

Der Fremde drückte sich in die Höhe und beugte sich über das Gehege. »Aber schön ist es geworden, Nicki. Ich wette, deine Knutschkugel fühlt sich wohl darin.«

Sein Geruch streifte Joshua, gleich wurde er etwas ruhiger. Den Duft kannte er, der hing überall unterschwellig in Nicks Wohnung. Na ja, soweit er die hatte erschnuppern können. Offensichtlich war der Mann öfter da. Bestimmt nur ein Freund.

Die beiden verschwanden in der Küche, dann kehrten sie mit Schalen und Geschirr zurück, deckten den Esstisch, setzten sich. Argwöhnisch beobachtete Joshua sie. Doch sie saßen einfach nur einander gegenüber, redeten, lachten. Sie scherzten, aber flirteten nicht. Es flogen keine Zweideutigkeiten umher. Keine Füße wurden ausgestreckt, um den anderen ganz zufällig zu berühren. Und so, wie sie miteinander sprachen, kannten sie sich echt schon eine halbe Ewigkeit.

Joshua entspannte sich, während er mit ein wenig schlechtem Gewissen der Unterhaltung lauschte. Aber was sollte er machen? Er hatte gute Ohren, und Hamsterohrstöpsel hatte bisher noch niemand erfunden. Interessant war es außerdem. Sein Gefährte arbeitete als Krankenpfleger, wenngleich Joshua leider nicht herausfand, in welchem Krankenhaus.

Ob es dasselbe war, in dem Joshua als Personalsachbearbeiter angestellt war? Uff, er musste spätestens am Montagmorgen an ein Telefon kommen, um sich krankzumelden. Unentschuldigt fehlen ging gar nicht. Er konnte ja schlecht erzählen, dass ihn eine Katze angefallen hatte und er in einem Terrarium gestrandet gewesen war. Außerdem wurde es dann höchste Zeit, sich um seine Pfleglinge zu kümmern! Nach zwei Tagen, ohne dass er die Pinkelecken säuberte, musste das ekelhaft stinken. Zudem brauchten die Lütten dringend frisches Wasser.

Nick und Lawrence diskutierten über ein Kostüm, das Nick auf einer Con tragen wollte. Es gehörte zu einer Figur aus einem *schrägen Online-Comic,* wenn es nach Lawrence ging. Glücklich grinste Joshua in sich hinein. Den kannte er! Der erzählte die schwule Geschichte eines schwulen Superhelden, gezeichnet von einem schwulen Zeichner. Sein Gefährte hatte auf jeden Fall kein Problem mit Homosexualität! Außerdem war er kreativ und hatte keine Hemmung, seine Leidenschaften auszuleben. Oh, hoffentlich in allen Bereichen seines Lebens!

Nach dem Essen zogen die zwei auf das Sofa direkt neben Joshuas Terrarium um. Nick warf eine DVD an. Super, ein gemütlicher Fernsehabend. Zwar war Joshua viel zu weit weg vom Bildschirm, um auch nur ansatzweise etwas erkennen zu können, aber die Titelmelodie kannte er. *Buddy Check!* Er liebte den Film um die beiden Taucher, die sich in Thailand fanden. Da musste er nichts sehen, die Bilder hatte er ohnehin im Kopf. Herrlich, sein Gefährte hatte einen guten Geschmack.

Sehnsüchtig blinzelte Joshua zu ihm hin. Perfekt wäre es jetzt noch, wenn der ihn aus dem Käfig holen und auf seine Beine setzen würde. Jawohl!

Stattdessen lehnte Nick sich an seinen Freund. Und der legte frech einen Arm um ihn!

»Alles in Ordnung?«, fragte Lawrence sanft. »Oder hängt dir der Morgen nach?«

Nick winkte ab. »Alles in Ordnung. Der Arsch kann mich mal. Mach dir keine Sorgen.«

Gleich brodelte die Sorge, die Nick Lawrence verbot, in Joshua empor. Nick log, er konnte es an der Stimme hören. Mit einem Mal klang sein Gefährte niedergeschlagen. Was war am Morgen passiert? *Hey du, drück ihn mal! Das braucht er jetzt!* Und Joshua steckte im Gehege. Gut, dass Nicks Freund da war.

»Hm.« Lawrence nickte und drückte Nick wirklich fester, als hätte er auf Joshuas Gedanken reagiert. »Wollen wir doch noch feiern gehen?«

Nick schien ein wenig kleiner zu werden. Für einen Atemzug schwieg er. Dann schüttelte er den Kopf. »Ich will lieber daheim bleiben und ein Auge auf Fluffi haben. Nur, falls es zu Komplikationen kommt.«

Jetzt hätte Joshua wirklich gerne gewusst, was am Morgen passiert war. Nick mochte sich um ihn sorgen, aber er war eindeutig die Ausrede.

»Klar, kein Problem. Ist vermutlich besser so.« Lawrence gab Nick einen Kuss auf die Schläfe, den Joshua ihm direkt verzieh, weil sein Gefährte so niedergeschlagen wirkte. »Filmeabend mit dir ist immer schön.« Er grinste. »Mir würden außerdem noch so ein, zwei Dinge einfallen, um den Abend richtig angenehm zu machen.«

»Oh, wirklich?« Nick entspannte sich, in seine Stimme schlich sich ein Schnurren.

Halt, was?

»Wirklich. Dinge, die wir im Club nicht anstellen könnten.« Lawrence gluckste. »Zumindest nicht, ohne öffentlich Ärger zu erregen. Aber diese Dinge tun dir sehr gut, meine ich. Bringen dich auf andere Gedanken. Entspannen dich.«

»Hm, wovon magst du nur sprechen?« Lächelnd wandte Nick sich ihm zu, drückte ihm einen Kuss auf die Wange und schob einen Arm um ihn.

Oh nein. Oh nein, nein, nein! Das werdet ihr jetzt nicht tun! Unvermittelt brodelte die Eifersucht erneut in Joshua hoch. Hitzig und brennend. *Auf keinen Fall! Wehe! Ihr werdet keinen Sex haben! Erst recht nicht zwei Meter von mir entfernt!*

»Von so geheimen Dingen, dass sie in anständiger Gesellschaft nicht ausgesprochen werden dürfen«, versicherte Lawrence mit Grabesstimme und schob eine Hand unter Nicks sonnengelbes Sweatshirt.

Nick kicherte, ein unglaublich süßer Laut, den Joshua zu jedem anderen Zeitpunkt garantiert angeschmachtet hätte. »Seit wann sind wir anständige Gesellschaft, Schnucki?«

»Punkt für dich.« Lawrence lachte. »Aber *Lust auf Sex?* klingt so profan.«

»Außerdem habe ich immer Lust auf Sex.« Nick gluckste. »Wird Zeit, dass ich einen Freund finde.«

Trotz des leichten Tonfalls hörte Joshua die Traurigkeit in seiner Stimme. *Vorschlag, Nick. Lass die Finger von ihm, warte noch zwei Tage, und dann gebe ich dir allen Sex, den du dir nur wünschen kannst, ja? Als dein Freund. Mehr sogar als dein Freund. Als dein Gefährte. Bitte.*

Leider beherrschte Joshua keine Telepathie. Knurrend wandte er sich ab, als die beiden zu knutschen begannen. Scheiße, warum machten die das? Die waren doch ganz offensichtlich nicht zusammen!

Nick gab einen wohligen Laut von sich und brachte damit Joshuas Fell dazu, sich wieder aufzurichten.

Wütend wuselte Joshua in sein Hamsterhaus. Er würde den beiden jetzt nicht zuschauen, wie sie Sex hatten! Verdammte Hamsterkacke! Konnten die das nicht bei Lawrence machen? Oder besser noch, konnten die das nicht einfach sein lassen?

Nick seufzte. Das dünne Holz des Häuschens hielt mal gleich gar nichts ab.

Zornig schnatterte Joshua vor sich hin. Eigentlich hatte er kein Recht auf Eifersucht. Nick und er waren kein Paar. Streng genommen kannten sich Nick und er nicht einmal! Hamster zählten einfach nicht. Kein normaler Mann wollte eine Liebesbeziehung mit einem Hamster.

Aber trotzdem!

Er knautschte die Öhrchen zusammen und presste die Pfoten darauf. Es half ... gar nicht. Er hörte, dass Nicks Atem schneller ging. Roch die Erregung, die durch den Raum zu driften begann.

Ruhig, Joshua. Ruhig. Er kennt dich nicht. Er ist nicht untreu. Er weiß nicht mal, dass du existierst. Sobald er das weiß, sobald ihr zusammen seid, wird er nicht mehr mit diesem Rotschopf rummachen. So lange musst du einfach ... Geduld ... Irgendwie. Er hat das Recht dazu, sich ...

Vom Sofa her drang ein leises Ächzen. Es fuhr in kaltem Zorn in Joshuas Bauch. Nein, das ging nicht. Nicht mit aller Geduld der Welt! Die würden jetzt keinen Sex neben ihm haben. Nicht Nick! Und der würde das garantiert auch nicht wollen, wüsste er, dass Joshua hier war. Jawohl, er musste das um Nicks Willen verhindern!

Grollend stürmte Joshua aus dem Häuschen. Das Adrenalin in seinen Adern schwemmte sogar das Ziehen in seiner Seite davon. Gut so, denn Schmerz konnte er jetzt gar nicht gebrauchen. Er richtete sich an der Scheibe auf und trommelte mit den Pfötchen dagegen. *Hey, aufhören!*

Die wütenden Stiche in ihm nahmen zu, weil die beiden Männer die Hände unter dem Oberteil des jeweils anderen hatten. Scheiße, das ging gar nicht! Und leider waren sie zu beschäftigt, als dass sie das leise Pochen am Glas gehört hätten.

KAPITEL 8

Okay, dann anders. Energisch wuselte Joshua auf die erhöhte Plattform und hinter eine der Keramikschalen mit Trockenfutter. Direkt darunter befand sich eine zweite mit Wasser. Er stemmte seinen plüschigen Popo dagegen und schob. Einen Zentimeter, zwei ... drei ... sie kippte und fiel. Es klirrte zufriedenstellend, als sie unten aufkam.

Erschrocken zuckten die beiden Männer auf dem Sofa zusammen. Gut!

Noch besser war, dass Nick den Rotschopf sofort losließ, aufstand und zu ihm eilte. »Fluffi, alles in Ordnung?«

Sicherheitshalber krümmte Joshua sich ein wenig nach links, als hätte er Schmerzen. Wenn Nick alarmiert war, würde er sich doch eher auf seinen Hamster konzentrieren als auf einen Mann, ja? Dabei war es in dem Moment genauer gesagt sein schlechtes Gewissen, das stach, nicht die Wunde. Die war vom Adrenalin betäubt.

»Nick, was hat er?«

Zu Lawrences Ehrenrettung musste Joshua zugeben, dass die Stimme des Rotschopfs ein wenig besorgt klang. Nicht genervt, weil er das Knutschen hatte unterbrechen müssen. Trotzdem ... *Lass die Finger von ihm!*

»Ich glaube, er hat Schmerzen.« Mitfühlend sah Nick den Hamster an, der sich auf der oberen Etage zusammenkrümmte. »Kein Wunder, seine linke Seite ist ja auch der Länge nach aufgeschlitzt. Hey, Fluffi ...« Seine Stimme wurde so sanft, dass er selbst überrascht war, wie zärtlich er klingen konnte. »Ich weiß, dass das scheiße ist, Kleiner. Aber in der letzten Spritze von der Tierärztin war Schmerzmittel drin. Das sollte noch ein wenig anhalten.«

Der Hamster schien zu nicken und brachte Nick zu einem Lächeln.

»Und wenn du dich zu gut fühlst, rennst du mir nonstop durch den Käfig und schonst dich nicht. Auch nicht gut, hm?« Er schob einen Teil der Glasfront beiseite und fischte die Futterschale aus dem Wasserschälchen. Randalemonster! »Fluffi hat ein wenig gewütet. Ich muss das trocken legen, Schnucki. Bin gleich wieder bei dir.«

Schnell tauschte er die Handvoll nass gewordene Streu aus, füllte die Wasserschale neu und gab etwas Futter in die andere Schale, nachdem er sie ausgewischt und abgetrocknet hatte. Sicherheitshalber stellte er sie ein paar Zentimeter weiter zur Seite. Nicht, dass Fluffi die erneut herunterwarf und eine Sauerei fabrizierte. Am besten noch, während Lawrence und Nick gerade voll dabei waren. Denn dann würde Fluffi warten müssen.

Der Hamster wuselte seiner Hand hinterher, kaum dass Nick sie zurückziehen wollte. Unwillkürlich musste Nick grinsen. Er konnte nicht widerstehen, den kleinen Kerl zu streicheln. Unglaublich, wie zutraulich der Lütte war! Und wie weich das flauschige Fell. Mit diesen süßen Knopfaugen und den runden Öhrchen hatte er sich ohnehin direkt in Nicks Herz geschlichen. Aber sein Verhalten war schlicht unwiderstehlich.

»Okay, Fellball«, murmelte er dennoch, obwohl sich Fluffi ihm entgegen reckte und den Nacken langzumachen schien, um mehr Streicheleinheiten zu bekommen. »Jetzt sei lieb, ja? Du hast einen ganzen Käfig für dich. Ich hätte nun gern ein wenig Zeit mit Lawrence. Kannst du verstehen, nicht?«

Er grinste, als der Hamster schnatterte und die Ohren zurücklegte. War natürlich total Banane, aber der Kleine sah unzufrieden aus.

»Ich fasse das als dein Einverständnis auf.«

Der Hamster schnatterte lauter.

Mit einem leisen Lachen schob Nick die Glasscheibe zu. Vielleicht war Fluffi sauer, weil es keine Leckerlis gab. Da musste er durch. Er hatte genug gesundes Futter im Käfig. Trotzdem war Nick ungewohnt zögerlich, als er zu Lawrence auf das Sofa zurückkehrte.

Lawrences vertrauter Arm um seine Schultern, die Wärme seines Körpers, sein bekannter Kuss verwischten das Gefühl. Nick küsste einfach zu gerne. Er hatte auch echt gerne Sex, und das war bestimmt das, was er brauchte, um den Nachhall des Morgens wegzuwischen. Warum hing ihm das nur immer noch nach?

Aber das war jedes Mal so. Nicht, dass es oft passierte. Doch wenn, dann knabberte er ewig an den beschissenen Kommentaren, egal, ob sein Verstand sagte, dass sie unhaltbar waren und nichts über Nick aussagten. Nur über die Person, die sie von sich gab.

Energisch schob Nick die Erinnerungen beiseite. Lawrence küsste gut. Seine Lippen und Zunge waren warm und vertraut, nicht heiß und prickelnd. So, wie es immer war, wenn sie miteinander schliefen. Sie hatten keinen erderschütternden Sex, aber es war gut, es fühlte sich toll an, es war entspannend.

Lawrences Hände fuhren unter dem Sweatshirt auf seine nackte Haut. Mhh, angenehm. Sein Freund war echt geschickt mit den Fingern, kein Wunder. Physiotherapeut eben.

Doch so ganz war Nick nicht bei der Sache. Irgendwie verirrte sich sein Blick zum Käfig.

Fluffi lag auf dem Rücken und zuckte.

Nick zuckte auch, und zwar zusammen. Richtig heftig. Eisiger Schreck fuhr durch ihn hindurch. »Mein Hamster!«

Hektisch wand er sich aus Lawrences Armen und stürzte zum Käfig. Vor Panik hüpfte sein Herz in seine Kehle empor. *Oh nein! Oh nein, oh nein, oh nein!*

Lawrence folgte ihm sofort. »Ach, du Sch…«

Bevor er den Satz hatte beenden können, hörte Fluffi auf zu zucken. Er drehte sich auf den Bauch, setzte sich auf die Hinterpfoten und begann, sich zu putzen. Als sei nichts geschehen.

»Mensch, Fluffi …« Mit einem Ächzen ging Nick in die Hocke und starrte in das Gehege. Nach wie vor hämmerte sein Herz, aber der Rausch des Adrenalins flaute bereits wieder ab. Fluffi sah aus wie immer. Flauschig und halb kahl, mit glänzenden Knopfaugen und ohne jedes Zittern. »Tu doch nicht so etwas. Ist alles okay, mein Kleiner? Lawrence, ist das normal? Machen Hamster das?«

Unsicher rieb Lawrence sich im Nacken. »Vielleicht hat er versucht, sich zu, äh, suhlen. Also die Hamstervariante davon. Hey, bin ich Hamsterexperte?«

»Möglicherweise ist er nervös? Ist ja alles noch ganz neu für ihn.« Zumindest hoffte Nick das. Mann, aber das hatte nicht gesund ausgesehen! Allerdings hatte die Tierärztin ihn ja erst untersucht. Wäre da etwas auffällig gewesen, hätte sie ihm das gesagt. Eventuell hatte Fluffi sich echt nur fröhlich den Rücken gekratzt.

Eine Zeitlang blieb er vor dem Käfig hocken, doch Fluffi zeigte keine wie auch immer gearteten Zitteranfälle mehr. Der Kleine putzte sich eine Weile, inspizierte seine Fäden, aber ließ sie in Frieden. Dann wanderte er zu Nick und richtete sich an der Fensterscheibe auf. Irgendwie sah er aus, als wollte er herausgenommen werden.

Nick hatte ungeachtet dessen gelesen, dass man neuen Hamstern Ruhe gönnen sollte. Zum Eingewöhnen. Und er hatte ihn schon mal auf der Hand gehabt, weil er nicht hatte widerstehen können.

Außerdem war Lawrence da. Und eigentlich hatten sie miteinander schlafen wollen.

Unsicher sah er seinen Freund an.

Lawrence erwiderte seinen Blick und lächelte. In seinen blauen Augen lag kein Vorwurf, weil Fluffi sie schon das zweite Mal unterbrochen hatte. Oder eher – Nick sich hatte unterbrechen lassen. Klar, Lawrence halt. Der war einfach der Beste.

Nick lächelte ebenfalls und zwinkerte ihm zu. »Aller guten Dinge sind drei?«

Lawrence lachte. »Nö! Aller guten Dinge sind drölfzigtausend!«

Glucksend stieß Nick ihn mit der Schulter an. »Spinner.« Er warf er einen weiteren prüfenden Blick auf seinen Hamster, der putzmunter begonnen hatte, sich ihm wieder entgegenzustrecken. »Fluffi, mach das nicht noch mal, ja? Sonst muss ich dich erneut zum Tierarzt bringen. Das ist nur Stress für uns beide, okay? Und du bist kleiner und verträgst das schlechter. Also bitte, sei einfach gesund, ja?«

Fluffi strecke die Pfötchen ein wenig höher wie ein Kleinkind, das auf den Arm wollte.

Grinsend stupste Nick die Stelle des Glases an, hinter der Fluffis Nase war, und stand auf. Obwohl der Hamster in Ordnung schien, zog er doch erst einmal sein Handy heran, kaum dass sie wieder auf dem Sofa saßen. »Ich googel nur eben mal schnell, ja? Sicher ist sicher.«

»Klar.« Lawrence drückte ihm einen Kuss auf den Kopf, ehe er den Arm um ihn legte und ihn einfach festhielt. Auf dem Fernseher tauchten Albert und

Emil in die fischreichen Gewässer Thailands ab, während traumhafte Unterwasseraufnahmen gezeigt wurden.

Tauchen wollte Nick irgendwann auch einmal. Doch gerade waren ihm Hamster wichtiger als Fische. Bestimmt fünfzehn Minuten lang klapperte er Seite um Seite ab.

»Ich glaube, er ist einfach schreckhaft. Vielleicht hat ihn etwas im Fernseher aus der Bahn geworfen«, sagte er schließlich ein wenig beruhigt. »Das oder er hat Epilepsie. Aber das will ich mal nicht hoffen.«

Wieder sah er zum Terrarium hin. Fluffi hockte in der Ecke, die dem Sofa am nächsten war, und sah zu ihm hin. Süßer Fratz. Als wollte er ihn bewachen. Nick grinste. Dreizehn Zentimeter Hamster waren allerdings nicht sehr bedrohlich. Und hier in der Wohnung gab es nichts, was gefährlich werden konnte.

Ein wenig erleichtert warf er das Handy auf den Tisch und kuschelte sich wieder an Lawrence an. Hm, sollten sie das wirklich noch mal versuchen? Was, wenn Fluffi doch Epilepsie hatte? Und sie mit einem zweiten Anfall unterbrach? Oder schlimmer – wenn er einen zweiten Anfall hatte, und Nick merkte das nicht?

Warum machte er sich überhaupt so viele Gedanken um diesen Hamster? Hamster brauchten wenig Aufmerksamkeit. Die benötigten ein großes Gehege, Ruhe, Spielzeit, Futter, Wasser und so. Aber keine Vierundzwanzig-Stunden-Betreuung.

Mehr, um sich zu beweisen, dass er sich keine übertriebene Sorge machte, als dass er wirklich noch Lust hatte, drückte er Lawrence einen sanften Kuss auf den Hals. Dann einen zweiten auf den Kiefer.

Lawrence gab einen wohligen Laut von sich, wandte sich Nick zu und streichelte seinen Arm hinab. Er fing seine Hand ein, zog sie an die Lippen und küsste sie, ehe er sie auf seine Brust legte und gemeinsam mit Nicks Fingern weiter nach unten strich.

Hinter ihnen polterte es.

Nick zuckte zusammen. Unwillkürlich sah er zum Terrarium hin. Fluffi hatte es geschafft, das Laufrad umzuwerfen, saß mit aufgeplusterten Backentaschen darauf und starrte zu ihnen hin. Das war eine Drohgebärde, hatte Nick gelesen. Aber was bedrohte der Kleine? Das besiegte Laufrad?

KAPITEL 9

Sanft küsste Lawrence Nicks Stirn. »Dir ist nicht wirklich nach Sex, oder?«

»Was?« Für einen Moment von Fluffi abgelenkt sah Nick ihn an.

Lawrence lächelte, obwohl er eine Beule in der Hose hatte, und sah weder genervt noch enttäuscht aus.

Unsicher erwiderte Nick das Lächeln. »Ich ... ich weiß nicht.« Er seufzte. »Ich fürchte, du hast recht. Ich bin nicht wirklich bei der Sache, was?«

»Nicht bei der Sache?« Lawrence lachte auf. »Kommt darauf an, was die Sache ist. Du bist absolut und einhundert Prozent bei deinem Hamster.« Neckend funkelten seine Augen. »Fast möchte ich eifersüchtig werden, Süßer.«

»Tja.« Kichernd wand Nick sich aus seinen Armen. »Ich kann dir mit völliger Sicherheit sagen, dass die drei Flusen auf deiner Brust einfach nicht mit seinem Seidenfell mithalten können. Selbst wenn du die dir mal gerade nicht wachst. Ich hole ihn her, ja?« Falls Fluffi wollte. Strenggenommen sollte er eine Woche Ruhe haben.

»Mach das.« Lawrence nickte und zog ein Bein auf die Couch.

Der Mann war echt einfach zu gut für die Welt. Keine Vorwürfe, weil Nick doch nicht wollte, sondern schlichte Akzeptanz. So, wie es sein sollte, eigentlich.

Nick öffnete den Käfig, stellte das Laufrad wieder auf und hielt Fluffi die Hand hin. »Na du, magst du bei uns sein?«

Er konnte kaum so schnell schauen, so fix wie der Hamster auf seiner Handfläche saß. Wow! Als hätte er nur darauf gewartet. Nick spürte Wärme, weil der kleine Kerl ihm so vertraute. Er hob ihn heraus und trug ihn behutsam an die Brust gedrückt zum Sofa. »Echt, das ist der größte Kuschler, den du dir vorstellen kannst, Schnucki. Der kennt mich seit gestern. Aber sieh ihn dir an.«

Lawrence lächelte. »Kann ich ihm nicht verdenken. Mit dir kuschelt es sich auch wirklich hervorragend. Gelle, kleiner Mann? Du weißt schon, was gut ist.«

Fluffi drehte sich auf Nicks Hand, wandte ihm damit seinen süßen Popo zu und richtete sich auf die Hinterpfötchen auf.

Im nächsten Moment weiteten sich Lawrences Augen. »Nick?« Er klang ungläubig und amüsiert zugleich. »Das klingt total abgefahren, aber … dein Hamster hat mir gerade den Stinkefinger gezeigt.«

»Was?« Nick lachte und drehte die Hand.

Unschuldig blinzelte Fluffi ihn an, die Pfötchen vor der Brust eingerollt und ohne jeden Stinkefinger.

»Kannst du so etwas? Stinkefinger zeigen?« Grinsend hob Nick ihn noch ein Stück höher. »Nee, ne?«

Fluffi reckte sich und stupste seine süße Nase gegen Nicks.

Nicks Herz schmolz davon. Mann, der war so unendlich niedlich, das ging doch auf keine Kuhhaut!

»Der hat dich aber so etwas von um seine Pfötchen gewickelt«, sagte Lawrence trocken. »So, wie du den anschaust, hast du noch nie einen Menschen angeschaut.«

»Wahrscheinlich brauche ich einen Mann mit Samtfell und schwarzen Knopfaugen.« Nick lachte auf. »Auweia, nein. Besser nicht. Ich küsse viel zu gern nackte Haut entlang. Da hätte ich ja ständig Haare im Mund.«

Er setzte Fluffi auf seinen Beinen ab, und der Flauschball rollte sich direkt in seinem Schoß zusammen. Als hätte er nur darauf gewartet.

»Hm, vielleicht war ihm einfach kalt«, sagte Nick zärtlich und bedeckte den kleinen Körper halb mit seiner Hand. »Er ist ja ein Stückchen nackter als sonst.« Gleich schmolz er noch einmal, als Fluffi die allerniedlichsten Laute von sich gab, kaum zu hören, aber dennoch deutlich.

Genau so saßen sie den Rest des Abends da. Nick hielt seinen Hamster warm, während Lawrence den Gastgeber in Nicks Wohnung spielte. Er holte neue Getränke, wechselte die DVD, damit sie nach *Buddy Check* auch noch *Strandhaus für zwei* schauen konnten, und räumte sogar die Spülmaschine ein. Und alles nur, weil Nick einen schlafenden Hamster auf dem Schoß hatte.

Schließlich meldete sich jedoch seine Blase, und da konnte Lawrence nicht aushelfen.

»Sorry, Fluffi«, murmelte er und hob ihn behutsam hoch, um ihn zum Terrarium zurückzubringen.

Fluffi sah nicht glücklich aus, als er ihn wieder ins Gehege setzte. Aber er konnte ihn ja kaum aufs Klo mitnehmen.

Lawrence nutzte die Gelegenheit, um sich zu verabschieden. Sie umarmten sich im Flur. Nick bekam noch einen Kuss auf die Stirn und musste Lawrence das Versprechen geben, dass er ihn anrief, falls es ihm doch schlechter ging wegen des Arschs am Vormittag. Sein Freund kannte ihn echt zu gut.

»Aber ich habe jetzt ja auch Fluffi.« Nick grinste. »Der kann mich sofort ablenken, indem er einfach nur niedlich im Käfig sitzt. Mach dir keine Sorgen. Ich bin ein erwachsener Mann, ich kann damit umgehen.« Vor allem, weil es ja nur Worte gewesen waren. Damit sollte er wirklich fertigwerden können.

»Auch erwachsene Männer sind keine gefühllosen Roboter«, antwortete Lawrence ungerührt. »Wenn es dir gut geht, bin ich froh. Aber falls nicht, bin ich da. Vergiss das nicht.«

Noch einmal umarmten sie sich, dann ging sein Freund. Lächelnd sah Nick ihm nach, bis er nicht mehr zu sehen war. Sie kannten sich seit über sieben Jahren, und Lawrence war echt der beste Freund, den er je gehabt hatte. Der allerbeste.

»Magst du nicht doch über Ostern kommen, Schatz?«

Auf keinen Fall! Nick schüttelte es allein bei dem Gedanken. Er krampfte die Finger fester um den Hörer des Festnetz-Telefons, das er nur dank seiner Großeltern besaß. Sie hatten es ihm zum Einzug in die erste eigene Wohnung geschenkt, und er hatte es beim nächsten Umzug mitgenommen. Außer ihnen und seiner Mom nutzte es niemand.

»Mom, das hatten wir schon geklärt. Ich arbeite an Ostern.« Er bemühte sich, ein bedauerndes Lächeln in seine Stimme zu legen, obwohl er sich freiwillig im Krankenhaus für die entsprechenden Schichten gemeldet hatte. Keine zehn Pferde bekamen ihn an christlichen Feiertagen zu seiner Familie, wenn er es irgendwie verhindern konnte. Seit er mit fünfzehn eher unabsichtlich sein Coming Out gehabt hatte, wurden solche Feste zur Tortur. Seine nahe Familie tolerierte halbwegs, dass er schwul war, obwohl sie oft genug nette Single-Frauen einluden, wenn Nick zu Besuch war. Seine weitere Verwandtschaft …

»Immer musst du arbeiten! Als hättest du keine Kollegen!«, klagte seine Mutter.

»Die arbeiten ebenfalls, Mom. Es war klar, worauf ich mich einlasse, als ich Krankenpfleger geworden bin.« Jetzt lächelte Nick wirklich. »Auch um die Feiertage herum passieren Unfälle. Und nicht alle Patienten gesunden wie durch ein Wunder für diese Tage, sondern müssen weiterhin versorgt werden.«

Sie seufzte. »Ich weiß, Junge. Es wäre trotzdem schön, dich an einem heiligen Fest einmal wieder im Schoße der Familie zu haben.«

»Die Familie ist da anderer Meinung«, murmelte Nick und dachte an die angewiderten Blicke von Onkel George und Tante Marge. An die kalte Schulter, die ihm seine Cousins und Cousinen zeigten, mit denen er als Kind auf Familienfeiern herumgetobt war.

»Du musst sie verstehen«, sagte seine Mutter sanft. »Deine Lebensweise ist gegen Seine Gebote. Es ist eine Prüfung für dich, Nick. Nimm Gott wieder an, bereue deine Wege. Und sie nehmen dich alle erneut von Herzen auf!«

»Mom, ich muss mich für die Arbeit fertig machen.« Wenn sie bei einem Telefonat erst einmal an diesem Punkt angelangt waren, wurde es nicht besser. »Hab einen schönen Sonntag. Grüß Dad von mir.«

»Einen gesegneten Sonntag auch für dich, Nick.«

Nick legte auf und starrte das Telefon an, als wäre es persönlich dafür verantwortlich, dass das Gespräch schon wieder auf die religiöse Schiene abgebogen war. Dabei war es seine Schuld. Er hätte die Familienabneigung nicht erwähnen dürfen. Einfach vom Thema ablenken müssen. Schaudernd wandte er sich ab.

Er liebte seine Familie. Aber sie würde ihn nie akzeptieren, wie er war. Dafür waren sie alle zu religiös. Es hatte Nick ungezählte Tränen und schlaflose Nächte gekostet, ehe er sich zumindest einigermaßen frei davon hatte machen und seinen eigenen Weg finden können. Er fühlte sich so viel besser seither. Und er würde nie wieder dorthin zurückgehen, wo er als Sünder betrachtet wurde, weil er anders liebte.

»Von wegen Liebe«, murmelte er und spürte einen Stich im Magen. Er verliebte sich ja nicht.

Eine Bewegung lenkte seinen Blick auf das Terrarium und ließ ihn lächeln. Fluffi war wach und wuselte durch sein Gehege. Nick trat zu ihm und ging in die Hocke, um ihn auf Augenhöhe betrachten zu können. »Na du, kleiner Mann? Solltest du nicht nachtaktiv sein? Oder bist du gerade auf deinem letzten Spaziergang, bevor du es dir in deiner Höhle bequem machst?«

Sofort flitzte Fluffi zu der Stelle, vor der Nick hockte. Er richtete sich auf die Hinterbeine auf, legte den Kopf schief und sah ihn unglaublich niedlich aus seinen schwarzen Knopfaugen an.

Nicks Lächeln vertiefte sich. Fluffi tat ihm gut. Er hätte sich schon längst ein Haustier zulegen sollen. Tiere waren so wundervoll frei von Vorurteilen, sie liebten einfach bedingungslos. Er konnte nicht widerstehen, musste den Käfig öffnen und Fluffi seine Hand anbieten.

Sofort saß der Kleine darauf und kuschelte sich an ihn.

Zusammen mit dem Hamster setzte Nick sich auf die Couch und zog die Beine in den Schneidersitz. Sacht kraulte er Fluffi hinter den Öhrchen und lächelte erneut, als der den Kopf genießerisch verdrehte und halb die Äuglein schloss. Er gab ganz und gar zauberhafte, leise Gurrlaute von sich, als wollte er ihn aufmuntern.

»War nur meine Mom, mach dir keine Sorgen.« Nick seufzte. »Meine Familie ist halt religiös, damit muss ich leben.«

Fluffis Fell sträubte sich und ließ ihn wieder zu dieser endlos niedlichen Plüschkugel werden.

Nick grinste. »Du hast recht, Süßer. Das ist haarsträubend.« Sein Lächeln erlosch. »Na ja, nicht, dass sie religiös sind. Sollen sie doch sein, wenn es sie glücklich macht. Aber dass ich damit für sie ein Sünder bin … Onkel George und Tante Marge, sie haben mich oft bei Wochenendtripps zum Campen mitgenommen. Onkel George hat mir gezeigt, wie man angelt. Tante Marge hatte immer Apfelkuchen fürs Picknick mit dabei. Und jetzt, jetzt schauen mich die zwei an, als sei ich Abfall.« Frierend schlang er den freien Arm um sich.

Zärtlich nippte Fluffi mit einem Gurren an seinem Finger.

KAPITEL 10

»Findest du auch doof? Lieb von dir.« Sanft streichelte Nick den weichen Rücken entlang. Diese winzige Handvoll Wärme tat ihm echt gut. »Weißt du, das Schlimme ist, dass sie Mom und Dad ... Mom und Dad, na ja, sie akzeptieren es nicht wirklich, aber sie tolerieren, dass ich schwul bin. Sie versuchen, das Beste daraus zu machen. Ich glaube, sie sind der Meinung, wenn sie nur beharrlich genug sind, können sie das schwarze Schaf, also mich, zurück in den Schoß der Kirche holen.« Unglücklich verzog er das Gesicht. »Ich kann es ihnen nicht verdenken, echt nicht. Sie lieben mich. Und das ist ihre Idee davon, mich zu retten. Sie sehen nicht, dass es da nichts zu retten gibt.«

Fluffi schnatterte und brachte Nick zum Lachen.

»Prima, siehst du auch so, ja?« Er beugte sich hinab und drückte einen behutsamen Kuss auf den Hamsterkopf. »Aber George und Marge stressen meine Eltern. Dass die den Kontakt abbrechen sollten, bis ich zur Vernunft komme. Und manchmal, da wünsche ich mir ...« Er seufzte. »Dass stattdessen Onkel und Tante den Kontakt zu meinen Eltern beenden. Doch das würde Mom traurig machen,

George ist ihr Bruder. Und ich weiß nicht, ob ...« Mit einem Mal war seine Kehle eng, seine Augen begannen, fies zu brennen. »Ob nicht eher Mom und Dad mich vor die Tür setzen würden, stünden sie vor dieser Wahl.« Er liebte seine Familie, obwohl sie stressig war und nicht anerkannte, dass er nicht ihrer Norm entsprach. Er wollte sie nicht verlieren. »Und dann überlege ich, ob es das wirklich wert ist. Schwul zu sein. Ob ich mich nicht mehr anstrengen sollte, dass ich zumindest ... gar nichts bin.«

Fluffi nippte erneut an seinem Finger, härter dieses Mal. Fast tat es weh.

»He, du kleiner Frechdachs!« Nick hob ihn in der Kuhle von beiden Händen hoch und hielt ihn sich vors Gesicht. »Für was war das denn? Nicht genug Aufmerksamkeit? Oder weil ich Müll erzähle?«

Fluffi bewegte den Kopf in einer Art, dass es beinahe wirkte, als nickte er. Energisch. Dann gurrte er erneut.

Wieder brachte er Nick zum Lachen und vertrieb die drohenden Tränen. »Mach dir keine Sorgen. Es sind nur Gedanken. Ich weiß, dass das eine blöde Idee wäre. Aber weißt du ...« Er verzog das Gesicht. »Ich hab das bisher niemanden erzählt. Nicht mal Lawrence weiß das, und der ist mein bester Freund. Ich war noch nie verliebt. Nicht mal als Teenager. Ich fand Jungs und Männer schon immer attraktiv, Frauen nie. Allerdings eben nur körperlich. Ich liebe meine Freunde. Aber nicht ein einziges Mal einen Partner. Ich liebe Sex. Sex mit Männern ist toll. Nur ist es Sex wert, dass ich mich mit meiner Familie überwerfe?«

Fluffi gab eine ganze Reihe von Gurrlauten von sich und rieb das Köpfchen an Nicks Daumen.

Irgendwie hatte Nick das Gefühl, dass der kleine Kerl ihn trösten wollte. Er mochte nicht verstehen, worum es ging, aber er schien sehr wohl zu fühlen, dass Nick traurig war.

»Danke, Fluffi«, sagte er zärtlich. »Ich hab dich auch lieb. Weißt du, es wäre so viel einfacher, wenn ich schlicht hetero wäre. Dann hätte ich eine nette Frau aus der Gemeinde geheiratet, bestimmt schon zwei Kinder.« Im nächsten Moment musste er lachen, weil Fluffi ihn in die Daumenkuppe biss. Nicht fest, aber spürbar. »Ey! Ich glaube wirklich, dass du spürst, wenn ich Müll erzähle. Ich sagte: *hätte*. Mache ich natürlich nicht. Das wäre niemanden gegenüber fair. Weder ihr noch mir. Weil ich eben schwul bin. Kleine Kröte, du!«

Es tat gut, mit Fluffi darüber zu reden. Der verurteilte ihn nicht, und Nick konnte seine Reaktionen genau so interpretieren, wie er sie brauchte. Er wollte keine Frau und Kinder. Aber das Was-wäre-wenn ließ sich nicht immer vertreiben.

»Weißt du was? Wir zwei bleiben einfach Single, hm? Muss ja nicht jeder in einer Beziehung glücklich werden. Du bist dafür der beste Beweis.« Nick drückte einen weiteren, sehr behutsamen Kuss auf den Hamsterkopf. Unglaublich, dass der das zuließ!

Fluffi richtete sich auf die Hinterbeine auf und legte beide Pfötchen rechts und links an Nicks Nase. Seine Fieplaute klangen irgendwie empört.

»Vorsicht. Strecke die Seite nicht zu sehr. Wir wollen nicht, dass da etwas reißt.« Nick lächelte und hob ihn ein Stückchen höher, damit dem Lütten nichts geschah. »Ich passe auf dich auf. Versprochen. Besser als auf Plüschi.«

Fluffi legte den Kopf schief und stieß Nicks Nase mit seiner kleinen Nase an.

Unwillkürlich schauderte Nick. »Ja, das war echt übel von mir. Aber ich wusste es nicht anders.« Er biss sich auf die Unterlippe. »Der arme Kerl hatte nur einen klitzekleinen Plastikkäfig. Ein winziges Laufrad. Und nichts, woran er kauen konnte, außer den Gitterstäben und der Futterschale. Von der hat er etwas abgeknabbert.« Das verschluckte Plastikstück hatte ihm den Darm aufgeschlitzt. Aber das wollte er Fluffi dann doch lieber nicht sagen. Obwohl der ihn nicht verstand. »Auf dich passe ich auf, mein Kleiner. Ich habe schon ganz viel über Hamster gelesen. Du wirst es besser haben. Versprochen!«

Sein Blick fiel auf die Uhr; er zuckte zusammen.

»Ach, du Scheiße! Ich muss los!«

Er sprang auf, setzte Fluffi in den Käfig und schloss ihn hektisch.

»Süßer, sorry! Ich bin noch nicht mal geduscht und nichts. Aber mir geht es besser. Danke für dein sonniges Wesen.« Er lächelte, stupste einmal die Glasscheibe an der Stelle an, hinter der Fluffi saß und zu ihm aufsah, und stürzte ins Bad.

So ging das nicht weiter. Auf keinen Fall. Joshua wollte nichts mehr, als sich zu verwandeln, seinen Gefährten in die Arme zu nehmen und die Traurigkeit aus seinem Gesicht wegzuküssen. Aber vermutlich würde Nick dann schreien, nach dem nächsten schweren Gegenstand greifen und versuchen, den Einbrecher und Triebtäter aus seiner Wohnung zu vertreiben.

Joshua klebte förmlich an der Glasscheibe und sah zur Badezimmertür hin, hinter der Nick verschwunden war. Sein Herz floss über vor Mitgefühl. Joshua hatte nicht allzu oft Kontakt zu seiner eigenen Familie; sie alle waren eher Einzelgänger. Aber sie liebten sich. Sie unterstützten sich. Keiner gehörte irgendwelchen fundamentalistischen Religionsrichtungen an.

Es war so herzergreifend süß und schmerzhaft, wie Nick sich bemühte, seine Unabhängigkeit zu bewahren, sein Leben zu leben und gleichzeitig seiner Familie gerecht zu werden. Und wie er versuchte, an Joshua wiedergutzumachen, was er bei seinem ersten Hamster verbrochen hatte.

Joshua schauderte. Armer Plüschi. Nick hatte ihn geliebt, die Trauer in seiner Stimme war nicht zu überhören gewesen. Damals hatte er es einfach nicht besser gewusst. Trotzdem … armer Hamster. Und doppelt arm, mit diesem Namen gestraft zu sein. Joshua wollte keine Kinder, aber sollte er doch mal welche haben, adoptiert oder so, musste die auf jeden

Fall jemand anderes benamsen. Sonst hießen die am Ende noch Stoppeli und Kreischi oder so.

Nick stürzte aus dem Bad, und Joshua drehte sich eilig weg, als er bemerkte, dass sein Gefährte nackt war. Er grub die Pfoten in die Streu, um nicht in Versuchung zu kommen. Oh Mann, er hätte echt zu gerne einen langen Blick auf dessen Körper geworfen.

Privatsphäre ist wichtig, sagte er sich vor. Davon hatte Nick ohnehin gerade viel zu wenig. Der wusste ja nicht, dass er sich einem Wandler und keinem Hamster anvertraut hatte.

Verdammt. Joshua musste hier raus. So schnell wie möglich. Da würde er Nicks Herz nur ein bisschen anknacksen, nicht vollkommen brechen, ehe der sich erst einmal richtig in seine Hamsterform verschossen hatte. Und an der hing Nick bereits viel zu sehr. Klar, sie waren Gefährten, das ließ sich nicht verleugnen.

Sehnsüchtig lauschte Joshua auf die Schritte, als Nick durch die Wohnung hastete, im Schlafzimmer herumkruschte und dann wieder zurück ins Bad rannte.

Außerdem war Joshua echt bescheuert. Warum hatte er sich so zutraulich gezeigt? Er hätte sich verstecken müssen! Den scheuen Hamster mimen! Nick nicht regelrecht einladen, sich ihm anzuvertrauen. Sein schlechtes Gewissen biss sich munter in ihm fest.

Aber verdammt, er hatte nicht viel weiter gedacht, als dass er seinem Gefährten nahe sein wollte. Und dass der keinen Sex mit seinem Kumpel haben durfte. Und dann ... na ja, dann hatte sich das verselbstständigt.

Wie sollte er auch verschwinden, wenn alles an Nick ihn zu dem süßen Mann lockte? Sein Duft, seine Stimme, sein Lachen, seine Art, seine herrlichen Augen, sein Wesen, was er sagte, wie er es sagte … einfach alles!

Wieder rannte Nick aus dem Bad, dieses Mal angezogen. »Tschüss, Fluffi! Bis heute Abend! Kann später werden!«

Joshua winkte ihm. Nick war ohnehin zu weit weg, als dass er das sehen könnte.

Die Tür fiel ins Schloss, dann knirschte der Schlüssel und schob den Riegel vor. Zweimal. Zu.

Sehnsüchtig lauschte Joshua, wie die Schritte durch den Hausflur hallten und schließlich verstummten.

Komm zurück, dachte er, obwohl das in doppeltem Sinne keine gute Idee war. Nick musste zur Arbeit, und Joshua musste hier raus. Er konnte nicht zulassen, dass Nick ihm unwissentlich noch mehr anvertraute. Scheiße, echt! Klar sollte Nick das! Aber nicht … so! Nicht unkontrolliert und unbewusst.

Hoffentlich hielt die Wunde schon. Aus der Wohnung kam er auf keinen Fall als Hamster. Dafür brauchte er Hände. Und eine Größe von mehr als dreizehn Zentimeter.

Energisch machte Joshua sich daran, sein Laufrad näher an die Terrarienwand zu schieben. Wenn ihn seine kurzsichtigen Augen nicht trogen, hatte Nick den Deckel nicht richtig geschlossen. Oh Mann, der musste echt noch das eine oder andere über Hamster lernen. Die waren auch ohne Wandler-Gen Ausbrecherkönige. Mit einem Futternapf blockierte er das

Rad, stopfte ein wenig Streu dazu, um sicher zu gehen, und turnte dann nach oben.

Tatsächlich. Der Haken war nicht eingerastet, der Deckel stand einen halben Zentimeter weit auf. Joshua schaffte es, ihn ganz zu öffnen und sich zwischen Wand und Gitter hindurchzuquetschen.

Um sich fallen zu lassen, war es zu tief. Zwar konnte er das nicht im Mindesten schätzen, dafür waren Hamsteraugen nicht gemacht. Aber allein von der Höhe, in der sich Nicks Brust befand, wenn er vor dem Käfig stand, war es eine schlechte Idee, einfach abzustürzen. Besonders nicht, da er ohnehin schon angeschlagen war.

Er schwang seinen Hamsterpopo nach draußen und ließ sich hinab, bis er nur noch an den Vorderpfoten hing. Wandeln. Jetzt. Hoffentlich ging das gut.

KAPITEL 11

Mit einem Durchatmen konzentrierte er sich auf seinen Menschenkörper und öffnete die Pfötchen. Er fiel, wandelte. Hart landete er auf den Füßen, verlor das Gleichgewicht, stieß sich ein Knie, bekam etwas zu fassen und stand.

Schmerz zuckte durch seine verletzte Seite und ließ ihn ächzen.

»Fuck, Scheiße, verdammt«, keuchte er erstickt und presste einen Arm gegen die Rippen, die Hand seitlich auf den Bauch.

Natürlich hatte er die Naht gesprengt, und die hatte gleich die Wunde aufgerissen. Knapp zwei Tage reichten nicht einmal für Wandler, um halbwegs zu heilen. Einen Moment lang atmete Joshua gegen den Schmerz an, ehe sich sein Kopf wieder klärte.

Okay, er war raus aus dem Käfig. Schritt eins war erfolgreich gewesen. Schritt zwei: Cayden anrufen. Sein Freund musste herkommen und ihn abholen. Mit Kleidung. Joshua konnte unmöglich als Hamster bis zu sich nach Hause laufen. Mal abgesehen davon, dass das zu lange brauchte – zumindest vermutete er das –, wäre er so halb aufgeschlitzt viel zu leichte Beute für alles, was dort draußen kreuchte und fleuchte. Und dass seine Idee, sich im Gefahrenfall sofort zu verwandeln, ungefähr null funktionierte, hatte er ja bei der Katze festgestellt.

Er schauderte. Echt, damit hatte er nicht gerechnet. Wandlung war ihm immer wie das Leichteste der Welt erschienen. Das eine oder andere Mal hatte er sich in seiner Kindheit auch vor Schreck in einen Hamster verwandelt. Umgekehrt? Lag ihm das offensichtlich nicht so sehr.

Egal, dafür war später Zeit. Oh, er brauchte noch einen Punkt eins b auf seinem Plan. Erst einmal musste er überhaupt herausfinden, wo genau er war. Sonst konnte Cayden ihn kaum abholen. Kacke, jetzt musste er doch in Nicks Sachen herumwühlen.

Schritte im Hausflur. Gleich darauf knirschte das Schloss.

Was?

Joshua fuhr herum, als die Tür aufging. Für den Bruchteil einer Sekunde starrte er in Nicks erschrockenes Gesicht, dann hatte er sich verwandelt. *Oh Scheiße! Scheiße, Scheiße, Scheiße!* Hatte Nick ihn gesehen? Richtig gesehen? Und falls ja, traute er seinen Augen?

Für einen Moment rührte Nick sich nicht.

Joshua hielt ebenfalls vollkommen still. *Ich bin ein Hamster, schau? Niedlich, flauschig, harmlos. Kein Einbrecher. Kein nackter Eins-Achtzig-Kerl mit 'nem Schlitz in der Seite.*

Für einen Moment konnte Nick sich nicht rühren. An diesem Tag ging echt alles schief. Erst der schon wieder so unschön endende Anruf seiner Mutter, dann vergaß er die Zeit, jetzt auch noch den Autoschlüssel. Und kaum war er zurück in die Wohnung gehastet, stand dort mitten in seinem Wohnzimmer ein nackter Mann.

Ein verdammt gut gebauter nackter Mann, durchaus. Sehnige Beine, ein knackiger Hintern, ein trainierter Rücken und darüber verwuschelte, aschblonde Haare. Abrupt drehte der Kerl den Kopf, für einen Wimpernschlag trafen sich ihre Blicke. Oh, schöne Augen in einem markanten Gesicht.

Aber nichtsdestotrotz, das war ein Mann, der hier nichts zu suchen hatte!

Noch ehe Nicks Gehirn sich für eine adäquate Reaktion hatte entscheiden können – schreien, Tür zuknallen, auf den Fremden losstürmen, Polizei rufen oder vielleicht alles gleichzeitig –, war der Kerl verschwunden. Wäre Nick nicht so erschrocken gewesen, hätte jetzt eindeutig das Bedürfnis nach einem Aufschrei überwogen.

Was?

Stattdessen saß mitten im Wohnzimmer sein Hamster. Fluffig, niedlich, sandfarben. Mit genau der gleichen Haarfarbe, äh, Fellfarbe wie der Mann.

Hektisch sah Nick sich um. Kein Mensch. Weit und breit kein Mensch. Nur Fluffi. Die Tür war auch ganz normal abgeschlossen gewesen. Offensichtlich fing er an zu halluzinieren. Oder tagzuträumen. Immerhin war das ein echt attraktives Phantom gewesen.

Warte ... Da saß Fluffi! »Ach du je! Wie bist du denn da raus gekommen? Komm her, mein Kleiner.«

Nick zog die Tür hinter sich zu, trat auf den Lütten zu und bückte sich nach ihm. Mit der felsenfesten Überzeugung, dass Fluffi wie immer auf ihn zugelaufen kam, sich auf seine Hand kuschelte und zurück in den Käfig heben ließ.

Mit großen Knopfaugen sah seine Flauschkugel ihn an, seine Ohren zuckten. Er schnupperte. Lehnte sich zu Nick. Dann drehte er abrupt um und schoss auf das Sofa zu.

»Nein, Süßer! Das ist die falsche Richtung!« Hektisch folgte Nick ihm. Mist, Mist, Mist! Dafür hatte er jetzt gar keine Zeit! Hilfe, war der Kleine schnell! Und eben ... klein! *Vorsichtig! Vorsichtig. Nur nicht auf ihn treten!*

Nick warf sich auf die Knie, streckte die Hände nach ihm aus.

Fluffi krallte die Pfötchen in den Teppich vor dem Sofa, fuhr herum und entkam ihm.

Auf Händen und Knien krabbelte Nick ihm hinterher. »Kleiner, bitte! Komm her!« Als würde der Hamster darauf hören. »Ich bin's doch nur. So trampelig, wie ich bin, kannst du mich unmöglich mit einem Raubtier verwechseln.«

Nicht sonderlich unerwartet war Fluffi wenig beeindruckt. Viel zu geschickt wich er Nicks zugreifender Hand ein weiteres Mal aus und flitzte bereits in die Gegenrichtung davon, noch ehe Nick wenden konnte.

Nick sprang auf die Füße und lief ihm hinterher. Scheiße! Scheiße, verdammt! Dafür hatte er echt keine Zeit! Aber er konnte Fluffi doch nicht einfach in der

Wohnung herumlaufen lassen! Was, wenn der ein Kabel anknabberte? Wenn der irgendwo hochkletterte und hinabfiel?

Leider flitzte Fluffi erneut auf das Sofa zu, seitlich über den Holzboden. Seine Krallen klackerten über den harten Boden. Dann ließ er sich fallen, machte sich platt und rutschte unter die Couch.

Unwillkürlich musste Nick lachen, das sah zu witzig aus. Dummerweise war der Kleine damit jetzt außer Reichweite. Mist!

Atemlos holte Nick Fluffis Lieblingsjoghurtdrops aus der Kommode und legte sich vor der Couch auf den Bauch. Ganz hinten an der Wand konnte er Fluffis Augen glitzern sehen. Nick lächelte.

»Hey Schnucki«, sagte er sanft und hielt ihm einen Drop hin. »Komm her. Ich bin's nur.«

Fluffi schnupperte, rührte sich jedoch nicht.

Geschlagene zehn Minuten lag Nick auf dem Bauch und versuchte, den kleinen Kerl zu locken. Der blieb, wo er war.

Vermutlich war es total idiotisch. Aber Nick konnte nichts gegen den Stich der Enttäuschung tun, weil der Hamster nicht wie sonst direkt zu ihm geflitzt war. Sondern eben einfach wie ein abenteuerlustiges Tierchen keine Lust hatte, sich einfangen zu lassen.

Nick schluckte das dumme Gefühl hinunter. Das konnten sie heute Abend klären. Er musste zur Arbeit, mittlerweile war er eh zu spät dran. Hektisch räumte er alle Kabel weg, soweit er drankam, streute ein wenig Futter aus und stellte eine Wasserschale auf den Boden. Dann schloss er die Türen, um Fluffi zumindest nur in einem Teil der Wohnung halbwegs sicher zu haben.

Ausbrecherkönig. Ob der das wohl auch bei seinen Vorbesitzern so gemacht hatte? Mist, wenn Nick nach Hause kam, musste er dringend das Gehege überprüfen, wie der Lütte es nach draußen geschafft hatte.

»Sei vorsichtig, Fluffi, ja? Pass auf dich auf und mach keinen Unsinn. Bis heute Abend. Ich freue mich schon auf dich. Und ich hoffe, bis dahin ist deine Neugierde genug befriedigt, dass du wieder zu mir kommst.« Noch einmal legte Nick sich vors Sofa und hielt Fluffi einen Joghurtdrop hin.

Fluffi schnupperte erneut, aber blieb sitzen.

Nick schob ihm den Drop zu, soweit er konnte, dann stand er auf und ging. Auf dem Weg nach unten rief er bereits auf der Arbeit an, dass er sich ein paar Minuten verspäten würde.

Alles in Joshua schrie danach, Nick hinterher zu flitzen, sich hochnehmen zu lassen und an ihn anzukuscheln. Er wollte zu ihm. Wollte bei ihm sein. Und er hasste es, seinen Gefährten zu enttäuschen.

Denn Nick war enttäuscht gewesen. Er hatte es sehen, hören, beinahe riechen können. Kein Wunder. Bisher war Joshua ja immer zu ihm, nicht von ihm weggelaufen. Sein Magen krampfte ein wenig. Oh Mann, das würde noch heiter werden. Wenn sie sich erst richtig kannten, wenn sie zusammen waren …

und er Nick dann beichten musste, was er war. Und wer.

Immerhin hatte Nick keinen Verdacht geschöpft. Na ja, normalerweise verwandelten sich Männer auch nicht in Hamster. Hoffentlich hatte er das einfach für eine optische Täuschung, ein Spiel von Licht und Schatten gehalten. Hoffentlich hatte er ihn nicht richtig gesehen. Das wäre wirklich scheiße, wenn Nick ihn direkt bei der ersten offiziellen Begegnung erkannte. Joshuas Magen krampfte gleich noch ein wenig mehr.

Eine halbe Stunde lang wagte er sich nicht unter dem Sofa hervor. Nur für den Fall, dass Nick erneut zurückkam. Er ignorierte den Joghurtdrop, obwohl der echt gut duftete. Nick war so süß. Sogar Futter und Wasser hatte er ihm bereitgestellt.

Und er freute sich auf ihn. Gleich begann Joshuas Herz mit seinem Magen mitzukrampfen. Verdammt. Oh, und *wie* er es hasste, ihn zu enttäuschen! Aber heute Abend würde es keinen Kuschelhamster mehr für Nick geben. Keinen Fellball, bei dem er sich auskotzen konnte. Keine Plüschkugel, die ihn tröstete.

»Wir müssen uns kennenlernen. Ganz dringend«, murmelte er, kaum dass er unter dem Sofa hervorgekrabbelt und wieder gewandelt hatte. Als Mensch könnte er noch viel besser aufmuntern und knuddeln.

Mist, die Wunde suppte. Die fand das gar nicht gut, hin und her zu wandeln und den Halt durch die Naht verloren zu haben. Joshua presste eine Hand auf die Seite. Da mussten sie jetzt beide durch, die Wunde und er.

Okay, Prio Eins. Wo steckte er?

Beim Telefon fand er nichts, das einen Hinweis gab. Kein Adressbuch mit dem Eintrag »Ich«. Klar, Nummern und so dürfte Nick auf dem Handy gespeichert haben. Wo bewahrte der seine Briefe auf? Unbezahlte Rechnungen und so?

Mist, jetzt lief ihm Blut das Bein hinab. Er konnte doch hier keine Blutspur hinterlassen! Nick würde tot umfallen, wenn er die sah! Joshua suchte das Bad auf, wickelte eine ordentliche Menge Klopapier ab und presste die gegen seine Seite. Mensch, warum musste das so ein langer Schnitt sein? Dreckskatze! Die Hälfte hätte es auch getan. Oder besser noch wäre nur ein Fauchen gewesen.

KAPITEL 12

Im Flur wurde er fündig. Auf einer Ablage befand sich eine Handvoll Briefe. 132 Street, Surrey. Nick Bennett. Erleichtert grinste Joshua. Das war besser, als hätte er den E-Reader durchspionieren müssen, an welche Adresse Nick sich Pakete schicken ließ.

Joshua holte mehr Klopapier und kehrte mit diesem provisorischen Wundpflaster ins Wohnzimmer zurück. Welch ein Glück, dass Nick ein Festnetztelefon besaß und am Morgen noch telefoniert hatte. So konnte Joshua auf Anhieb die richtige Schranktür öffnen. Nick versteckte es, als wollte er es nicht sehen. Na, wenn er nur Anrufe darauf wie den bekam, der ihn so traurig gemacht hatte, war das kein Wunder.

Joshua brauchte eine ganze Weile, ehe er die Nummer von Cayden zusammengestoppelt hatte. Das kam davon, dass er seine Freunde nur übers Adressbuch anrief. Doch sein Handy lag im Spind im Krankenhaus und war damit unerreichbar.

»Ja?«, meldete sich Caydens vertraute dunkle Stimme.

Joshua atmete auf. »Hey, Cayden. Schön, dass du direkt dran bist. Ich …«

»Gottverdammt, Josh!«, unterbrach Cayden ihn grollend. »Wo zur Hölle steckst du? Wir hatten das Thema bei deinem letzten Untertauchen! Verdammt noch mal, sag mir Bescheid, wenn du einen Hamster in Not retten musst, und tauche nicht einfach ab!«

Oh. Ja. Eigentlich waren sie am Samstag verabredet gewesen. »Oh Mann, das habe ich total verschwitzt! Du, tut mir leid, aber …«

»Deine Entschuldigung kannst du dir in den Arsch schieben! Ich bin bei dir daheim gewesen! Kein Schwein da! Ich konnte dich nicht erreichen! Verdammt noch mal, ich habe mir Sorgen gemacht! Und jetzt rufst du an und sagst mir, du hättest es verschwitzt? Sag mal, tickst du noch ganz richtig?« Cayden klang richtig, richtig sauer.

Ein wenig fehlten Joshua die Worte. Natürlich hatte Cayden recht, so von seiner Warte aus gesehen. Aber damit, in dieser Situation angeblafft zu werden, hatte er nicht gerechnet. »Ja. Ich habe das nicht mit Absicht gemacht, ich …«

»Nicht mit Absicht! Du hast mich nicht mit Absicht versetzt, wie großartig! Josh, ich sag dir was …«

»Cayden.«

»Nix Cayden! Ich …«

»Cay, verdammt! Ich brauche deine Hilfe!« Endlich setzten Joshuas Gehirnzellen wieder ein. »Mich hat 'ne Katze angefallen, ich bin beim Tierarzt versorgt und dann in einen Käfig gesteckt worden. Ich hänge nackt in Surrey fest. Verflucht noch mal, ich hab das nicht absichtlich gemacht!«

Für einen Atemzug war es still am anderen Ende der Leitung. »Oh Scheiße! Geht es dir gut?«

»Gut ist relativ. Die Wunde suppt. Die Naht ist gerissen, als ich gewandelt habe. Aber ich kann hier nicht bleiben.« Joshua grinste schief, erleichtert darüber, dass Cayden aufgehört hatte zu schimpfen. »Kannst du mich abholen?«

»Scheiße, verdammt, klar! Wo steckst du?«

Joshua nannte ihm die Adresse. »Bring mir Kleidung mit, ich habe nichts und mag den Mann nicht bestehlen. Und ein paar Mullbinden oder so. Klingel bei Bennett, ich öffne dir. Der ist bis heute Abend auf der Arbeit; das ist meine Gelegenheit zur Flucht.«

»Ich bin in dreißig Minuten bei dir. Mach keinen Scheiß, Mann.« Jetzt klang Cayden richtig besorgt.

»Nie.« Na ja, es sei denn, Joshua bekam den Duft seines Gefährten in die Nase und folgte dem blind und taub für seine Umgebung, während sich eine Katze anschlich. »Danke. Bis gleich.«

Sie legten auf, und Joshua drückte ein wenig auf dem Telefon herum, bis er die Funktion fand, wie er den letzten Anruf aus der Liste nehmen konnte. Sicher war sicher.

Dann kehrte er ins Bad zurück, spülte die blutigen Klopapierlagen die Toilette hinunter und nahm sich neue. Er hatte definitiv zu früh gewandelt. Aber es ging nicht anders.

Nach ziemlich genau dreißig Minuten klingelte es. Joshua atmete durch, drückte sich selbst die Daumen, dass es keiner von Nicks Freunden war, der spontan vorbeisah, und ging an die Gegensprechanlage. Es war Cayden.

Erleichtert wartete Joshua, bis er die Schritte im Hausflur hörte, ehe er mittels des Drehknaufs die Verriegelung löste und seinem Freund öffnete. Groß, schwarzhaarig, mit hellblauen Augen, vertraut, Sicherheit verheißend.

»Ach, du Scheiße«, sagte Cayden statt einer Begrüßung, kaum dass er einen Blick auf Joshua geworfen hatte.

»Ich freue mich auch, dich zu sehen. Sehr.« Joshua grinste und trat zurück, um ihn einzulassen. Und wie er sich freute. Gleich fühlte er sich weniger unsicher, weniger ausgeliefert, weniger nackt und verwundet.

Cayden stellte seine Tasche ab und zog die Tür hinter sich zu. »Dich hat's ja echt übel erwischt. Ich schenke mir die Begrüßungsumarmung. Ich hoffe, die Wundauflagen reichen, die ich mitgebracht habe. Hättest mir ja mal sagen können, dass du von oben bis unten aufgeschlitzt bist.«

Joshua zuckte mit der rechten Schulter. Der linke Arm musste das Klopapier festhalten. Außerdem tat es weh, den zu viel zu bewegen. »Ist eh nur für den Übergang. Das muss noch mal genäht werden, denke ich.«

»Das denke ich aber auch«, brummte Cayden und holte mehrere Wundauflagen aus der Tasche. Er riss eine auf. »Klopapier. Hat dein Gastgeber keinen Erste-Hilfe-Kasten?«

»Bestimmt. Er ist Krankenpfleger. Ich weiß nur nicht, wo er den versteckt hat. Und ich will ihm nicht wirklich etwas wegnehmen. Der hat keine Ahnung, dass ich kein Hamster bin. Ich erzähl's dir später, ja?« Unbehaglich verzog Joshua den Mund. Wenn sie hier raus waren. In Sicherheit. Weg von einem vielleicht doch spontan nach Hause kommenden Nick, der sich so sehr um seinen Fluffi sorgte, dass er seine Schicht irgendwie früher beendete.

Cayden nickte. Gemeinsam deckten sie die Wunde ab, und Cayden machte sich daran, sie mit Binden zu fixieren. Dann entsorgte er das blutige Klopapier im Bad, wischte einige Tropfen vom Boden und reichte Joshua Kleidung.

»Sorry, dass ich dich angeblafft habe«, brummte er, während Joshua sich anzog. »Du klangst so unbesorgt.«

»Na ja, ich war erleichtert, dass ich dich direkt erwischt habe.« Verlegen rieb Joshua sich im Nacken, dann zog er das Sweatshirt über den Kopf. »Und wenn ich dich nicht vor zwei Monaten hätte sitzen lassen, hättest du nicht gedacht, dass ich mal wieder was verschwitzt habe.«

»Nicht zu vergessen das eine Mal, als du drei Stunden zu spät warst, weil du erst noch durch einsame Natur streifen musstest, weil du am Vortag zu viele Menschen um dich hattest.« Cayden grinste und stellte Joshua ein paar Turnschuhe hin.

»Das auch«, gab Joshua zu. »Ich hatte vergessen, auf die Uhr zu schauen.«

»Ich weiß. Aber ich habe mir da wirklich Sorgen gemacht. Gestern ebenfalls. Dass ich nicht die Polizei angerufen habe, war schon alles. Hättest du dich heute nicht gemeldet, wäre ich dort aufgeschlagen.« Cayden zog die Tasche zu, stand auf und warf sie sich über die Schulter. »Bereit?«

»Mehr als.« Kurz lauschte Joshua. Im Hausflur herrschte Stille.

Als er öffnete und nach draußen trat, kam es ihm vor wie Verrat. Als nähme er Nick etwas weg. Fast wäre er zusammengezuckt, als Cayden hinter ihm die Tür ins Schloss zog. Schweigend verließen sie das Haus. Joshua fühlte sich seltsam steif mit all dem Verbandszeug, das seinen Oberkörper umwickelte.

Als sie schließlich in Caydens blauem Passat saßen, Joshuas Sitz beinahe zu einer Liegefläche zurückgeklappt, damit er sich entspannen konnte, fragte Cayden: »Was ist passiert?«

Joshua erzählte es ihm, während Cayden den Wagen in Richtung Richmond lenkte. In allen Details. Bis auf die Dinge, die Nick ihm anvertraut hatte. Die gehörten nur ihnen. Oder um genau zu sein, gehörten sie nur Nick, doch er konnte schlecht sein eigenes Gedächtnis löschen.

»Aber das war es wert«, sagte er schließlich mit einem Lächeln und warf seinem Freund einen Blick zu. »Er ist mein Gefährte, Cayden. Ich habe ihn endlich gefunden!«

Caydens Gesicht schien sich von innen zu entzünden, so hell leuchteten seine Augen mit einem Mal. »Echt? Mann, wie geil, Josh!« Er nahm eine

Hand vom Steuer, ballte die Faust … und hielt inne, bevor er sie Joshua in die Seite stoßen konnte. Stattdessen zog er sie in einer pumpenden Bewegung mehrfach an den Körper. »Wie geil! Mann, ich freue mich so! Hast du einen Plan, wie du ihm näherkommst?«

Joshua lachte. »Erst mal heile ich einen Tag oder zwei. So kann ich gar nichts tun. Und dann muss ich ihn treffen, bevor ich irgendetwas machen kann. Vermutlich renne ich den ganzen Tag in Surrey in seiner Ecke herum und hoffe, dass ich über ihn stolpere. Und danach … mir fällt schon was ein.«

Da war er zuversichtlich. Vorausgesetzt, Nick hatte ihn am Morgen nicht zu deutlich gesehen. Aber auch das würde er erst herausfinden, wenn sie sich von Angesicht zu Angesicht gegenüber standen.

KAPITEL 13

Als Nick am Abend heimkam, stellte er fest, dass er bei dem überstürzten Aufbruch vergessen hatte abzuschließen. Es bereitete ihm Bauchweh, dass den ganzen Tag über das Schloss nicht versperrt gewesen war.

Trotzdem öffnete er die Wohnungstür nur sehr behutsam, statt ängstlich nach drinnen zu stürmen und zu überprüfen, ob nichts gestohlen worden war. Doch bei seinem Glück an diesem Tag saß Fluffi direkt auf der anderen Seite und würde bei einem abrupten Öffnen an die gegenüberliegende Wand geschleudert.

Leider war Fluffi nirgends zu entdecken. Auch nicht, nachdem er das Licht angeschaltet hatte.

»Fluffi, mein Kleiner, ich bin wieder daheim«, rief er, als würde das etwas bringen. Als würde der Hamster dadurch geschäftig angewuselt kommen, um ihn zu begrüßen.

Nick trug die zusätzlichen Hamsterleckerlis, die er auf dem Nachhauseweg erstanden hatte, erst mal ins Wohnzimmer, ehe er sich umsah. Das ausgestreute Futter lag unangetastet an den Stellen, an denen er es hinterlassen hatte. Zumindest, wenn er sich noch richtig erinnerte. Er war so in Eile gewesen!

Vor dem Sofa legte Nick sich auf den Bauch. Nichts. Nur Staub und der Joghurtdrop vom Vormittag. Mist. Nick spürte ein kleines Magengrimmen. Das war nicht gut, oder? Andererseits waren Hamster nachtaktive Tiere. Bestimmt hatte Fluffi sich irgendwo ein nettes Fleckchen gesucht, sich zusammengerollt und den Tag verschlafen. Genau.

Gleich wieder zuversichtlicher richtete Nick sich auf, um den Käfig zu überprüfen. Natürlich war Fluffi nicht zurückgeklettert, wie auch. Dafür würde er fliegen können müssen, und geflügelte Hamsterarten hatte bisher noch niemand entdeckt.

Leider war Nick nach einem genaueren Blick sicher, dass er selbst schuld daran war, dass Fluffi hatte entkommen können. Der verdammte Deckel saß nicht richtig auf dem Terrarium. Fluffi hatte es geschafft, das Laufrad zu verschieben und mit einem Futternapf zu verhindern, dass es sich drehte. Darüber war er vermutlich zu dem Spalt gelangt. Dass Hamster intelligent genug waren, um Laufräder zu blockieren, davor hatte *Hamsterherz* auf seiner Seite gewarnt. Nick hatte jedoch nicht damit gerechnet, dass Fluffi sich regelrecht eine Leiter bauen würde.

»Hoffentlich geht es dir gut, mein Kleiner«, flüsterte er bekümmert. Oh, verdammt. Falls seinem Fellball etwas geschah, nur weil Nick nachlässig gewesen war, das würde er sich nicht verzeihen! Nicht noch einmal!

Mit grimmiger Entschlossenheit machte er sich auf die Suche nach ihm. Er schaute unter jedes Möbelstück, hinter jeden Schrank und suchte sogar jedes einzelne Regalfach ab, obwohl Fluffi nicht so aussah, als könnte er derart gut klettern. Doch man wusste ja nie.

Dummerweise blieb seine Flauschkugel verschollen. Nick fand ein paar Blutstropfen im Bad und bekam prompt wieder Magenschmerzen. Aber das war auch schon alles.

Müde, traurig und mit schlechtem Gewissen wärmte er sich ein Mikrowellengericht auf. Er hatte keine Lust zu kochen. Freudlos verzehrte er die Hälfte davon vor dem Fernseher, obwohl ihn keines der ungezählten Programme fesseln konnte.

Sehnsüchtig dachte er daran, wie Fluffi am Vorabend auf seinem Schoß gesessen hatte, vertraulich unter seine Finger gekuschelt. Wie er ihm entgegen gelaufen war, kaum dass Nick die Hand in den Käfig gehalten hatte. Wie prompt er sich an ihn geschmiegt hatte.

Unglaublich, aber nach nur einem Tag vermisste er das kleine Wesen bereits. Sehr. Diesen klugen Blick aus schwarzen Knopfaugen. Die leisen Laute, die Fluffi machte. Das Kuscheln, das Nick nie bei einem Hamster erwartet hätte.

Unruhig sprang er auf, ließ das Essen Essen sein und begann mit einer weiteren Suche.

Nichts.

Zwar fand er den neuen Schrittzähler wieder, der nur einen Monat nach dem Kauf spurlos verschwunden gewesen war, doch keinen Hamster. Nick hätte sehr gerne den Schrittzähler gegen Fluffi eingetauscht.

Verdammt, der Kleine war verletzt! Warum nur hatte Nick nicht besser aufgepasst? Natürlich war der Racker ein Ausbrecherkönig. Immerhin hatte Nick ihn draußen gefunden, und syrische Hamster lebten nicht gerade natürlicherweise in der Innenstadt von Vancouver. Er musste aus seinem vorherigen Zuhause ebenfalls ausgebrochen sein.

Eine Stunde lang saß Nick in der Mitte des Wohnzimmers, bewaffnet mit Leckerlis, und lockte und schmeichelte.

Fluffi ignorierte ihn.

Er war ein Hamster. Er tat das nicht absichtlich. Doch Nick konnte nicht verhindern, dass er sich zurückgewiesen fühlte. Bisher war Fluffi immer sofort gekommen! Zugegeben, das war im Käfig gewesen. Oh, und auf der Straße. Auch da war der Kleine nicht davongelaufen. Aber da war er verletzt gewesen. Trotzdem …

Schließlich gab er auf. Er verteilte Futter und Wasser in jedem Raum, schloss alle Türen, um überhaupt herausfinden zu können, wo sein Süßer sich aufhielt, und ging dann ins Bett.

Doch er konnte lange nicht einschlafen. Bedrückt lauschte er in die stille, nächtliche Wohnung und hoffte, seinen Flauschball zu hören.

Es blieb ruhig.

Es war zum Verrücktwerden. Joshua wusste, dass er das einzig Richtige getan hatte. Er war geflohen, bevor Nick sich noch mehr an den untypisch vertrauensseligen Hamster gewöhnen konnte. Bevor er diesem weitere Geheimnisse verriet. Außerdem hatte Joshua gehen müssen, damit sie sich wirklich kennenlernen konnten.

Trotzdem wünschte er sich brennend, einfach bei ihm geblieben zu sein. Er vermisste den Duft des Mannes, seine warme Stimme. Er vermisste, wie zärtlich Nick ihn ansah und wie sanft er ihn streichelte. Er vermisste es, sich in seine Hand zu kuscheln, und vermisste den liebevollen Blick, wann immer sich die braunen Augen des Mannes auf ihn richteten.

Es machte es nicht gerade besser, dass er wusste, dass Nick sich um seinen Fluffi sorgen würde. Immerhin war der mit einer Naht in der Seite einfach verschwunden. Das Futter, das er so fürsorglich ausgestreut hatte, wurde nicht angerührt. Vermutlich dachte Nick, dass sein Hamster hinter einem Schrank gestorben war. Und das bereitete Joshua ein wirklich schlechtes Gewissen.

Doch es gab keinen anderen Weg. Er hätte sich ja kaum in seinem Wohnzimmer verwandeln können, ohne jede Vorwarnung. »Hallo, ich bin dein Hamster. Nicht erschrecken. Bitte, bekomme keinen Herz-infarkt. Rufe bitte auch nicht die Polizei. Was heißt: zu spät?«

Nein, das ging gar nicht.

Grollend lag Joshua daheim auf dem Sofa und starrte auf das sinnlose Browserspiel auf seinem Handy. Eigentlich machte ihm das Spaß – mit kleinen

Minigames Punkte sammeln und diese Punkte in einer niedlichen Geschichte für die Einrichtung eines Traumaquariums wieder ausgeben. Doch gerade konnten ihn die virtuellen Fische so gar nicht fesseln.

Cayden hatte ihn am Vortag direkt zum Arzt gebracht, einem, der Wandler kannte. Dem konnte man schlicht erzählen, was passiert war, und bekam eine passende Behandlung. In Joshuas Fall hatte er das Antibiotikum fortgesetzt, das die Tierärztin ihm verabreicht hatte. Danach hatte er die Wunde neu genäht und ihn für zwei Wochen krankgeschrieben.

Daheim hatte Cayden ihn mit dem Versorgen der Hamster geholfen. Die er am Samstag bereits gefüttert hatte, nachdem er per Zweitschlüssel in seine Wohnung eingebrochen war. Um zu überprüfen, ob Joshua nicht bewusstlos im Wohnzimmer lag. Doch die Käfige mussten gereinigt werden, und das war für Joshua mit einem Arm und einem halben – den auf der linken Seite konnte er nicht voll belasten – gar nicht so einfach.

Irgendwie zog die Wunde sehr viel schlimmer in Menschenform, als sie Joshua in Hamsterform behindert hatte. Vermutlich, weil das Schmerzmittel nicht mehr wirkte. Na ja, die Minimenge, die der Hamster gespritzt bekommen hatte, reichte für einen ausgewachsenen Mann halt schlicht nicht aus.

»Heil schneller«, grollte Joshua und schloss sein Spiel.

Nicht einmal mit Mails und Hamsterfragen konnte er sich ablenken. Keiner hatte in den vergangenen zwei Tagen Fragen für *Hamsterherz* gehabt, seine

Website, auf der er über tiergerechte Hamsterhaltung aufklärte. Die einzige Mail, die eingetrudelt war, war die von jemandem gewesen, der ihn als Spinner deklariert hatte. Denn Joshua hatte geschrieben, dass Hamster nun mal weitaus mehr Platz brauchten, als ihre winzige Größe vermuten ließ.

Joshua hatte offline laut geschimpft, dem Kerl mehrfach den Stinkefinger gezeigt und dann freundlich und ausführlich zurückgeschrieben. Vielleicht hatte der Mensch am anderen Ende des Computers ja doch ein Einsehen mit seinem Hamster. Mit Angriffen war das nicht zu erreichen.

Aber das war es schon gewesen. Und jetzt lag er hier, wartete darauf, dass er heilte, und sehnte sich zum Verrücktwerden nach Nick. Es half nicht, dass er wortwörtlich hauptsächlich herumlag und döste, um sich bloß nicht zu überanstrengen. Alles in der Hoffnung, dass er dadurch ein wenig schneller gesund wurde. Oder zumindest weit genug, dass er halbwegs wieder einsatzfähig war.

Wenn er diese Katze erwischte! Dann würde er die … aber so was von streicheln, vermutlich. Die konnte ja nicht ahnen, dass sie einen Wandler und keinen Hamster gejagt hatte. Scheiß Katze.

In einer Mischung aus Dämmerschlaf und wachen Momente schaffte er es, den Montag hinter sich zu bringen. Am Dienstag war seine Geduld jedoch vollkommen am Ende. Seiner Seite ging es gut genug, dass er mit Schmerzmitteln wieder einsatzfähig war. Außerdem war moderate Bewegung der Heilung nur zuträglich, jawohl!

Am frühen Nachmittag schwang er sich in seinen Wagen und fuhr nach Surrey. Er hatte keine Ahnung, wie er Nick zufällig finden konnte. Das Einzige, was ihm einfiel, war, eben über ihn zu stolpern, wenn der nach Hause kam.

Joshua konnte ja schlecht bei ihm klingeln. »Hallo, ich bin dein Hamster. Darf ich reinkommen?« Er lachte, als er den Wagen in einer Parallelstraße parkte und ausstieg.

Nick hatte sich bei seiner Mutter am Anfang des unerfreulichen Telefonats darüber ausgelassen, dass er von Spätschicht auf Frühschicht wechseln musste. Und das, ohne einen Tag frei dazwischen zu haben. Die Frühschichtwoche hatte am Montag begonnen. Ergo sollte er jetzt irgendwann nach Hause kommen.

Ziellos stromerte Joshua durch das Viertel, immer in großen Kreisen um Nicks Wohnblock herum, und hielt Ausschau nach dem vertrauten braun-blonden Schopf oder dem alten Sedan.

KAPITEL 14

Nach zwei Stunden kamen ihm erste ernsthafte Zweifel, dass sein Plan funktionieren könnte. Was, wenn Nick bei Freunden war? Wenn er gar die Nacht dort verbrachte? Am Ende noch bei diesem unerträglichen Lawrence!

Sofort kochte Eifersucht in Joshua empor. Was, wenn die beiden fortsetzten, was sie am Samstag angefangen hatten? Klar hatte Nick jedes Recht dazu. Und kein Wunder, dass Lawrence gerne mit ihm schlief – Nick war wundervoll! Aber das ging gar nicht!

Obwohl Joshua die Erschöpfung schon wieder viel zu deutlich merkte, gaben ihm diese unerfreulichen Gedanken die Kraft, einfach weiterzumachen. Sollte die verdammte Wunde sich dorthin scheren, wo der Pfeffer wuchs! Oder zumindest in die Pinkelecke eines Hamsterkäfigs. Stank auch genug. Er konnte jetzt nicht aufgeben. Und wenn er bis in die Nacht hier herumlaufen musste.

Zu seiner endlosen Erleichterung wurde seine Ausdauer nicht auf eine derart harte Probe gestellt. Bereits eine halbe Stunde später entdeckte er Nick. Sofort machte sein Herz einen Satz. Sein Gefährte …

unendlich süß, verwuschelte Haare, das liebste Gesicht der Welt, rechts und links mit je zwei schweren Tüten in jeder Hand beladen.

Umgehend schrie alles in Joshua danach, zu ihm hinzustürmen, ihn in die Arme zu ziehen und ihn zu küssen. Und ihm dann den Einkauf abzunehmen und für ihn zu tragen. Ging natürlich nicht. Nicht ein bisschen. Er durfte ja nicht einmal seinen Namen kennen.

Immerhin hatte seine Wanderzeit in dem Viertel ihn mit den Wegen vertraut gemacht. Er bog ab, um Nick schlicht entgegenzukommen. Sein Plan war einfach. Blickkontakt. Lächeln. Ihm ein Kompliment machen. Ihn in ein Gespräch verwickeln und fragen, ob er ihn kennenlernen durfte. Zumindest war Nick schwul, das wusste er. Offen schwul, wenngleich auch mit Familienproblemen. Und dann …

Joshua beschleunigte seinen Schritt. Gleich. Gleich würde er ihn wiedersehen! Er bog um eine Ecke und rannte voll in Nick rein.

Für einen Wimpernschlag spürte er Glück.

Dann traf ihn Nick ausgerechnet auf der Naht. Eine Faust, ein Ellbogen, eine Tüte, Joshua hatte keine Ahnung, was es war, aber es tat höllisch weh. So weh, dass seine Knie nachgaben.

Ächzend presste er den Arm auf die Seite und sackte einfach in die Hocke. Mit der freien Hand stützte er sich an der Hauswand neben sich ab. Scheiße, schmerzte das! Gott, verdammt! Höllenpein, Hamsterkacke!

»Oh mein Gott! Tut mir leid! Alles in Ordnung?« Durch den Schleier des Schmerzes sah Joshua, wie Nick abrupt seine Tüten abstellte und vor ihm ebenfalls in die Hocke ging. Er streckte die Hände nach ihm aus, als wollte er nach ihm greifen, hielt jedoch inne.

Am liebsten hätte Joshua sich ihm einfach entgegensinken lassen. Dann hätte Nick die Arme um ihn legen können, ihn festhalten und … Joshua holte Luft und zwang sich zu atmen.

»Ja«, krächzte er. Klasse, was für eine heroische Vorstellung lieferte er da gerade ab. Sehr beeindruckend. Da musste Nick doch vor Verlangen dahin schmelzen. Nicht. Fuck!

»Soll ich einen Krankenwagen rufen?« Ganz offensichtlich schluckte Nick seine Antwort nicht.

»Nein. Nein, alles in Ordnung.« Noch einmal holte Joshua Luft, hielt sie an, atmete langsam und konzentriert wieder aus. Endlich ließ der Schmerz nach, Joshuas Sicht klärte sich. »Ich habe nur … habe nur gebrochene Rippen«, log er. »Und die hat's gerade bei unserem Zusammenstoß erwischt. Tut mir leid, dass ich dich erschreckt habe.«

Er hob die Augen und sah sich unvermittelt in einem Blick aus schokoladenbraunen Tiefen gefangen. Gleich verabschiedete sich sein Verstand aufs Neue. Himmel, war Nick süß! Jetzt, da er ihm quasi das erste Mal auf Augenhöhe begegnete, umso mehr.

Seine Züge waren weich und männlich zugleich. Sanfte Augen. Dichte, geschwungene Wimpern unter geraden Brauen, die seinen Blick noch tiefer wirken ließen. Eine allerliebste Stupsnase über vollen Lippen. Joshua musste sich zurückhalten, um sich nicht vorzubeugen und ihn zu küssen. Oh Mann ... oh Mann.

Die braunen Augen weiteten sich und hielten Joshua gefangen. Jede Zelle in Joshua füllte sich mit Wärme und Zärtlichkeit. Einen langen Moment sahen sie sich einfach nur an.

»Oh«, sagte Nick schließlich irgendwie atemlos.

Hatten sich seine Wangen gerötet? War schwer zu beurteilen, weil Joshua den Blick nicht abwenden konnte.

Nick schien es ähnlich zu gehen, so unverwandt, wie er ihn ansah. »Ich ... das tut mir leid. Ich habe dich nicht bemerkt. Ich wollte dich nicht ... wollte dich nicht anrempeln. Sicher, dass alles okay ist? Kann ich etwas für dich tun?«

Ja, küss mich. Joshua musste sich auf die Lippe beißen, um den Satz nicht auszusprechen. Aber der würde Nick nur verscheuchen.

Nicks Blick heftete sich auf seinen Mund.

Joshua lächelte, und sofort vertieften sich auch Nicks Mundwinkel.

»Nein, wirklich. Alles okay. Geht schon wieder«, versicherte Joshua ihm, obwohl eigentlich gar nichts ging, was mit klarem Verstand zu tun hatte. Aber darum hatte sich Nicks Frage ja nicht gedreht.

Doch als er aufstand, merkte Joshua, dass noch eine Menge mehr nicht ging. Fuck, er war echt angeschlagen. So ein verfluchter Dreck! Andererseits wiederum war Nick Krankenpfleger. Vielleicht gab es da einen Mitgefühlsbonus für ihn. Dummerweise wollte Joshua den nicht. *Verkack das nicht! Frag ihn nach einem Date!*

Nick drückte sich ebenfalls aus der Hocke hoch, nahm seine Taschen wieder auf und lächelte ihn an.

Joshuas Verstand segelte erneut davon. Mensch, dabei hatte er ihn doch schon so oft lächeln sehen! Aber nicht so … klar. Meistens war Nicks Gesicht nur ein verschwommener Eindruck für seine Hamsteraugen gewesen.

»Dann will ich dich mal nicht weiter aufhalten.« Mit geröteten Wangen nickte Nick, atmete durch, lächelte wieder. »Ich muss … muss das Hamsterfutter nach Hause bringen. Fluffi wartet bestimmt schon auf mich.«

Ja. Seit vorgestern. Darauf, dich wiederzusehen. Halt, das war doch der perfekte Einstieg! »Du hast einen Hamster?« Okay, nicht so perfekt, das hatte Nick ja gerade gesagt. Aber es war ein Anfang. »Ich auch!«

Nicks Augen leuchteten auf, als wäre er dankbar, dass Joshua nicht einfach zur Seite getreten war, um ihn nach Hause gehen zu lassen. »Ja, meinen Fluffi.« Für einen Moment verdunkelte sich sein Blick, ehe Nick ihm das nächste Strahlen schenkte. »Ein syrischer Teddyhamster. Und du?«

Fröhlich grinste Joshua, sicher, dass das Gespräch jetzt in Gang kommen konnte. »Mehrere Syrer, eine Handvoll Zwerghamster und einen Roborovski. Ich habe eine Pflegestelle für Hamster und vermittle die weiter.«

»Oh, wie toll!« Nick schaffte es, das Strahlen in seinem Gesicht noch einmal heller werden zu lassen. Mann, war das süß! »Du bist also ein Experte auf dem Gebiet, ja?«

»Na ja, ich … ja.« Joshua war selbst ein Hamster! Mehr Experte konnte man kaum sein. Aber er wollte nicht klingen, als prahlte er, um Nick zu beeindrucken. Das würde den doch bestimmt eher verschrecken als anziehen. »Brauchst du einen Hamsterexperten?«

Ihm wurde heiß, als er sich vorstellte, ihm seine Expertise lieber im Bett zur Verfügung zu stellen. Stundenlang, mit wachsender Begeisterung. Obwohl sein Brust- und Bauchflaum aktuell vermutlich zum Lachen anregte, immerhin war der halb geschoren. Blöde Tierärztin. Na ja, zur Zeit kam ausgiebiger Bettensport ohnehin nicht in Betracht. Gerade begann ihn das Stehen schon anzustrengen.

Treuherzig sah Nick ihn an, mit einem kleinen Hauch freudiger Berechnung im Blick. »Bräuchte ich in der Tat. Darf ich dich auf einen Kaffee oder ein Bier einladen und dich mit Fragen bombardieren?«

Am liebsten hätte Joshua einen Luftsprung vor Begeisterung gemacht. Stattdessen nickte er enthusiastisch. »Gerne! Ich bin krankgeschrieben, hab also terminlich freie Auswahl.« Behutsam klopfte er als Erklärung auf seine linke Seite. »Wann passt es dir? Außer heute.«

Er wollte Zeit für Nick haben. Gerade allerdings musste er dringend in die Horizontale. Und er durfte noch bis Richmond fahren. Denn leider würde Nick sich mit Sicherheit nicht darauf einlassen, ihn mit zu sich nach Hause zu nehmen. Damit er sich bei ihm auf die Couch legen und seinen Schoß als Kopfkissen benutzen konnte.

»Morgen dann? Wohnst du hier in der Gegend?« Nick strahlte ihn derart glücklich an, als hätte Joshua ihm einen Lottogewinn versprochen.

Himmel, war der Mann süß! So ein Sonnenschein, sogar bei Fremden! »In Richmond. Ich hatte hier nur etwas zu erledigen.« Nämlich Nick zu finden. Und das war Joshua richtig gut gelungen! Ha! Mehrfach gratulierte er sich stumm. »Wann hast du Feierabend?« Er kramte in seinem Gedächtnis nach einer passenden Bar in Surrey, doch oft war er hier noch nicht gewesen.

»Richmond passt. Da war ich schon mal im *Colourful*.« Nick warf ihm einen regelrecht berechnenden Blick unter seinen langen Wimpern hervor zu. »Ein toller Pub. Was hältst du davon? Siebzehn Uhr?«

Joshuas Grinsen wurde breiter. Nick ging ran und lotete gleich das Fahrwasser aus. Traumhaft! Eine queere Bar, deutlicher konnte er sein Interesse kaum machen. Nur falls Joshua das Erröten und die direkten Blicke in seine Augen entgangen wären. Waren sie nicht, dafür konnte er den Blick ja selbst viel zu wenig von Nick abwenden. »Ich liebe den Pub. Perfekt. Siebzehn Uhr passt.« Er holte sein Handy aus der Jackentasche. »Magst du mir eben deine Nummer geben? Sicher ist sicher.«

Jetzt leuchtet der ganze Nick vor Freude. Das war dermaßen niedlich, dass Joshua erneut der Atem wegblieb. Er fand ihn auch nicht wirklich wieder, während sie Kontaktdaten und Namen austauschten und sich verabschiedeten.

»Ich freue mich auf morgen«, sagte Joshua ehrlich und fragte sich, ob bereits eine Umarmung passend sein könnte. Vermutlich nicht, so eine Schande!

»Ich mich auch.« Nicks Blick in seine Augen und sein Lächeln waren derart hinreißend, dass alles, was Joshua tun konnte, war, nicht auf den Bürgersteig zu schmelzen. Und da dann in die Ritzen im Straßenpflaster zu sickern.

Er hatte ein Date! Mit dem süßesten Mann von ganz Nordamerika! Ach was, im gesamten Universum. Mit seinem Gefährten! Und so deutlich, wie Nick interessiert war, konnte das nicht allzu lange dauern, bis sie zusammen waren. Jawohl!

Nick lächelte ihn noch einmal an, dann nahm er seine Tüten erneut auf und ging in Richtung seiner Wohnung davon.

Joshua blieb stehen, wo er stand, und sah ihm hinterher. Das war ein guter Kompromiss zwischen nonchalant zum Auto zu laufen und Nick hinterherzurennen und ihn in die Arme ziehen, um einen Abschiedskuss einzufordern. Denn beides war gleichermaßen unmöglich, wenngleich auch aus unterschiedlichen Gründen.

KAPITEL 15

Nicks Herz klopfte bis in seine Kehle, sein Kopf fühlte sich an wie mit Watte gefüllt, seine Wangen glühten. Ganz zu schweigen von dem Grinsen, das so breit auf seinem Gesicht lag, dass seine Mundwinkel garantiert eine Brücke vom Pazifik zum Atlantik schlugen.

Wow. Wow! Was für ein Lächeln. Welch strahlende Augen! Solch samtig schimmerndes Grau gehörte verboten, absolut. Das war gemeingefährlich. Nicks Grinsen nahm noch einmal an Breite zu. Weltumspannend, ganz sicher.

Objektiv betrachtet hatte Joshua fix und fertig ausgesehen, bleich und verschwitzt. Offensichtlich machte ihm seine Verletzung zu schaffen. Gleich spürte Nick einen Stich, weil er ihm Schmerzen zugefügt hatte, wie unbeabsichtigt auch immer. Aber Joshua hatte es ihm nicht vorgehalten, hatte ihm versichert, dass es ihm gut ging, und wollte ihn wiedersehen.

Im *Colourful!* Joshua hatte bei der Wahl des Ortes nicht nur nicht mit der Wimper gezuckt, sondern freute sich darauf! Glücklich machte Nick trotz der schweren Tüten einen Hüpfer. Mann, das war nicht einfach nur ein Hamsterfachmann, von dem er hoffentlich einen heißen Tipp bekäme, wie er Fluffi aus seinem Versteck locken konnte. Das war ein Date. Garantiert!

Gleich schlug sein Herz einen jubilierenden Salto. Ein Date mit einem Mann, der ihn – unglaublich, aber wahr – sofort umgehauen hatte. Wieder schoss Nick Röte in die Wange, allein bei der Erinnerung an die direkten Blicke, die sie getauscht hatten.

Das Einzige, das ihn wirklich an Joshua irritierte … Nick runzelte die Stirn.

Der Mann sah aus wie die Erscheinung, die er am Sonntag gehabt hatte. Von einem nackten Kerl in seinem Wohnzimmer. Natürlich war da kein Mann gewesen. Klar. Nichts hatte gefehlt, es gab weder an Fenstern noch Türen auch nur die geringste Spur eines Einbruches. Außerdem lösten sich Menschen nicht binnen eines Wimpernschlags in Luft auf. Die konnten türmen oder sich verstecken oder jemanden niederschlagen und dann das Weite suchen. Aber nicht teleportieren oder unsichtbar werden.

Trotzdem glich Joshua der Truggestalt bis aufs Haar. Von dem schlanken, trainierten Körper über die markanten Züge mit dem Dreitagebart bis hin zur zerzaust aschblonden Frisur.

Irgendwo musste Nick dieses Prachtexemplar eines Mannes schon mal zu Gesicht bekommen haben. Nur wie und wo?

Er nahm den Aufzug und öffnete behutsam die Wohnungstür. Vorsichtig prüfte er Haus- und Wohnungsflur gleichermaßen, um nur Fluffi keine

Chance zur Flucht zu bieten oder ihn zu verletzen. Dann trat er ein, stellte die Taschen ab und schloss die Tür. »Fluffi, ich bin wieder da!«

Noch immer hatte sich der kleine Kerl nicht blicken lassen. Das Futter, das Nick verteilt hatte, war vollkommen unangetastet. Und die Lebendfallen hatten die Nacht über ebenfalls keinen Erfolg gebracht.

Allein bei der Vorstellung krampfte Nicks Magen, was das bedeuten konnte. Sollte Fluffi nicht einen geheimen Vorrat an Futter entdeckt haben, war er entweder nach draußen entkommen oder … *Nein!*

Nick weigerte sich, diese Möglichkeit ernsthaft in Betracht zu ziehen. Gestern erst hatte er die Wohnung auf den Kopf gestellt. Wäre Fluffi etwas passiert, hätte er ihn gefunden. Garantiert.

»Joshua wird eine gute Idee haben!«, sagte er laut. »Ich warne dich, Flauschball. Komm besser gleich raus. Mit Joshuas Hilfe finde ich dich nämlich so oder so.«

Es war verrückt, wie sehr er das kleine Wesen vermisste. Er hatte ihn doch nur eineinhalb Tage bei sich gehabt. Aber diese Mischung aus Sehnsucht nach einer verschmusten Fellkugel und schlechtem Gewissen, weil es der zweite Hamster sein konnte, den er …

Lieber nicht daran denken. Morgen bekam er fachkundige Hilfe. Fachkundige Hilfe mit einem umwerfenden Lächeln, strahlenden Augen und einer verdammt heißen Stimme. Wohlig schauderte Nick. Die war ihm echt unter die Haut gefahren.

Dass Joshua ihn nachhaltig beeindruckt hatte, merkte Nick spätestens, als er am nächsten Tag nach Feierabend viel zu lange vor dem Kleiderschrank brauchte, um sich für ein Outfit zu entscheiden. Klar, die grauen Augen waren ihm den ganzen Abend und den Tag über im Krankenhaus nicht aus dem Kopf gegangen. Er hatte sogar von ihnen geträumt.

Doch seine Entscheidungsschwierigkeiten setzten dem echt die Krone auf. Welche Jeans er tragen würde, stand schnell fest. Die, die seinen Hintern so nett betonte. Die Wahl des Oberteils jedoch war eine Herausforderung.

Rot war zu aggressiv und herausfordernd, nachdem er Joshua ja schon fast zu einem Date und nicht nur einer Verabredung genötigt hatte. Blau zu kühl. Pink kam meistens nicht gut an. Grün stand ihm nur bedingt. Braun war langweilig. Schließlich wurde es das sonnengelbe Oberteil mit dem bunten Aufdruck und den weißen Ärmeln, um den Farbton abzumildern. Warm und einladend, aber nicht aufdringlich.

Die Rasur fiel doppelt und dreifach so sorgfältig aus wie sonst. Dazu gab es einen Hauch seines besten Aftershaves, ehe Nick sich daran machte, kunstvoll seine Haare zu verstrubbeln. So ein Scheiß, er hätte gestern noch mal färben sollen. Jetzt war es zu spät.

Er grinste, als er für einen Moment ein paar Stacheln auf seinem Kopf zu entdecken meinte und die sofort zerstörte. Im Rahmen einer Neunziger-Jahre-Party hatte er sich ziemlich am Anfang seines Jobs einen Igel frisiert. Seine Kollegen hatten ihn das nicht vergessen lassen. Bis heute war sein Spitzname auf der Arbeit *Igel.* Obwohl, wenn Joshua das sagte, klang das bestimmt toll.

Glücklich lauschte Nick auf das Kribbeln in seinem Bauch. Wow. Erstaunlich, was eine so kurze Begegnung auslösen konnte. Das fühlte sich fast an, als sei er ... *Stopp.* Erst mal kennenlernen, bevor er voreilige Schlüsse zog. Und dazu war er gerade auf dem besten Weg.

Eine knappe Dreiviertelstunde später stellte er seinen Sedan auf dem Parkplatz vor dem Pub ab. Mit einem tiefen Durchatmen sah er durch den kalten Nieselregen zum Eingang mit dem regenbogenbunten Neonschild hin. Gleich würde er ...

Oh!

Da stand Joshua bereits und wartete. Und das, obwohl Nick extra einen Hauch zu früh gekommen war, um sich mental auf ihn einstellen zu können. Sofort hüpfte sein Herz ihm fröhlich in die Kehle. Ganz offensichtlich freute sich alles in Nick, den Mann wiederzusehen. Ihn überhaupt erst einmal richtig zu treffen.

Im nächsten Moment wurde er schon zu ungeduldig für jede Art der innerlichen Vorbereitung. Als Joshua ihn entdeckte, winkte Nick und stieg aus.

Ein Strahlen breitete sich in Joshuas ausdrucksstarkem Gesicht aus. Auch er schien nichts von Geduld zu halten, denn er kam direkt auf Nick zu. Er sah besser aus als am Vortag, seine Wangen hatten Farbe bekommen. Offensichtlich war es eine gute

Idee gewesen, das Treffen um einen Tag aufzuschieben.

»Hey«, sagte Nick irgendwie atemlos, noch ehe Joshua heran war. »Schön, dich wiederzusehen.«

Joshuas Lächeln vertiefte sich. »Und dich.« Für einen Wimpernschlag zögerte er, dann überwand er den letzten Rest Entfernung und zog Nick in eine Umarmung.

Hitze schoss durch Nicks Körper und breitete sich in jede Zelle aus, als er kurz und sehr behutsam die Arme ebenfalls um Joshua schloss. Bloß dessen Rippen nicht quetschen. Der Schreck, den Mann vor sich zusammensacken zu sehen, saß ihm immer noch ein wenig in den Gliedern. Mh, Joshua roch toll. Frisch und herb zugleich. Nick hatte das Gefühl, einfach in seine Arme schmelzen zu können und daheim zu sein.

Da sie sich jedoch kaum kannten, ließ er ihn stattdessen widerstrebend los. »Wollen wir reingehen?«

»Hm.« Irgendwie wirkte Joshua, als hätte er die Umarmung ebenfalls gerne verlängert. Doch er nickte nur und setzte sich gleich in Bewegung.

Vor Freude kribbelte Nicks Magen, als hätte er zu viel Mentos geschluckt und einen ordentlichen Schuss Cola hinterher gekippt.

Wärme empfing sie, als sie das *Colourful* betraten. Nur wenige Tische waren um diese Uhrzeit an einem Mittwochabend besetzt. Dunkles Holz und weiße Wände beherrschten den Raum, der von hinter Deckenpaneelen versteckten LED-Lampen in jede beliebige Farbe oder mehrere gleichzeitig getaucht werden konnte. Aktuell herrschten Pink und Türkis vor.

Sie suchten sich einen Platz in einer Nische gegenüber dem Eingang und setzten sich.

»Was machen die Rippen?«, fragte Nick, nachdem er seine Jacke neben sich gelegt hatte. Gerne hätte er Joshua gute Tipps zur schnelleren Genesung gegeben, aber da konnte er nicht viel tun. Rippenbrüche mussten von selbst heilen.

Der Blick, den Joshua ihm zuwarf, wirkte fast ein wenig schuldbewusst, doch dann lächelte er und verwischte den Eindruck. »Solange ich es mit der Bewegung nicht übertreibe und meine Schmerzmittel brav schlucke, ist alles im grünen Bereich.«

»Klingt vernünftig.« Nick lächelte ebenfalls. »Wie ist das denn passiert?«

Joshua wurde rot, das konnte Nick trotz des Lichts erkennen. »Bin gestürzt und auf den Badewannenrand gefallen«, brummte er sichtbar unbehaglich.

Sofort fragte sich Nick, was er dort gemacht hatte, dass es ihm so unangenehm war. Sein Kopf lieferte ihm direkt ein paar interessante Vorschläge, die allesamt nicht jugendfrei waren. Die wiederum sorgten dafür, dass er umgehend prickelnde Hitze zwischen den Beinen spürte. Ups. Er verkniff sich ein Grinsen, das Joshua garantiert falsch aufgefasst hätte, und wechselte das Thema.

Bis die Bedienung kam, hatte er bereits herausgefunden, dass Joshua dreißig war – das perfekte Alter. Dass er gerne und ausschließlich E-Books las – ebenfalls perfekt. Und dass er als Personalsachbearbeiter im selben Krankenhaus wie Nick arbeitete, aber nicht für seine Abteilung zuständig war. Noch viel perfekter!

Das erklärte auf jeden Fall, woher Nick ihn kannte. Obwohl es wiederum nicht aufzeigte, warum Nick von ihm halluziniert hatte, ohne dass ihm Joshua je bewusst aufgefallen war. Das Unterbewusstsein war eine komische Sache. Besonders, da der Mann genau in sein Beuteschema passte.

KAPITEL 16

Sie wählten beide alkoholfreie Getränke, weil Nick mit dem Wagen hier war und sich Joshuas Schmerzmittel nicht gut mit Alkohol vertrugen. Kurzerhand bestellte Nick Fingerfood dazu. Nur Cola erschien ihm ein bisschen zu mager für ein Date. Außerdem war es bestimmt toll, wenn Joshuas Lippen sich um etwas schlossen. Essen. Nicht seine Finger. Und garantiert besonders nicht um irgendetwas ganz Anderes.

»Du nimmst also Notfall-Hamster auf, ja?«, rettete er sich in eine Frage, ehe er vor Aufregung heiße Wangen bekommen konnte.

Joshua nickte. »Kleintiere erhalten zu wenig Aufmerksamkeit.«

So, wie er ihm in die Augen sah, hatte Nick fast das Gefühl, als zählte er sich dazu und neckte ihn damit. Dabei war Joshua alles andere als klein.

»So viele Menschen denken, dass Hamster kaum Platz brauchen, weil sie winzig sind. Und wenn die Süßen aggressiv werden, weil niemand ihre elementarsten Bedürfnisse erfüllt, wundern sich die Besitzer, dass sie anfangen zu beißen. Oder Käfigstäbe annagen.« Joshuas Blick verdunkelte sich. »Dann wollen sie nur noch eins: Sie loswerden. Weil ein Tier eben kein Spielzeug und kein Dekoobjekt ist, das nach Belieben benutzt werden kann. Dabei sind Hamster so wundervolle Persönlichkeiten!« Schlagartig erhellten sich seine Augen wieder. »Das macht so viel Freude, sich um sie zu kümmern und sie auftauen zu sehen, wenn sie endlich ausreichend Platz haben.«

Nick lächelte. Himmel, das war unglaublich anziehend, wie Joshua sich für die kleinen Fellkugeln einsetzte! Es sprach von Leidenschaft, und dass er sanft war. Sich kümmerte. Aufmerksam war. »Fluffi hat einen großen Käfig. Ich habe mich gleich schlaugemacht, als er mir vor die Füße gefallen ist.« Obwohl der gerade eher die ganze Wohnung zur Verfügung hatte. Hoffentlich.

»Das klingt nach einer spannenden Geschichte.« Joshua grinste, als hätte er einen geheimen Scherz gemacht, den Nick verstehen sollte.

Tat Nick dummerweise nicht. Er erwiderte das Grinsen trotzdem. Das war aber auch viel zu anziehend, als dass er hätte ernst bleiben können.

Die Bedienung kam und brachte ihre Getränke und die Snacks.

Kaum war sie wieder gegangen, sagte Joshua: »Vor die Füße gefallen, ja? Erzähl.«

Das machte Nick nur zu gerne. Er berichtete ihm schlicht alles. Von Fluffis Rettung zu dem, was er für ihn besorgt hatte, darüber, was für ein Schmuser der Kleine war, bis hin zu seinem Ausbruch.

»Und jetzt ...« Irgendwie hatte er mit einem Schlag eine enge Kehle. Doch das war okay. So aufmerksam und mitfühlend wie Joshua ihn ansah, war er sich sicher, dass der ihn verstand. Hey, der rettete Hamster! »Und jetzt ist er wie vom Erdboden verschluckt. Ich habe jedes erdenkliche Hamsterfutter und jedes Leckerli auf dem Markt besorgt. Nur rührt er nicht einmal seine heißgeliebten Joghurtdrops an. Ich weiß, es ist bescheuert, derart an einem Tier zu hängen, dass ich keine zwei Tage hatte. Aber … sein Verschwinden … geht mir echt nah.«

Oh Mist, jetzt hatte er sogar Tränen in den Augen. Verdammt! Das hier war ein Date! Er hätte Fluffi gar nicht ansprechen sollen. Das war ein trauriges Thema und damit nicht für ein erstes Treffen geeignet. Da sollte man positive Gefühle wecken! Doch wenn Joshua voll den Geheimtipp kannte? Dann war es das wert. Vielleicht stand ja jeder Hamster heimlich auf mit Schokolade überzogenes Popcorn. Oder gedünsteten Fisch oder so.

Mitfühlend reichte Joshua über den Tisch und legte eine Hand auf Nicks. Irgendwie sah er ein wenig gequält aus, als er Nick sacht mit einem rauen Daumen streichelte. »Oh Mann, Nick, das tut mir echt leid«, murmelte er, als könnte er etwas dafür.

Ein Kribbeln rann durch Nick hindurch, das die drohenden Tränen glatt besiegte. Er drehte die Hand, um Joshuas zu umfassen. Die Berührung tat erstaunlich gut, war einfühlsam und gab Nick das Gefühl, für diesen interessanten Mann kein Spinner zu sein. Oh, hm, ihn zu umfangen, war das überhaupt angemessen? Immerhin hatte Joshua aber damit angefangen, obwohl das nur als tröstende Geste gemeint gewesen war. Da konnte es nicht zu verkehrt sein.

So unsicher wie mit Joshua hatte Nick sich noch nie gefühlt. Nicht, weil der Mann an sich ihn unsicher machte, sondern weil Nick das hervorragend selbst schaffte. Irgendwie war Joshua anders als ein normaler Flirt, damit hatte er keine Erfahrung. »Du hast nicht zufälligerweise eine total tolle Idee, wie ich Fluffi wieder hervorlocken kann? *Hamsterherz* hat nichts dazu geschrieben. Nur das mit den Futterschalen in jedem Raum und den Lebendfallen. Das hat ja nichts gebracht. Obwohl die Seite echt megagenial ist. Ich habe fast alles, was ich über Hamster weiß, von dort. Na ja, du kennst die garantiert. So als Notfall-Menschen seid ihr bestimmt vernetzt.«

»Oh.« Joshua grinste und drückte Nicks Hand.

Gut, das schien ihn also nicht zu stören. Ein weiteres Kribbeln zog durch Nick hindurch und machte ihn glücklich. Seltsames Gefühl, traurig wegen Fluffi und glücklich wegen Joshua zu sein.

»Ja, wir sind schon vernetzt. Dass du allerdings ausgerechnet bei der Seite hängengeblieben bist, macht mich … danke.« Joshuas Grinsen wurde breiter und erhellte das markante Gesicht. Fast sah er ein wenig jungenhaft vor Freude aus. »Das ist meine Homepage. Leider habe ich aber damit auch keine anderen Tipps.«

»Du bist das?« Nick riss die Augen auf, dann lachte er. »Mann, echt? Ich habe die rauf und runter gelesen! Danke für die klasse Informationen! Und das Lachen, das du mir gebracht hast. Du schreibst total witzig! Mir ist, als kenne ich deine Pflegehamster alle persönlich. Mein Liebling ist Spitfire.«

Joshua gluckste. »Die Kampfmurmel. Die ist wirklich herrlich. Aber absolut kein Kuscheltier. Das wird eine harte Nummer, die zu vermitteln. Die muss zu einem Menschen, der zufrieden damit ist, ihr den Käfig zu putzen, sie zu füttern und von außen zu beobachten. Und sie nicht für Lacher, Likes und Videos zu reizen. Das wird nichts mehr mit Zutraulichkeit bei ihr. Die hat zu viel Aggressionen in ihrem vorherigen Zuhause entwickelt.«

»Ganz anders als Fluffi.« Wieder spürte Nick den Stich. Oh Mann, er wollte gar nicht darüber nachdenken, seine Fellkugel nicht mehr wiederzusehen. Wie er sich vertraulich an ihn gekuschelt hatte. Mit seiner kleinen Nase gegen Nicks gestupst. Wie er immer sofort zu ihm gewuselt war.

»Du …« Joshua atmete tief durch und wirkte mit einem Schlag derart schuldbewusst, dass Nick ihn nur verwirrt anstarren konnte.

»Hm?«

»Bei all dem, was du getan hast, um deinen Hamster wiederzufinden und einzufangen …« Noch einmal atmete Joshua durch und sah auf ihre verschränkten Hände. Sacht umfing er ihn ein wenig fester. Als wollte er ihn festhalten und daran hindern, einfach aufzuspringen und davonzustürmen. »Ich glaube nicht, dass er zurückkommt. Da du alles durchsucht hast, denke ich, dass er einen Weg nach draußen gefunden hat. So, wie er ja wohl auch seinen vorherigen

Menschen davongelaufen ist. Tut mir leid. Tut mir echt leid.«

Nick schluckte. Das hatte er nicht hören wollen. Lieber wäre ihm gewesen, Joshua hätte ihm das ultimative Lockmittel genannt. Seinetwegen sogar gerne Schoko-Popcorn *mit* Fisch. Trotzdem war eine Flucht eine bessere Vorstellung, als sich auszumalen, dass ein toter Hamster irgendwo bei ihm in einer nicht einsehbaren Ecke lag.

»Kannst du ja nichts dafür«, murmelte er und fühlte sich elend. »Hoffentlich rennt er nicht erneut in eine Katze. Er ist doch nicht gesund.«

»Bestimmt nicht! Ich wette, es geht ihm gut. Garantiert genießt er seine Freiheit und lässt sich den Wind um sein Schnäuzchen wehen. Und sitzt in diesem Moment mit jemandem Besonderem über, äh, einer Hamstercola und erzählt von seiner Rettung.« Wieder drückte Joshua seine Hand.

»War ja ohnehin nur eine kleine Hoffnung, dass du den ultimativen Tipp für mich hast.« Nick atmete durch, hob den Blick und lächelte ein wenig schief. Er hing *wirklich* viel zu sehr an dem Lütten. Hoffnungsvolle graue Augen sahen ihn an, verrieten, dass Joshua ihn gerne ablenken wollte. Nick war dafür. Auf zu leichteren Gefilden. »Ich warte noch eine Woche oder so ... und dann bekommt ein neuer Hamster ein Zuhause. Spitfire vielleicht?«

Es kam ohnehin keiner an Fluffi heran. Da konnte er auch gleich ein Tier mit einer ganz anderen Persönlichkeit nehmen.

»Du weißt, dass ich Hausbesuche mache, um mich zu überzeugen, dass meine hohen Ansprüche erfüllt werden?« Joshua grinste. Ein freches Leuchten lag mit einem Schlag in seinen Augen.

»Das«, sagte Nick und erwiderte das Grinsen breit, »ist ein Bonus.«

KAPITEL 17

Nicks Antwort schickte warme Stiche durch Joshua. Bonus, hm? Oh, das klang gut. Das klang vielversprechend! Und Nick zog Spitfire in Betracht, Joshuas Sorgenkind! Klar, das konnte einfach nur so dahingesagt sein, so im Taumel des Moments, eingehüllt in Hormone und das Glück, den Gefährten gefunden zu haben. Obwohl Nick das nicht wusste, musste er es doch fühlen.

Joshua sah in die herrlichen Augen und spürte die Stiche in sich in Feuerwerken explodieren. Das hier war so viel schöner als jedes Kuscheln als Hamster. Denn er konnte besser und umfassender reagieren. Obwohl er sich als Hamster mehr hatte erlauben dürfen. Na ja, das würde wiederkommen. Und zwar vermutlich in sehr naher Zukunft. Gleich begann das Kribbeln aufs Neue, falls es je aufgehört hatte.

Ohne den Blick für länger als ein paar Sekunden von ihm zu lassen, fing Nick an, ihm Fragen zu Hamstern zu stellen. Joshua hatte keine Ahnung, ob er das tat, um ein Gespräch aufrechtzuhalten, oder ob es ihn wirklich interessierte. Aber eigentlich war es ihm auch egal. Über Hamsterpflege konnte er ständig sprechen, obwohl er sich meist zurückhielt.

Nicks Stimme zu hören, sein aufmerksames Gesicht zu sehen, seine geröteten Wangen ... das hätte jedoch selbst eine zweihundertseitige Anleitung zur Bedienung einer Industrienähmaschine interessant gemacht.

Zu Joshuas Erleichterung waren es auch ausschließlich allgemeine Fragen, keine mehr zu Fluffi. Es hatte ihm so weh getan, den offensichtlichen Schmerz in Nicks Gesicht zu sehen. Und seine Tapferkeit, mit der er versucht hatte, seine Trauer zu verbergen. Musste er nicht, Joshua wollte immer für ihn da sein. Nur ... in diesem speziellen Fall war das anstrengend. Immerhin schien Nick die Möglichkeit in Betracht zu ziehen, dass Fluffi wirklich erneut komplett ausgebüchst war. Und das entsprach ja auch in gewissem Sinne der Wahrheit.

Joshua grinste.

Nick stockte mitten im Satz, bekam entzückend rote Ohren, als wäre Joshuas Grinsen anzüglich gewesen, und lächelte.

Stumm sahen sie sich an. Eigentlich auch total schön. Sehr deutlich war sich Joshua bewusst, dass ihre Hände noch immer verbunden waren. Mittlerweile hatten sich sogar ihre Finger verflochten. So perfekt. Sehen konnte Joshua das nicht, nur fühlen, denn es erwies sich als absolut unmöglich, den Blick von den Schokoaugen abzuwenden.

Leicht senkten sich die langen Wimpern einen Hauch tiefer, gerade eben ausreichend, um Nick einen einmaligen Schlafzimmerblick zu verleihen. Ob der Mann ahnte, was er da tat? Oder passierte das einfach? Er erschien Joshua so unschuldig, obwohl er wusste, dass Nick schon einiges an Bettgeschichten gehabt haben musste. Auf jeden Fall mit diesem Lawrence. Ugh.

Etwas in seinem Gesicht schien sich verändert zu haben, auf das Nick reagierte. Beinahe unmerklich wich er zurück, und Joshua verfluchte sich für diese unpassenden Gedanken.

»Alles okay?«, fragte Nick leise und offensichtlich ein wenig beunruhigt.

Joshua konnte nicht anders, er lehnte sich vor, Nick entgegen. Sofort stieg ihm wieder sein herrlicher Duft deutlich in die Nase. Wie konnte ein Mann nur derart gut riechen? Es benebelte seine Sinne.

»Ehrlich, Nick? Ich sitze hier mit dem attraktivsten Mann von ganz Vancouver, habe seine volle Aufmerksamkeit, bekomme ein umwerfendes Lächeln nach dem anderen ab. Das Einzige, was nicht in Ordnung ist, ist mein Herzschlag. Glaube ich. Der springt und hüpft und rast.« Woah! Zwar stimmte das, doch so plump hatte er das echt nicht sagen wollen. Daran war Nicks Duft schuld, eindeutig. Darüber vergaß Joshua ja sogar Katzen!

Prompt kehrte Nicks Lächeln zurück, breit und strahlend, und raubte Joshua direkt aufs Neue die paar Gehirnzellen, die eben wieder zurückgekommen waren. Himmel, der Mann konnte aber auch lächeln! Das Strahlen erhellte alles in Joshua und den ganzen Raum gleich mit dazu.

»Hm, sicher? Ich bin Krankenpfleger, weißt du?« In Nicks Stimme lag eindeutig ein Schnurren. Es fuhr

Joshua direkt unter die Haut. »Ich könnte mal schauen, ob mit deinem Puls alles stimmt.«

Er hob die freie Hand und legte sie Joshua an den Hals. Sacht strich er daran hinab, als tastete er wirklich nach dem Puls.

Warm, ein wenig rau ... und die Finger standen ganz klar unter Strom. Anders war das elektrische Prickeln nicht zu erklären, das sofort von ihnen ausgehend durch Joshuas Körper zog. »Macht man das nicht ... am Handgelenk oder so?« Mann, war er mit einem Schlag heiser.

»Überlass das dem Fachmann, hm?« Nicks Lächeln vertiefte sich, als er die Hand in den Nacken gleiten ließ, sanft Druck ausübte und Joshua näher zu sich zog. »Ich messe an verschiedenen Stellen.«

Mit einem Mal war er so nah, dass Joshua seinen Atem nicht nur riechen, sondern auch auf seinen Lippen spüren konnte. Er glich einer zarten Liebkosung. Nick wollte ihn küssen! Einfach so! Nicht, dass Joshua ihm nicht ohnehin schon ständig auf den Mund gestarrt hatte.

Doch dann verharrte Nick, als hätte ihn im letzten Moment der Mut verlassen. Unsicherheit füllte seinen Blick.

Kurzerhand überwand Joshua den Rest Entfernung und legte seinen Mund auf Nicks.

Himmel.

Das Feuerwerk, das schon die ganze Zeit immer wieder in ihm gezündet worden war, erreichte einen Höhepunkt, als überall Raketen emporzuschießen schienen, leuchtend und explosiv. Nicks Lippen fühlten sich genauso paradiesisch an, wie sie aussahen. Samtig. Nachgiebig. Anschmiegsam.

Außerdem küsste Nick wie ein Gott.

Joshua vergaß schlicht alles um sich herum, als er mit geschlossenen Augen auf jedes von Nicks Streifen, Streicheln, Lecken einging. Es wurde kein wirklicher Zungenkuss, denn Nick blieb keusch mit seiner Zungenspitze nur auf Joshuas Lippen, doch es fühlte sich an wie Sex.

Joshua war auch ähnlich außer Atem, als sie sich schließlich wieder trennten. Und es wurde nicht besser, als er einen Blick in Nicks verschleierte Augen riskierte. Im Gegenteil.

Dann lächelte Nick, leckte sich einmal wie selbstvergessen über seine volle Unterlippe.

Joshua konnte nicht anders, als ihn erneut zu küssen. Er spürte Nicks Grinsen und wusste, dass genau das der Plan gewesen war. Unwillkürlich musste er lachen.

Nick lachte ebenfalls und biss ihm in die Unterlippe. »Das wollte ich schon seit gestern machen«, gestand er erstaunlich treuherzig.

Seine Offenheit zündete gleich neue Raketen in Joshuas Bauch an. Mann, das machte ihn an! »Beißen oder küssen?«

»Beides. Du hast einen tollen Mund.« Nicks Augen funkelten vergnügt. »Und du küsst traumhaft gut, muss ich ja mal sagen.«

Zufrieden grinste Joshua und konnte sich im letzten Moment die Frage verkneifen, ob er besser war als Lawrence. Den kannte er ja offiziell nicht.

Und wusste erst recht nicht, dass Nick und er … »Du auch.« Er lächelte, legte die Hand an Nicks Wange und strich mit der Daumenkuppe über seine Lippen. Leicht gerötet und feucht wollten sie Joshua zu weiteren Küssen verlocken. Aber er konnte ihn unmöglich das ganze Date über abknutschen, oder? Obwohl ihm danach war.

Und nach mehr. Danach, Nick an sich zu ziehen, zu umschlingen und nie wieder loszulassen. Danach, ihn Haut an Haut zu spüren. Jeden Zentimeter dieses köstlichen Körpers mit Lippen, Zähnen und Fingern zu erkunden. Und dann am besten gleich noch … tiefer.

Nicks Wangen röteten sich, als hätte er seine Gedanken gelesen. Sein Atem stockte. Was immer Joshuas Augen preisgaben, hatte eine eindeutig faszinierende Wirkung auf ihn.

Joshua biss sich ein wenig zu fest auf die Unterlippe, um seinen Kopf zu klären. Feiner Schmerz durchzog ihn. Sie saßen in einem Pub. Sie konnten hier nichts anfangen, selbst falls Nick mitmachen würde. Immerhin war das erst ihr erstes Date. Nick war noch nie verliebt gewesen. Sollten sie das jetzt rein auf die körperliche Ebene heben, würde er bestimmt denken, dass das alles war, was sie verband. Oder?

Der Blick der braunen Augen wanderte zu Joshuas Unterlippe. Nick sog die Luft ein und biss sich ebenfalls auf die Lippe. Dann grinste er. »Oh Mann. Wenn du das machst, möchte ich …« Er verstummte, atmete durch und brachte ein wenig Abstand zwischen sie.

Im Grunde genommen war Joshua das überhaupt nicht recht, obwohl es vernünftig war. Er wollte genau das Gegenteil. »Ja?«, murmelte er und zog Nicks Hand näher an sich.

Mit einem Lächeln schüttelte Nick den Kopf. »Nicht wichtig.«

Doch. Es gibt nichts Wichtigeres! Ich hätte jetzt gerne eine Antwort mit allen Details. Joshua konnte nicht widerstehen und drückte einen Kuss auf die Fingerrücken. Und noch einen und noch einen, ehe er ihn losließ. Abstand. Musste sein. Damit Nick nicht dachte, dass Joshua nur Sex von ihm wollte. Obwohl die Funken gerade nur so flogen. Ein Wunder eigentlich, dass sie beide keine angesengten Haare hatten.

Er schaffte es sogar, einen der mit Frischkäse gefüllten Peperoni zu essen, ohne zweideutige Dinge mit Lippen und Zunge anzustellen. Nick auch.

Es war schon irgendwie witzig, wie sie jeder eines der Häppchen möglichst schnell und ganz in den Mund schoben. Derart auffällig bemüht, nicht anzüglich zu sein, dass sie beide lachen mussten, als ihre Blicke sich trafen.

Es ließ sie fast so atemlos zurück wie der Kuss und mit einem ähnlich guten Gefühl. Joshua schrieb *mit Nick lachen* ganz oben auf die Liste seiner neuen Lieblingstätigkeiten.

»Also für jemanden, der *Einsiedlerkrebs* als Sternzeichen auf seiner Homepage angegeben hat, bist du erstaunlich ausgelassen«, neckte Nick und wischte sich Lachtränen aus den Augenwinkeln.

Hui, der hatte seine Website echt gründlich studiert! Grinsend zuckte Joshua mit den Schultern. »Ich bin einmal zu oft nach meinem Beziehungsstatus gefragt worden. Warum auch immer manche Menschen denken, dass eine Hamstervermittlungsseite einer Partnerbörse ähnlich sieht.«

Erneut lachte Nick auf. »Na ja … Hamster*herz*? Das kann schon zu Verwechslungen führen.«

»Ich wollte sie eigentlich *ein Herz für Hamster* nennen. Aber die Domain war belegt«, grummelte Joshua. Das Nervigste daran war, dass nicht einmal eine echte Seite dahinter steckte, sondern seit Jahren nur ein Platzhalter. Als hätte jemand etwas geplant gehabt, dann jedoch die Lust verloren.

»Ist denn dein Hamsterherz noch frei?« Nick lächelte und sah ihn von unten herauf unter seinen langen Wimpern hervor an.

Joshua fühlte einen kühlen Stich. *Was?* Hatte er etwa mitbekommen, dass er ein Wandler war? Aber … Nein, Unfug. Nick wollte einfach nur wissen, ob er Single war, oder? Und bezog sich schlicht auf seine Website. Das war gut. Oder wollte er abtasten, ob Joshua für eine Nacht zur Verfügung stand?

Die Antworten lauteten ja, ja und jein. Wenn die Nacht der Anfang von vielen war, dann allerdings ein lautes, klares Ja! Aber hätte er das nicht anders fragen können? Wenn er jetzt *nein* sagte, klang das scheiße! Als hätte Joshua bereits jemanden. *Ja* hingegen war eine glatte Lüge, denn sein Herz lag fest in Nicks

Händen, ob der das wusste oder nicht. Außerdem hörte sich das an, als wollte er nichts von ihm, und das wäre viel schlimmer.

Nicks Lächeln verschwand; seine Augen verdunkelten sich. Hinter seiner Stirn schien ein Gedankenkarussell der fiesen Art einzusetzen, weil Joshua schwieg. »Sorry. Das war eine dumme Frage. Ich ... vergiss es. Das war aufdringlich und blöd und ...«

KAPITEL 18

Mist. Joshua atmete durch. Warum war Nick kein Wandler? Das wäre so viel einfacher. Begegnen, freuen, verbinden. Aber Joshua wollte eigentlich keinen Wandler, er wollte Nick. So, wie er war. »Äh, du hast mich lediglich verwirrt. Ich fürchte, das machst du schon den ganzen Abend. Ich hab das Gefühl, als würde ich des Öfteren nur Müll erzählen. Oder eben gar nichts, weil meine Gedanken Schwierigkeiten haben, in gerade Bahnen zu denken. Ich bin Single, falls du das wissen wolltest. Du auch, ja?«

Die Frage war nur ein Nachsatz für Nick. Verdammt, er *wusste* ja, dass Nick frei war. Hätte er sonst mit ihm rumgeknutscht? Okay, wenn er ehrlich war – ja. Das war Nick!

Das Lächeln kehrte zu Nick zurück und brachte rote Wangen und erhitzte Ohren mit. Er senkte die Lider, als hielte er den direkten Blickkontakt nicht mehr aus. »Ja. Ich auch. Sorry, dass ich das so blöd formuliert habe. Ich wollte nur sicher gehen. Weil wir geknutscht haben, und ich will nicht ... also falls du einen Freund gehabt hättest ...«

»Mann, du bist ... echt ... niedlich.« Joshua schmolz dahin. Nick war so viel tapferer als er. Konsequenter. Mit hehren Idealen. Joshua wusste, dass er sich sogar dann um ihn bemüht hätte, wäre Nick in einer festen Beziehung gewesen. Sie waren Gefährten. Sie gehörten zusammen.

Nicks Ohren bekamen einen dunkleren Farbton. Gleich darauf ebenso die Wangen und der Nacken.

Joshua wollte einen Kuss genau dort platzieren. Noch ehe ihm so recht bewusst wurde, was er tat, hatte er sich näher gelehnt.

Nick hob den Kopf, seine Augen weiteten sich, sein Atem stockte. Dann überwand er den Abstand zwischen ihnen und presste seinen Mund auf Joshuas. Im nächsten Moment hatte er die Arme um seinen Hals geschlungen.

Das war zwar nicht Joshuas Ziel gewesen, aber es war glatt noch besser. Er legte die Arme um den Oberkörper des anderen Mannes und rutschte näher, um die Eckbank herum, um ihn dichter zu spüren.

Nicks Kuss war süß, endlos süß und gefüllt mit Sehnsucht und Hitze. Dieses Mal kannten sie keine Zurückhaltung. Als Joshua den Mund öffnete, drang Nick sofort mit der Zunge in ihn ein. Joshua kam ihm entgegen und verwickelte ihn in einen leidenschaftlichen Tanz. Feuer rauschte durch seinen Körper, brannte sich durch seine Adern, füllte jede seiner Zellen. Himmel, war das gut! Doch es war nicht genug. Er wollte mehr!

Ganz von allein gingen seine Hände auf Wanderschaft, streichelten über Nicks Rücken hinab, bis sich eine über feste Pobacken schob. Oh ja, so gut! Er drückte zu.

Nick keuchte in ihren Kuss, drehte sich ihm weiter zu, drängte sich dichter. Gleich darauf hatte er es geschafft, sich rittlings auf Joshuas Schoß zu setzen.

Joshua keuchte ebenfalls, als sich eine harte Beule gegen seinen Bauch presste. *Oh Himmel, ja, mehr!*

Nicks Griff wurde fester. Im nächsten Moment zuckte eine Art glühender Messerstich durch Joshuas linke Seite, soweit jenseits von Lust, wie es nur ging. Joshua konnte ein schmerzerfülltes Zischen nicht unterdrücken.

Nicks Kopf ruckte hoch. »Oh. Oh, entschuldige! Oh, verdammt! Deine Rippen!« Dann schien er zu bemerken, wo genau er sich befand, und wurde erneut rot. Doch er grinste. »Ups.«

Zum Glück waren es nicht Joshuas Rippen. Sonst läge er jetzt halb tot auf der Bank. So konnte er gegen den Schmerz anatmen und grinsen. »Wahrscheinlich ist es gar nicht so schlecht, dass du mich blöd erwischt hast.« Er wollte nicht, dass Nick von seinem Schoß rutschte. Wäre aber wohl besser. Trotzdem schob er die Hände nur von seinem Hintern auf seinen Rücken und hielt ihn weiter fest. »Ich will hier eigentlich auch in Zukunft herkönnen und kein Hausverbot bekommen.«

Nick kicherte. Noch immer war er so nah, dass sein Atem Joshuas Lippen mit jedem Luftzug streifte. »Ja«, sagte er sanft und nippte einmal über Joshuas Mund. »Oh Mann, du kannst aber auch küssen, dass ich die Welt vergesse. Das ist mir noch nie ...« Er unterbrach sich.

Trotzdem grinste Joshua breit und zufrieden. Das war ja wohl klar, was er hatte sagen wollen. Besser als Lawrence. Besser als alle Männer in Nicks Leben. »Mir ebenfalls nicht«, gestand er, damit Nick sich nicht doof fühlen musste. Außerdem war es die Wahrheit.

Sein Gefährte belohnte ihn mit einem derart sonnenhellen Lächeln, dass Joshua schlicht der Atem wegblieb. Oh, es war so viel toller, als Mann statt als Hamster bei ihm zu sein!

Als keine Gefahr mehr zu bestehen schien, dass Nick ihn einfach verließ, löste er die Arme von ihm. Mit beiden Händen umfing er sein Gesicht und streichelte ihn mit den Daumen. Dann ließ er die Finger durch das blond-braune Haar streichen, während er jede Linie dieser sanften Züge mit Blicken liebkoste.

Hoffentlich überfiel er seinen Gefährten nicht. Aber sie hatten recht wenig Selbstbeherrschung, wenn es um Nähe ging. Und Joshua hatte wirklich, wirklich weder Lust, sich jetzt von ihm zu trennen, noch die Finger von ihm zu lassen. Nick zeigte sich so wunderbar offen. *Scheiß auf Abstand.*

»Du, ich wohne nicht weit von hier. Wollen wir den Abend nicht bei mir fortsetzen? Also in Anbetracht der Tatsache ...« Er drückte die Hüfte gegen Nicks, was Nick zu einem keuchenden Atemzug veranlasste. »Ich bin zwar etwas eingeschränkt, aber wir könnten zumindest ungehemmt herumknutschen. Falls du Lust hast.«

Nicks Augen leuchteten auf. »In Anbetracht der Tatsache, dass ich gerade jedes Fitzelchen Selbstbeherrschung aufbringen muss, um dir nicht an die Wäsche zu gehen … ja. Ja, das ist eine verdammt gute Idee.« Er grinste, doch gleich darauf zog ein Hauch Unsicherheit über sein Gesicht.

Fragte er sich, ob Joshua nicht mehr als das wollte? Oder genau das Gegenteil? Egal, was es war, Joshua würde heraufinden, was ihn verunsicherte. Und es gründlich beseitigen. Er wollte, dass sich sein Gefährte sicher mit ihm fühlte. Vollkommen geborgen. Sanft küsste er die geröteten Lippen, dann schob er Nick widerstrebend von sich und winkte nach der Bedienung.

»Wir zahlen zusammen«, sagte Joshua, kaum dass diese zu ihnen gekommen war.

»Genau. Und ich bin der, der die Rechnung bekommt.« Nick grinste und hielt Joshua auf, als der sein Portemonnaie hervorholen wollte. »Schon vergessen?«

Hatte Joshua in der Tat. Er lachte. Alles, was seine Gedanken beherrscht hatte, war, dass er so schnell wie möglich hier raus und mit Nick alleine sein wollte.

»So, da wären wir.« Joshua war aufgeregt, als er die Tür zu seiner Wohnung aufschloss und das Licht einschaltete. Hätte er im Leben nicht gedacht. Aber seinen Gefährten in seine Höhle zu führen, war etwas Anderes, als Freunde zu sich einzuladen.

Nick schloss die Tür hinter sich und sah sich neugierig um, während er bereits die Schuhe auszog. Stimmt, das tat er daheim auch immer.

Zum Glück war Joshua leidlich ordentlich. Linkerhand lagen das helle Wohnzimmer samt Balkon – durch eine Glaswand mit Glastür vom Flur abgetrennt –, der Essbereich und die halb offene Küche. Rechter Hand gab es hinten das Hamsterzimmer und vorne das Schlafzimmer. Hätte Joshua geahnt, dass er Besuch bekommen würde – Nick, um genau zu sein –, hätte er das Bett frisch bezogen. Aber zu Akrobatik zwischen den Laken war er gerade ohnehin nicht in der Lage, vermutlich zogen sie gar nicht dorthin um.

Auch Nick schien ein wenig nervös zu sein. Seine Schultern verrieten seine Anspannung, obwohl er lächelte. »Schön hast du's hier! Tolle Wohnung!«

Eigentlich hatte Joshua vage Hoffnungen gehabt, dass sie sofort weiterknutschen würden. Sein Körper verlangte nachdrücklich nach Nähe, seine Hamsterseite bog den Rücken durch und streckte das Schwänzchen hoch. Doch Joshua ließ die Finger bei sich, egal, wie sie kribbelten. »Magst du meine Pflegemonster sehen?«

Nicks eifriges Nicken schien erleichtert zu sein.

Mann, warum? Hatte er Angst vor der eigenen Courage bekommen? Fürchtete er Übergriffe? Bis gerade eben war er nicht sonderlich scheu gewesen.

Als Nick ihn anstrahlte, konnte Joshua trotz seiner Verwirrung nicht anders, als das Lächeln breit zu erwidern. Diese Augen waren echt der Hammer, wenn sie so leuchteten wie jetzt.

Er öffnete die Tür zum Hamsterzimmer, schaltete auch dort das Licht ein und winkte Nick, ihm zu folgen. Der Duft nach Hamster empfing sie. Regale Marke Eigenbau zogen sich rechts und links an der Wand entlang. Jedes hielt zwei Reihen von je drei Terrarien übereinander. Kannte Nick ja schon von seiner Homepage her.

»Du bist es echt! Hamsterherz!« Großäugig wie bei einem atemberaubenden Sightseeing ließ Nick den Blick über die Käfige gleiten. »Fühlt sich ein wenig surreal an, nachdem ich mir die Fotos so oft angeschaut habe.«

»Klar bin ich es echt.« Amüsiert schnaubte Joshua. »Hast du gedacht, ich hätte das nur behauptet, um … dich zu beeindrucken oder so?«

»Was? Nein!« Für einen Wimpernschlag sah Nick regelrecht erschrocken aus, doch im nächsten Moment lachte er. »Es fühlt sich nur irgendwie an, als würde ich einem Prominenten begegnen.«

Unwillkürlich prustete Joshua los. »Die Hamsterprominenz. Darf ich vorstellen, Ihre Gnaden Spitfire.« Er wies auf einen Stall. »Ihro Exzellenzen Sushi und Sashimi. Ihre Hoheit Creampuff.« Nacheinander zeigte er auf die Gehege und nannte die Namen, die Nick ohnehin alle kannte.

Spitfire saß wachsam und angriffsbereit auf der zweiten Etage ihres Käfigs. Trotz ihrer Tischtennis-ball-Größe hielt sie sich bereit, ihr Reich sofort zu verteidigen, sollte jemand auch nur so viel wie eine Fingerspitze in ihre Nähe halten. Sashimi wuselte ungerührt seinen gewohnten Weg entlang, um sein

Revier abzustecken. Nur der hellbeige Creampuff, ein zerzauster Teddyhamster, kam neugierig direkt an die Scheibe, um sie zu begrüßen. Der Lütte hoffte auf Leckerlis.

Ein Lächeln überzog Nicks Gesicht, als er vor Creampuff in die Hocke ging. »Hallo, du.«

KAPITEL 19

Seine Stimme war sanft, fast so sanft wie bei Fluffi, und Joshua wusste, dass Spitfire verloren hatte. Machte nichts, er plante ohnehin, die Kleine in ein größeres Terrarium in sein Wohnzimmer umziehen zu lassen und sie selbst zu behalten. War besser so.

»Creampuff ist noch nicht reserviert«, sagte er unschuldig.

»Oh.« Aus der Hocke sah Nick zu ihm hoch, seine Augen leuchteten auf.

Sein Lächeln war derart niedlich, dass Joshua weiche Knie bekam. »Warte, ich hole ihn dir mal raus.«

»Die Woche ist noch nicht vorbei«, erinnerte Nick ihn, aber berührte die Stelle, an der sich Creampuff neugierig aufgerichtet hatte. So, wie er es bei Fluffi so gern getan hatte.

»Ich weiß, die hat gerade erst angefangen. Wir haben vor einer Stunde darüber gesprochen.« Joshua lachte und öffnete den Deckel, um den Hamster behutsam hochzuheben. »Du sollst ihn ja auch nicht sofort mitnehmen. Nur hallo sagen.«

Nick verdrehte die Augen, aber hielt die Hand auf. Doch sein Blick blieb sanft, zeigte nicht einen Funken

Genervtheit. Er wurde sogar noch weicher, als er den Kleinen auf der Handfläche sitzen hatte.

Der Hamster schnüffelte und begann, an Nicks Arm hochzuklettern.

Fast war Joshua ein wenig neidisch. Wehe, Creampuff rollte sich jetzt in Nicks Halsbeuge zusammen. Nicht, dass er sich da selbst einen versteckten Wandler eingefangen hatte! War zwar unwahrscheinlich, aber man konnte ja nie wissen!

Nick war nervös. Da kam ihm der Flauschball, der eben neugierig auf seine Schulter kletterte und an seinem Ohr schnupperte, nur recht. Das Kitzeln der Schnurrhaare, die Wärme, die Bewegung, es lenkte seine Nerven auf etwas, das nicht Joshua war.

Was der Mann ihn fühlen ließ, hatte er bei keinem anderen Mann je gefühlt. Ja, er wollte ihn. Am besten sofort. Wild und leidenschaftlich und …

Seine Hose wurde wieder enger. Sexuelle Anziehung hatte er jedoch schon oft verspürt. Das war nichts Neues. Es wäre auch nicht das erste Mal, dass er mit einem Kerl direkt beim ersten Treffen im Bett landen würde. Sex, vielleicht die Nacht hindurch, eventuell ein gemeinsames Frühstück, dann trennten sich die Wege, und Nick dachte nicht weiter darüber nach.

Doch niemand hatte ihn bisher so komplett die Umgebung vergessen lassen. Nick hatte im *Colourful* schlicht verdrängt, dass sie in einem Pub saßen. Hätten sich Joshuas Rippen nicht gemeldet, hätten seine Hände garantiert noch ganz andere Stellen gefunden als Schultern und Nacken.

Jetzt war er bei ihm daheim. Allein zu zweit. Und er war nervös. Er wollte nicht einfach nur Sex, nicht nur Spaß und Entspannung. Das auch, ja, aber …

Er pflückte Creampuff von seiner Schulter, als der über seinen Rücken nach unten wandern wollte, und stand mit ihm auf. Regelrecht schüchtern warf Nick Joshua einen Blick zu, um festzustellen, dass ihn die grauen Augen beobachteten. Ein prickelnder Stich zuckte durch Nicks Magen und wanderte tiefer. Durchatmend lächelte Nick, dann setzte er den Hamster zurück in den Käfig.

Joshua schloss die Klappe und überprüfte den Verschluss, was Nick unangenehm daran erinnerte, dass er das bei Fluffi versäumt hatte. Rasch verdrängte er den Gedanken. Gerade war das leicht, mit Joshua so dicht bei ihm, dass er seinen herrlichen Duft riechen konnte. Mann, so gut wie der duftete echt niemand. Kein Wunder, dass er ihm den Kopf verdrehte.

»Soll ich ihn dir reservieren?«, fragte Joshua erstaunlich heiser.

Und diese Stimme erst! Oh, er hatte etwas gesagt.

»Was?« Nick hatte keine Ahnung, wovon er sprach. Er war zu sehr damit beschäftigt gewesen, Joshuas Lippen zu beobachten, wie sie die Wörter formten. Auf das Kribbeln zu horchen, das bei jeder Silbe durch seinen Körper rann.

Die Lippen verzogen sich zu einem Grinsen. »Creampuff. Du bist süß, wenn du abgelenkt bist.«

Joshua legte ihm die Hände auf die Hüften und zog ihn sacht an sich.

Creampuff – Sahnetörtchen. Nick hatte mit einem Schlag alles Mögliche, aber keinen Hamster im Kopf bei dem Wort *Sahne.* Er spürte Hitze in seinen Wangen, seinen Ohren, ach, eigentlich überall. Joshuas trainierter Körper, der sich an seinen schmiegte, half da auch nicht weiter. Unvermittelt wurde Nick richtig hart. Er wollte sich an Joshua pressen, doch dann fielen ihm die Rippen wieder ein.

Stattdessen schlang er ihm die Arme um den Hals, grinste und biss Joshua in die Unterlippe. Das tat er wirklich gern, wie er in den letzten zwei Stunden herausgefunden hatte. Kein Wunder, Joshua hatte eine volle, sinnliche Unterlippe und schauderte jedes Mal so herrlich. »Wie soll ich auch nicht abgelenkt sein, wenn die Versuchung pur neben mir steht? Du bist schuld.«

Joshua leckte sich über die Lippen, als wollte er Nicks Geschmack kosten, und schickte dabei Schauer um Schauer durch Nick hindurch.

Das machte der absichtlich! Eindeutig, das freche Funkeln in den grauen Augen verriet ihn.

»Sagt der Richtige«, brummte Joshua, und bevor Nick etwas erwidern konnte, küsste er ihn.

Nick war vollkommen einverstanden. Mit einem kehligen Laut lehnte er sich gegen ihn und erwiderte den Kuss hungrig. Joshua konnte küssen, dass ihm die Sinne versagten. Das Einzige, was noch funktionierte, war das Gefühl. Das lief dafür aber auf Hochtouren.

Joshuas samtige Lippen, die seine energisch eroberten. Seine geschickte Zunge, die all die richtigen Stellen fand. Der trainierte Körper an seinem. Die starken Arme, die sich um Nick schlossen und ihn in Geborgenheit und Wärme hüllten. Die kräftigen Hände auf seinem Rücken, die ihn hielten und streichelten. All das fühlte sich an wie ein Nachhausekommen. Als gehörte Nick genau hierher.

Er wollte mehr davon. Viel mehr.

Als Joshua sich von ihm löste, wimmerte Nick enttäuscht.

Für einen Atemzug sahen sie sich in die Augen, dann hielt Nick es schon wieder nicht länger aus und presste den Mund erneut auf Joshuas. Er wühlte die Finger in das störrische Haar und küsste ihn so leidenschaftlich, dass es sich anfühlte, als verschlängen sie einander.

Es reichte nicht, war nicht nah genug, nicht eng genug, nicht dicht genug. Nick umschlang ihn mit den Armen, wickelte ein Bein um Joshuas Hüfte, drückte ihn fester an sich, spürte Joshuas Härte an seiner …

Und hörte ihn stöhnen. Leider überhaupt nicht lustvoll. Joshuas Körper spannte sich an.

Erschrocken ließ Nick ihn los. *Oh, verdammt! Schon wieder, ich Idiot!* »Die Rippen! Oh nein, tut mir leid!«

»So eine verfluchte, beschissene Hamsterkacke«, fluchte Joshua atemlos und hielt sich die Seite. Mit einem Mal war er blass, die Augen dunkel. »Ich kann doch nicht noch mehr von diesen Dreckspillen schlucken!«

Nick hatte den Verdacht, dass der Mann ohnehin die Maximaldosis eingenommen hatte. Immerhin konnte Joshua problemlos atmen und sich gut bewegen. Leider drang genau in diesem Moment zu Nick durch, dass es keinen wilden, hemmungslosen Sex geben konnte. Einmal ganz abgesehen davon, dass Schmerzen der Hemmungslosigkeit ziemlich im Weg standen, wollte er auch keine von Rippen durchbohrte Lunge heraufbeschwören. Hätte ihm eigentlich schon vorher klar sein müssen, doch die Hormone hatten eindeutig sein Gehirn lahmgelegt.

»Nein, besser nicht.« Er lächelte und drückte einen Kuss auf Joshuas grollend verzogenen Mundwinkel. »Wir wollen hier nichts riskieren, das dich ernsthaft gefährdet. Hm, magst du mir deine Wohnung zeigen?«

Deutlich unzufrieden nickte Joshua, dann grinste er schief. »Ich habe mir das irgendwie anders vorgestellt, als ich dich gefragt habe, ob du mit zu mir kommen willst.«

Nick musste lachen. »Ich mir auch. Aber das macht nichts.«

Und wie anders! Er hatte sich ausgemalt, dass sie es gerade so schafften, die Tür hinter sich zu schließen, um dann übereinander herzufallen. Nicht in der Planung berücksichtigt gewesen waren Unsicherheit und Rippenbrüche. Obwohl Nick noch immer hart war, kam es ihm eigentlich ganz recht, dass sie dadurch zu mehr Langsamkeit gezwungen wurden. Durchatmen. So etwas wie Ruhe finden. Und

Nähe, die sie über eine Nacht hinaus zusammenbringen konnte.

»Okay.« Joshua griff nach Nicks Hand und verschränkte ihre Finger, als wollte er zumindest ein wenig Intimität beibehalten. »Aber nichts gegen deine … vermute ich.« Er räusperte sich.

»Ach, meine ist ganz normal.« Nick grinste. Hand in Hand zu stehen, fühlte sich seltsam vertraut an. Als wären sie nicht erst am Vortag übereinander gestolpert und hätten sich heute das erste Mal getroffen.

Aus den Augenwinkeln sah Nick den eigentlich doch fremden Mann an. Sein energisches Profil, die kantige Linie seines Kiefers, die geraden Brauen, das sandfarbene, verwuschelte Haar. Nein, fremd waren sie sich nicht mehr. Er wusste nach diesem Abend schon erstaunlich viel von ihm. Wenn Nick jetzt noch diese unnötige Nervosität in den Griff bekam, war alles gut. Vermutlich.

Der Rundgang war kurz. Joshua zeigte ihm das Bad mit hellen Fliesen und Tageslicht. Im Schlafzimmer fand sich ein verführerisch großes Boxspringbett, das den einzigen Nachteil hatte, dass sie es nicht ausprobieren konnten. *Manno.* Das hinter der schicken Glaswand gelegene geräumige Wohn- und Esszimmer hatte er bereits gesehen, und der Balkon war im Dunkeln nicht sonderlich spannend. Joshua bevorzugte offensichtlich neutrale Farben – braun, beige, gedämpftes Blau.

Als Nick den Arbeitsplatz sah, von dem aus Joshua seine Homepage betreute, lächelte er. Auch von diesem hatte Joshua in seinem Blog mal ein Bild gepostet. Es erschien ihm ebenso vertraut wie das Hamsterzimmer. Vermutlich war es genau das, warum er sich ihm so nah fühlte. Er hatte ihn sozusagen online kennengelernt, bevor sie sich wirklich begegnet waren.

»Schöne Wohnung.« Nick meinte es ernst. Die Räume waren weder übermäßig modern noch schick, aber unheimlich gemütlich. Er konnte sich gut vorstellen, hier bei Joshua zu sitzen, zu kuscheln, zu reden. Im Sommer mit ihm auf dem Balkon zu frühstücken. Zu … *Warte, was?*

KAPITEL 20

Bevor er Zeit hatte, diesen Gedanken richtig zu begreifen, lächelte Joshua ihn an und gab ihm einen Kuss auf die Wange. »Setz dich.« Er wies auf das gemütlich-braune Sofa. »Kann ich dir etwas zu trinken anbieten?«

Wenig später saßen sie nebeneinander auf der Couch, vor ihnen große Gläser mit Cola. Joshua hatte nach einer kurzen Rückfrage einen Film eingeworfen, der nebenher lief. Ausgerechnet *Buddy Check*, als hätte er geahnt, wie gerne Nick den sah. Herrlich! Auch ihr Geschmack diesbezüglich war kompatibel!

Außerdem hatte Joshua wieder Nicks Hand erobert und spielte mit seinen Fingern. Sanft zeichnete er Kreise auf die Innenfläche, fuhr jeden Finger einzeln entlang, ehe er zu kleinen Spiralen überging.

Die Zärtlichkeit in diesen hauchzarten Berührungen ließ eine ganz neue Art von Prickeln in Nick erwachen. Es zog durch seinen Körper und gesellte sich zu der immer noch vorhandenen Erregung hinzu, aber hatte eine vollkommen andere Qualität. Sie mochten für Sex zu Joshua gekommen sein, doch das hier war kein Sexdate. Ob sie nun miteinander hatten schlafen wollen oder nicht.

Atemlos sah Nick Joshua an. War es das, warum er so unsicher war? Warum sein Herz auf jedes Lächeln und jedes Lachen mit wilden Sprüngen reagierte? Warum sein Magen sich anfühlte, als sei er mit Sekt gefüllt? Seine Augen weiteten sich, als brauchten sie mehr Raum, um den Mann vor Nick vollkommen zu erfassen. Um das Verstehen mit Sichtbarkeit zu unterstützen.

Er war dabei, sich zu verlieben, richtig? *Oh Scheiße, ernsthaft?* Jahrelang gar nicht und jetzt innerhalb eines Abends?

Joshua hob den Blick von Nicks Fingern in sein Gesicht; auch seine Augen weiteten sich. Seine Lippen teilten sich, er holte Luft, als hätte er etwas vollkommen Erstaunliches gesehen.

»Oh Mann, Nick«, brummte er heiser und hob eine Hand, um sie an Nicks Wange zu legen. Sacht streichelte er ihn, schob sie in Nicks Nacken und kraulte dort die feinen Härchen.

Eine Gänsehaut zog über Nicks Rücken. »Was?«, flüsterte er, als könnte ein lautes Wort den Moment zerstören. Er zog Joshuas Hand, die seine noch immer umfing, an die Lippen. Zärtlich drückte er einen Kuss darauf, ohne den Blick von Joshuas sturmgrauen Augen zu nehmen. Irgendwie fühlte sich das intim an.

»Wenn du mich so ansiehst, dann ...« Joshua holte tief Luft, schüttelte jedoch im nächsten Moment hilflos den Kopf. »Ich bin schlecht mit Romantik. Echt mal. Aber wenn du mich so anschaust, dann will ich voll romantisch sein.«

Nick musste lachen, er konnte nicht anders. So sehr, dass er nach vorne sackte und die Stirn gegen Joshuas Schulter sinken ließ. Himmel, war das süß! Er spürte Joshuas Lippen auf seinem Hinterkopf und blieb genau so sitzen. Mh, fühlte sich gut an.

»Lachst du mich aus?« Nick hörte, dass Joshua grinste. Gut, der nahm ihm das nicht übel. »Ich mag das, wenn du lachst. Da lasse ich mich gerne auch auslachen. Ist fast so gut wie Romantik.«

»Vielleicht sogar besser. Humor hält länger.« Huch, hatte Nick das wirklich gesagt? Das klang, als wollte er mehr. Mehr als Sex, mehr als Romantik. Etwas, das andauerte. Mit Joshua. Klar, wenn er sich echt verliebt hatte? Atemlos lauschte er in sich hinein. Sein Herz schien zu summen. Das fühlte sich vollkommen wohl, glücklich und am richtigen Ort.

»Das gefällt mir«, sagte Joshua leise.

Erneut spürte Nick Hitze in den Wangen. Meinte Joshua das so, wie Nick das verstehen wollte? Dass er sich mehr von ihm erhoffte als ein einmaliges Treffen? Oder sprach da nur die Sehnsucht aus Nick, weil er sich jetzt schon so lange einen Partner wünschte? Und gerade dabei war, sich das erste Mal zu verlieben?

Spontan hatte Nick das Bedürfnis, bei Lawrence durchzuklingeln und um Rat zu fragen. Er hatte keine Ahnung, wie Beziehungen begannen! Er beherrschte *unverbindlich*, und das richtig gut. Darin hatte er Übung. Alles andere? Eher nicht. Was, wenn er Joshua jetzt mit einer blöden Reaktion vergraulte? Aber er konnte ja schlecht gar nichts machen.

»Hm-hm«, murmelte er unsicher. Ablenkend schob er eine Hand auf Joshuas Bauch und begann, ihn dort zu streicheln. Mh, fühlte sich toll an, wie alles an Joshua. Trainiert und flach. Er konnte ein Sixpack spüren.

Die Ablenkung hatte Erfolg. Joshua holte tief Luft, als Nick die Finger ein wenig weiter nach unten wandern ließ.

Sofort wuchs die Erregung in Nick gleich wieder an. Und nicht nur die. Oh Mann, er wollte ihn noch immer! Das ging nicht. Na ja, Sex nicht, aber … Fest strich er mit der flachen Hand über Joshuas Schritt und biss sich auf die Lippe, weil sich die Wölbung so höllisch gut anfühlte.

Mit einem Aufstöhnen drängte Joshua ihm die Hüfte entgegen.

Himmel, war das erotisch! Nick wollte mehr. Er hob den Blick, um sich zu vergewissern, dass es in Ordnung war, dass er ihn dort anfasste. Um herauszufinden, ob er *mehr* versuchen durfte.

Die grauen Augen waren mit Lust gefüllt. Joshuas Blick ruhte voller Erwartung auf Nick, ein Lächeln lag um die verlockenden Lippen.

»Geht es mit dem Atmen?« Neckend strich Nick mit einem Finger über den Reißverschluss der Jeans.

»Was?« So ganz schienen Joshuas graue Zellen gerade nicht zu funktionieren.

Es brachte Nick zum Grinsen. »Atmen. Luft holen. Ein, aus. Wegen der Rippen.« Sacht drückte er zu, fühlte die Hitze sogar durch den dicken Jeansstoff hindurch.

Wieder stöhnte Joshua, dann lachte er und nickte. »Hervorragend geht das. Alles unter Kontrolle, solange du mir nicht genau dort eine Tüte in die Seite rammst.«

»Es ist mein Unterarm gewesen. Ich habe versucht, die Kollision abzumildern.« Nick grinste erneut. Das war der beste Zusammenstoß gewesen, den er sich hatte wünschen können. Ohne den wäre er jetzt nicht hier. »Bleib einfach entspannt sitzen und lass mich machen, ja?«

»Ich gehöre ganz dir.« Joshua lächelte.

Sein Tonfall bescherte Nick Herzklopfen. Irgendwie hörte sich das gar nicht so an, als meinte der Mann nur den Moment. Mann, Mann, Mann, Nicks Hoffnungen übertrieben gerade echt. Aber es klang herrlich.

Kurzerhand schob er den Couchtisch ein Stück nach hinten, rutschte vom Sofa und kniete sich zwischen Joshuas Beine. Alle Unsicherheit verflog. Das kannte er, das konnte er. Sex jeder Art war klasse, und den Anblick und den intimen Duft eines Mannes hatte er schon immer gemocht. Und Joshua roch noch mal zehn Stufen besser.

Ohne jede Scheu knöpfte Nick dessen Jeans auf und grinste, als Joshua erleichtert aufseufzte, weil seine Erektion mehr Platz bekam. Sah toll aus, wie sie sich deutlich unter dem dünnen Stoff der Shorts abzeichnete. Mit den Lippen folgte er der Kontur und blies warmen Atem darauf. Als er die Spitze erreichte, an der sich bereits eine feuchte Stelle gebildet hatte, nippte er einen Hauch fester und brachte Joshua zu einem weiteren Stöhnen.

Eine Weile vergnügte er sich begeistert mit Joshuas verpackter Erektion und genoss die erstickten Halbwörter, die Joshua von sich gab. Verzückt lauschte Nick zudem auf das erregende Stöhnen, während seine eigene Jeans enger und enger wurde.

Als sich der feuchte Fleck ausbreitete, zog er dem Mann endlich die Shorts herunter. Er keuchte und spürte einen heißen Stich zwischen den Beinen, als die Erektion sich befreit aufrichtete. Musste der Kerl eigentlich überall gut aussehen? Gerade, hart und weder zu groß noch zu klein ragte sein Schaft aus einem Bett aus sorgfältig gestutzten Schamhaars auf. Herrlich!

Nick konnte nicht widerstehen und leckte einmal an der Unterseite von der Wurzel bis zur Spitze.

»Nick! Oh Mann«, brachte Joshua grollend hervor und griff ihm in die Haare. Dann hielt er inne, als wüsste er nicht, ob er ihn näher ziehen oder wegschieben wollte.

Nick hingegen war ganz und gar nicht unentschlossen. Er wollte Joshua in sich spüren, und wenn es nicht an der einen Stelle ging, dann eben an der anderen. Ohne von den energischen Fingern aufgehalten zu werden, beugte er sich hinab und schloss die Lippen um die samtig pulsierende Härte. Mmh, traumhaft. Der Kerl schmeckte sogar fantastisch. Nick gab einen zufriedenen Laut von sich, der Joshua erneut aufkeuchen und seinen Griff fester werden ließ, vermutlich von der Vibration.

Testweise brummte Nick und rief genau die gleiche Reaktion noch einmal hervor. Herrlich! Mit Blick in Joshuas vor Erregung gerötetes Gesicht glitt Nick an ihm hinab, summte dabei verhalten. Ein voller Erfolg. Die Lust in Joshuas Miene zu sehen, machte ihn genauso an, wie ihn zu hören, zu schmecken, zu riechen und zu spüren.

Während er den Schaft an der Basis umfing und genüsslich mit dem Mund daran auf- und abglitt, öffnete Nick seine eigene Hose, die viel zu eng geworden war. Mittlerweile war er derart erregt, dass es ihm fast egal war, wie er kommen würde, solange er nur kam. Fest legte er die Hand um seine eigene Erektion. Auf und ab, im gleichen Rhythmus wie bei Joshua.

Im nächsten Moment festigte sich der Griff in seinen Haaren, ein wenig unkoordiniert zog Joshua an ihm. »Komm hoch«, keuchte er. »Ich will dich näher haben. Komm.«

Fast wäre Nick sofort gekommen, allerdings auf andere Art, als Joshua das gemeint hatte.

Unwillig knurrte er, was Joshua zu einem stöhnenden Glucksen brachte.

Klar, Nick hatte ihn noch immer im Mund. Unwillkürlich musste er grinsen. Dem Zug folgend richtete er sich auf. Joshua dirigierte ihn rittlings auf seinen Schoß.

Eigentlich eine verdammt gute Idee; Nick mochte den Anblick ihrer Erektionen direkt nebeneinander. Sie wurde sogar deutlich besser, als Joshua diese mit beiden Händen umfing und fest gegeneinander drückte.

Feuer schoss durch Nick hindurch. Keuchend sank er nach vorne und konnte sich erst im letzten Augenblick abfangen, bevor er gegen Joshua sackte. Nicht, dass ausgerechnet jetzt die Rippen wieder ins Spiel kamen. Mit all dem Keuchen und Stöhnen würde Joshua ohnehin später genug darunter zu leiden haben.

Im nächsten Moment verwandelten sich seine Gliedmaßen in Gummi, weil sich Joshuas Hände mit Druck auf und ab zu bewegen begannen. Nick legte ihm einen Arm um die Schultern und die Stirn gegen Joshuas, während er mit dem anderen auf der Sofalehne dafür sorgte, dass er nicht auf ihn fiel. Ganz von allein glitten seine Lider zu, um ihn nur noch fühlen zu lassen.

Oh Gott, tat das gut! Das war so viel besser als alles, was er mit der eigenen Hand hätte anstellen können. Josh zu spüren, die Hitze, das Pulsieren. Die rauen Handflächen. Den rapide rascher werdenden Takt.

Sein Stöhnen mischte sich mit dem des anderen Mannes, ihr Atem wurde eins. Schneller, lauter ... Nick konnte sich nicht mehr zurückhalten, stieß wieder und wieder in die Höhle, die die kräftigen Hände bildeten. Oh Gott, ja ... so gut ...

Gleich darauf zog sich alles in ihm zusammen. Er spürte Joshuas Härte an seiner zucken, krallte die Finger in das Polster der Rückenlehne und kam mit einem erstickten Aufschrei.

Nur einen Atemzug später folgte ihm Joshua mit einem dunklen Grollen, das durch Nicks ganzen Körper vibrierte.

KAPITEL 21

Irgendwie schaffte Nick es, den letzten Rest Kraft zu mobilisieren, um nicht gegen den Mann zu sinken. Obwohl es genau das war, was er wollte. Sich an ihn zu lehnen. Sich klein zu machen und an seine Brust zu kuscheln. Seine Arme um sich zu spüren. Aber das würde Joshua wehtun.

Immerhin ein Teil seines Wunsches wurde erfüllt, als Joshua die Arme um Nick legte. Energisch zog er ihn dichter.

Nick konnte nicht widerstehen und lehnte sich nun doch gegen ihn, ein wenig zumindest. Joshuas Atem streifte über seinen Hals, er spürte seine Wärme, seine Nähe. Gleich darauf weiche Lippen in seiner Halsbeuge und ein Lächeln.

Nick lächelte auch. Hier mit ihm zu sitzen, im Nachhall eines herrlichen Orgasmus gefangen, kuschelnd, fühlte sich an wie Geborgenheit. Konnte eigentlich gar nicht sein, dafür kannten sie sich nicht lange genug. Trotzdem war es so.

Schließlich atmete Joshua durch und grinste. »Wow. Das war ... echt ... wow. Das habe ich gebraucht.«

»Ich ebenfalls. Du bist aber auch Versuchung pur.« Hatte Nick das nicht schon mal genau so gesagt? Egal, stimmte immer noch. Mit einem zufriedenen Seufzen richtete er sich auf und ließ eine Hand behutsam über Joshuas linke Seite gleiten. »Was machen die … Was ist das?« Das fühlte sich verdächtig nach einer Wundabdeckung unter dem Sweatshirt an. »Sag nicht, du hast mehr als gebrochene Rippen!«

Sofort schlug Sorge zu. Nicht, dass es ein offener Bruch war! Scheiße! Das war gefährlich! Im Leben hätte Nick keinen Sex mit ihm gehabt, wenn es das war!

»Hey, alles okay!« Überrascht sah Joshua ihn an. »Hey, du bist ja ganz blass. Wirklich, alles okay!« Er fing Nicks Finger ein und zog sie an die Lippen. »Süßer, ja, es sind nicht nur die Rippen.« Für einen Moment sah er entsetzlich schuldbewusst aus, doch dann kehrte das Lächeln zurück. »Mir geht es gut. Hand aufs Herz. Das ist nur 'ne Schürfwunde, die da abgedeckt ist. Bitte, schau mich nicht so an.«

Erleichtert atmete Nick durch. »Berufskrankheit«, brummelte er. »Ich stelle mir immer erst mal das Schlimmste vor.«

Am liebsten hätte er Joshua das Oberteil hochgezogen und sich selbst vergewissert. Aber dafür hätte er den Wundverband abziehen müssen. Kam also nicht in Frage. Stattdessen sah er ihm prüfend ins Gesicht. Noch immer hatte der Mann eine gesunde Gesichtsfarbe. Gerötete und ein wenig geschwollene Lippen von ihren wilden Küssen. Der glitzernde

Schweißfilm war wohl eher ihrer Aktivität geschuldet als fiesem Schmerz.

»Okay, du siehst gut aus.« Er lächelte. »Also das sowieso. Ich meine, nicht krank.«

Joshua grinste. »Sag ich doch.« Sein Blick glitt einmal komplett an Nick entlang. »Du auch. Dein Oberteil hingegen nicht so sehr.« Er lachte. »Ich fürchte, ich muss dir etwas leihen, wenn du bis zum Auto und vom Auto in deine Wohnung kommen willst, ohne Aufsehen zu erregen.«

Nick sah an sich hinab. »Ups.« Sie waren beide ordentlich weiß besprenkelt.

Mit einem Glucksen küsste Joshua ihn auf den Mund. »Gib mich mal frei, Hübscher, und zieh das aus. Dann hole ich dir etwas Frisches.«

Nick hatte nicht wirklich Lust, ihn gehen zu lassen. Aber als der Mann ihm eine Tücherbox reichte, wischte er sich notdürftig sauber und verstaute seine Privatausstattung, ehe er von seinem Schoß rutschte.

Joshua stand auf, küsste ihn erneut und verschwand. Erst kurz im Bad, danach ordentlich verpackt im Schlafzimmer. Als er zurück zu Nick kam, trug er ein frisches Oberteil in Blau und hielt Nick ein weiteres in der gleichen Farbe hin. »Habe nichts in Gelb. Sorry, denn das steht dir echt gut. Du siehst so sonnig damit aus.«

Nick lächelte. »Danke.« Er zog sein Shirt über den Kopf und warf es neben sich auf die Couch, ehe er das frische anzog. Als er aus dem Halsausschnitt wieder auftauchte, hatte Joshua sein altes bereits aufgenommen.

»Ich stecke das eben mit meinem in die Wäsche, 'kay?« Joshua grinste fröhlich. »Dann hänge ich es zum Trocknen auf und habe die perfekte Ausrede, um dich so schnell wie möglich wiederzusehen. Ich muss dir ja deine Klamotten zurückgeben, hehe. Bin gleich wieder bei dir!«

Nick lachte. Glück sprudelte durch ihn hindurch. Joshua wollte ihn wiedersehen! Das hier war nicht nur eine einmalige Sache! Für etwas derart Offensichtliches brauchte nicht mal Nick eine Erklärung, um zu erkennen, dass das gut war.

Erst, als Joshua das Wohnzimmer erneut verlassen hatte, stellte Nick fest, dass *Buddy Check* mittlerweile durchgelaufen war. Die kurze Melodie des Menübildschirms dudelte in Endlosschleife vor sich hin.

Nick grinste. Gut, dass er den Film schon kannte, er hatte ungefähr gar nichts davon mitbekommen. Gähnend holte er sein Handy hervor, um einen Blick auf die Uhr zu werfen, und erschrak. Wow, war das spät! Er sollte nach Hause fahren. Dringend. Sonst kam er am nächsten Tag nicht aus dem Bett. Frühschicht war echt die Pest. Verdammt, dabei hatte er absolut keine Lust, den Abend zu beenden. Aber es musste sein.

Als Joshua zurückkehrte, stand Nick auf. »Du, ich muss gehen.« Es füllte ihn mit erstaunlicher Wärme, dass Joshua enttäuscht das Gesicht verzog. »Die Arbeit ruft. Und davor sollte ich noch eine Mütze Schlaf bekommen. Nicht, dass ich den Patienten vor

Müdigkeit statt Schmerzmittel Laxativ verabreiche oder so.«

Auflachend schüttelte Joshua den Kopf. »Das könnte nach hinten losgehen.« Dann starrte er Nick überrascht an, als merkte er erst jetzt, was er gesagt hatte, im nächsten Moment zuckten seine Mundwinkel.

Nick prustete los, Joshua fiel mit ein.

Sie lachten noch immer, als Nick sich im Flur die Schuhe angezogen hatte. Garantiert nicht mehr wegen des blöden Wortspiels, aber Joshuas Lachen war einfach unglaublich ansteckend. Sie mussten sich nur ansehen, um sofort wieder loszulegen.

Als sich Nick die Jacke übergeworfen hatte, trat Joshua mit vor Vergnügen funkelnden Augen zu ihm, legte ihm beide Hände auf die Hüften und zog ihn an sich. Sacht küsste er ihn auf den Mund. »Wann kann ich dich wiedersehen?«

Morgen, dachte Nick und schloss die Arme um ihn. Das fühlte sich so gut an. Intim irgendwie. Doch er musste einkaufen, außerdem wollte er nicht zu ungeduldig wirken. Um nichts in der Welt wollte er das hier vermasseln, indem er zu drängelnd war. Nicht, dass Joshua fürchtete, er hätte sich einen Klammeraffen eingefangen. »Ich habe das Wochenende frei. Samstag? Hast du da Zeit?«

»Reserviert für dich!« In einer Mischung aus Vorfreude und irgendwie auch einem Hauch Enttäuschung sah Joshua ihm in die Augen. »Mann, ganz schön lange hin noch. Warte, da muss ich Küsse tanken.«

Wieder lachte Nick auf, verstummte jedoch, als sich die weichen, energischen Lippen auf seine legten. Mmh, so herrlich … Der Kuss vibrierte durch seinen Körper und brachte Stellen in ihm zum Klingen, die er vorher nie wahrgenommen hatte. Er reichte tiefer als Zellen, ließ eine Saite in ihm schwingen, die bisher nie erklungen war. Mit geschlossenen Augen drückte Nick Joshua behutsam ein wenig fester an sich und erwiderte den Kuss zärtlich.

Eine halbe Ewigkeit versanken sie in diesem Kuss, in dieser Umarmung, ehe sie sich trennen konnten. Nick war atemlos und konnte nicht anders, als zu lächeln, als er Joshuas gerötete Wangen, seinen verschleierten Blick und ein antwortendes Lächeln sah.

»Du könntest über Nacht hierbleiben«, murmelte Joshua und küsste ihn erneut.

Für den langen Moment, den dieser zweite Kuss dauerte, war Nick in ernsthafter Versuchung.

Dann schüttelte er den Kopf, obwohl ihn das Angebot glücklicher machte, als er sagen konnte. Joshua wollte Nähe. Wollte Zeit mit ihm verbringen. So ein Mist, dass Nick erst den Samstag vorgeschlagen hatte! »Das wäre weder für meinen Schlaf, noch für deine Rippen gut, denke ich.«

»Stimmt auch wieder.« Joshua grinste und ließ ihn los. »Dann geh jetzt besser gleich. Sonst muss ich dich erneut küssen. Und dich im Arm zu halten, ohne dich anzufassen, ist gerade verdammt schwer.«

Das wiederum brachte Nick dazu, ihn noch einmal zu umarmen und zu küssen. Scheiße, das machte aber auch süchtig. Natürlich musste Joshua den Kuss und die Umarmung ein weiteres Mal erwidern, und sie brauchten erneut sehr viel Zeit, ehe sie sich voneinander trennen konnten.

Endlich sahen sie sich an, grinsten und lachten wie auf Kommando los.

»Okay, neuer Versuch.« Glucksend trat Nick zurück und öffnete vorsichtshalber gleich die Tür. »Ich gehe jetzt.«

»Schreib mir, wenn du daheim bist, ja?« Joshua lächelte ihn an.

Nicks Herz machte einen glücklichen Satz, dann ging ein Feuerwerk in ihm los, nur weil Joshua von ihm hören wollte. Weil er sich sorgte. Wow. Okay. Damit war das wohl offiziell. Nick hatte sich verliebt. Wow! So fühlte sich das also an. »Mach ich. Bis sozusagen nachher. Danke für den tollen Abend.«

Bevor sie einer neuen Abschiedsumarmung und einem weiteren Abschiedskuss erliegen konnten und Nick darüber vielleicht vergaß, dass er Frühschicht hatte, trat er auf den Hausflur. Er winkte Joshua erneut zu, lächelte und wandte sich unter Aufbietung all seiner Kraft ab.

Wow. Auch das war unbekannt. Dieses unglaubliche Bedürfnis, sich umzudrehen, nur um einen letzten Blick auf einen Mann zu werfen. Um ihn noch einmal lächeln zu sehen. Nick erlag der Sehnsucht und spürte pures Glück, weil Joshua ihm hinterher sah und ihm das Lächeln schenkte, das er sich gewünscht hatte. Nick winkte und verkniff sich einen albernen Luftkuss, ehe er sich erneut abwandte.

Erst, als er einen Stock weiter unten war, hörte er die Wohnungstür zufallen. Damit war Joshua endgültig weg.

Was für ein Abend. Was für ein Mann!

KAPITEL 22

Nick schwebte. Nach Hause, dann mit mehreren Nachrichten von und an Joshua ins Bett. Am nächsten Morgen zur Arbeit und durch den Tag. Es war verrückt. Es war total verrückt, doch Nick hatte sich Hals über Kopf verliebt. Nach nur einem Abend. Darüber hatte er sogar seine Sorge um Fluffi ganz vergessen.

Und er hatte keine Ahnung, wie es von hier aus weitergehen sollte. Er wollte mit Joshua zusammenkommen. Richtig. Ihn als Freund für sich gewinnen, nicht nur als eventuell dauerhafte Bettgeschichte. Gleichzeitig hatte er wahnsinnig Angst, es zu verhauen. Seine vielleicht einzige Chance auf Liebe in den Sand zu setzen. Er hatte siebenundzwanzig werden müssen, um das erste Mal sein Herz zu verlieren; er konnte sich nicht vorstellen, dieses Glück noch einmal zu haben.

Immerhin sah es gut aus. Sagte auch Lawrence, dem er am Abend alles am Telefon erzählte. Ach was, dem er von Joshua vorschwärmte. Und Lawrence hatte deutlich mehr Erfahrung in Sachen Beziehung als Nick.

Der nächste Morgen begann für Nick mit einem Kurzschluss. Leider kein prickelnder durch eine neue Nachricht von Joshua, sondern die unangenehme Sorte mit einem kompletten Stromausfall, als Nick die Kaffeemaschine anschaltete.

Fluchend tappte er durch die dunkle Wohnung und holte die Taschenlampe aus der Kommode im Flur. In deren Schein entdeckte er, dass im Sicherungskasten mehrere Sicherungen rausgeflogen waren. Nick drehte sie wieder rein.

Licht flutete den Raum.

Bis er erneut die Kaffeemaschine einschaltete. Scheiße.

Grummelnd notierte er sich auf seiner mentalen To-do-Liste für den Nachmittag, dass er dringend eine neue Kaffeemaschine besorgen musste. Mist! Er hatte sie gemocht.

Stattdessen holte er den Notfall-Instant-Kaffee hervor und stellte eine Tasse Wasser in die Mikrowelle. Dann eben so. Hauptsache Kaffee.

Kaum hatte er den Startknopf betätigt, flogen die Sicherungen erneut raus. *Was zur Hölle!?* Die Mikrowelle auch? Was für ein großartiger Start in den Tag. Nicht.

Dass es nicht an seinen Geräten lag, ging Nick auf, als der Wasserkocher den dritten Stromausfall verursachte. Scheiße! Die Lampen schien der Stromkreislauf zu verkraften, alles darüber hinaus überlastete ihn. Na toll, Nick hatte keine Ahnung, woran das liegen konnte.

Kurz war er versucht, dem Vermieter eine Mail zu schreiben. Das Dumme war nur, dass der eine wirklich lange Bearbeitungszeit hatte. Unter zwei Wochen ging da gar nichts. Höchstens, wenn ihm die Bude niederbrannte, dann vielleicht. Tat sie aber nicht.

Grätzig starrte Nick den Wasserkocher an, der doch nichts dafür konnte. Trotzdem! Kein Kaffee am Morgen war ein ernstzunehmender Notfall. Ein Verbrechen an der Nickheit!

Nick riskierte einen vierten Versuch und beschloss in der folgenden Dunkelheit, dass er etwas Vernünftiges tun konnte. Nämlich Elektriker raussuchen. Wie bitter nötig das war und dass es keinen Aufschub duldete, registrierte er, als er entdeckte, dass auch sein WLAN tot war. Und ein Reboot des Routers das Stromnetz erneut zum Kollabieren brachte. *Das* ging endgültig nicht mehr. Noch weniger als Kaffeenotstand.

Zum Glück taten Handy und Mobilnetz noch ihre Dienste. Die dritte Firma, die er anklingelte, hatte tatsächlich kurzfristig für den Nachmittag einen Termin frei. Dankbar nahm Nick ihn an und notierte sich geistig, die Rechnung einfach frech an seinen Vermieter weiterzuleiten. Vielleicht klappte das ja.

Auf die Minute pünktlich klingelte es. Erleichtert lächelte Nick, eilte zur Tür und betätigte den Summer, ehe er ein fröhliches »Zweiter Stock!« in die Gegensprechanlage rief. Zum Glück hatte er etwas früher

Feierabend machen können, sodass er schon seit zwanzig Minuten daheim war.

Mittlerweile hatte er gar keinen Strom mehr, nachdem er gedankenlos das Licht eingeschaltet hatte. Für eine halbe Sekunde war es hell gewesen. Dann – Zack! – alles dunkel.

Oh Mann, hoffentlich fand der Elektriker den Fehler schnell. Die Wartezeit hatte Nick am Handy verbracht, das er auf der Arbeit aufgeladen hatte. Stromlos zu sein, war echt übel. Kein PC, kein Fernseher, keine Musik, keine Videos. Außer vom Handy, das er nicht aufladen konnte. Ätzend. Sein E-Reader war auch leer.

Schritte kamen im Hausflur nach oben.

Nick wartete, bis sie sein Stockwerk erreicht hatten, und öffnete die Tür. Schwere Schuhe, ein Blaumann mit Firmenlogo, eine Gürteltasche mit Werkzeug und ein Werkzeugkoffer waren das erste, was Nick wahrnahm.

Dann hob er den Blick in das Gesicht des Mannes.

Kälte flutete Nick, sein Magen krampfte. Den Kerl kannte er! Das war der Pöbler aus dem Heimtierladen! Scheiße! Von allen Elektrikern in Vancouver und Umgebung – warum war ausgerechnet der einer?!

Schlag die Tür zu, befahl sein Kopf nüchtern. Sein Körper jedoch reagierte nicht. Stocksteif blieb er mit dem Türknauf in der Hand einfach stehen.

Eben noch hatte das kantige Gesicht des Mannes ein gut gelauntes Lächeln getragen. Dann trafen sich ihre Blicke. Es war verblüffend, wie schnell Eis die braunen Augen überzog und die Miene zu einer des Abscheus wurde.

»Du«, knurrte der Mann. »Was machst du Arschficker hier?«

Sein Blick war derart kalt, dass Nick innerlich erstarrte. Irgendwo in ihm sprang das Notfall-Protokoll an. Bloß keinem homophoben Arschloch sagen, dass er hier wohnte!

»Einhüten für einen Kumpel«, log er. »Wegen des Elektrikers. Sag nicht, dass du das bist?«

Dumme Frage! Natürlich war der das. Was sonst sollte der Kerl hier mit dem Werkzeug eines Elektrikers und in einem Blaumann tun? Der noch dazu den Namen der Firma trug, die Nick beauftragt hatte! *Mason Shaw, Shaw Electrics* stand auf dem Namensschild. War das etwa der Boss?

Scheiße! Was machte Nick denn jetzt? Er konnte den Kerl doch nicht bei sich reinlassen! Egal, wie verkorkst seine Elektrik war.

»Drecksschwuchteln bedienen wir nicht.« Die Worte klangen, als hätte der Mann ausgespuckt. Tatsächlich bleckte er beinahe die Zähne. Wäre er ein Hund gewesen, hätte er garantiert zudem die Ohren angelegt. »Steck dir deinen Auftrag in den Arsch. Stehst du ja drauf, du schwule Sau.«

In Nick stieg ein Beben auf. Er krampfte die Hand fester um den Türgriff. Verdammt, warum trafen ihn solche abartigen Schimpfwörter immer so sehr? Sie lähmten ihn regelrecht.

»Noch eine Beleidigung, und ich zeige dich an«, flüsterte er. Mist, Mist, Mist, seine Stimme klang alles, aber nicht sicher.

»Und dann?« Schnarrend verzog der Mann den Mund. »Dein Wort gegen meines. Du machst mir keine Angst, Schwuchtel. Du und dein widerwärtiges Gesocks gehört nicht in unser schönes Land. Ihr seid abartig, widernatürlich, ekelhaft. Ein Dorn im Auge der Gesellschaft! Ein Geschwür! Die Bibel sagt …«

»Komm mir nicht mit der Bibel. Wenn du dich an das Heilige Buch hältst, halte dich an alles.« Nick spürte hektische rote Flecken auf seinen Wangen. »Ich kenne die Bibel. Fang erst einmal bei dir an. Keine Kleidung aus zweierlei Stoff. Keine Krustentiere, kein Schweinefleisch. Und ganz oben: Liebe deinen Nächsten wie dich selbst.«

Bei jedem Wort hatte sich das Gesicht des Mannes finsterer zusammengezogen. Er ballte die Fäuste, kam drohend einen Schritt auf Nick zu. »Du kleine schwule Ratte! So etwas wie du gehört ausgerottet! Nimm den Namen der Heiligen Schrift nicht in den Mund, du verdorbenes …«

Sein letztes Wort ging im Knallen der Tür unter, als Nick sie zuwarf. Dann drehte er den Riegel zu. Zweimal. Trotzdem hämmerte sein Herz bis in die Kehle. Adrenalin rauschte durch seine Adern, ließ ihn schwindelig werden. Fast rechnete er damit, dass sich der Mann brüllend und knurrend wie ein tollwütiger Hund gegen die Tür werfen würde.

Doch Nick hörte nur ein geknurrtes »Schwanzlutscher. Allesamt feige Ratten, diese Drecksschwuchteln« durch das Türblatt, ehe sich die Schritte entfernten.

Mit hämmerndem Herzen lauschte Nick darauf, wie sie das Treppenhaus hinab polterten, dann verstummten. Leise fiel nach einer kurzen Weile die Haustür ins Schloss.

Scheiße, das konnte doch gar nicht wahr sein! War das wirklich gerade eben passiert? Mit zitternden Fingern fuhr er sich durch die Haare, vergrub sie darin und griff zu, als könnte ihm das Halt geben.

Er atmete durch. Einmal. Zweimal. Dreimal. Half nicht.

Erschüttert tappte er ins Wohnzimmer und ließ sich auf die Couch fallen. Noch immer zitterte alles in ihm.

»Fluffi? Ich könnte jetzt wirklich ein kuscheliges Fellknäuel brauchen«, sagte er in die Leere der Wohnung. Selbst seine Stimme bebte.

Natürlich wuselte kein Hamster heran. Nicht, dass Nick das wirklich erwartet hatte. Vermutlich hatte Joshua recht gehabt, dass seine kleine Flauschkugel entwischt war. Nick glaubte das mittlerweile ebenfalls. Hoffentlich ging es Fluffi gut, wo immer er steckte.

Warum störte es jemanden wie Shaw, wie Nick sein Leben verbrachte? Oder seinen Onkel. Nick tat ihm doch nichts. Es schadete niemandem! Ausgesucht hatte Nick sich das auch nicht. Und wenn nicht gerade Arschlöcher wie dieser Kerl auftauchten – oder Onkel George –, fühlte Nick sich damit wohl. Sehr wohl.

Besonders jetzt.

Joshua tauchte in seinem Kopf auf. Lachend. Stöhnend. Mit leuchtenden Augen. Lächelnd. Für einen flüchtigen Moment konnte auch Nick lächeln. Geradezu traumhaft wohl hatte er sich gefühlt. Und das würden ihm solche Mistkerle wie dieser Shaw nicht kaputtmachen!

War das wirklich Shaw, der Boss persönlich, gewesen? Nick griff nach seinem Handy und surfte die Internetseite der Firma an.

Wenige Momente später sah er auf das lächelnde, kantige Gesicht, das sich gerade vor seiner Haustür mit Ekel und Wut gefüllt hatte. *Mason Shaw, Inhaber. Shaw Electrics – zuverlässig, freundlich, kompetent. Professionalität seit über vierzig Jahren.*

Nick hatte das Bedürfnis, sein Handy im Klo zu versenken. Danach darauf zu kotzen und es anschließend hinunterzuspülen. Aber das war der Dreckskerl nicht wert. Leider half damit eine Beschwerde beim Chef der Firma über den homophoben Angestellten nicht weiter.

»Gut, dann eben eine Anzeige«, murmelte er. »Hätte ich schon nach dem Vorfall in der Tierhandlung machen sollen.«

Aber erst einmal brauchte er einen neuen Elektriker.

Nick telefonierte sich durch elf weitere Firmen, ehe ihm die zwölfte eine Zusage für den nächsten Tag geben konnte. Um sieben Uhr dreißig. Mit Wochenendzuschlag. Es war ihm so egal. Er wollte einfach nur zuverlässig Strom aus der Steckdose bekommen. Oh Mann, hoffentlich brauchte der

Mensch nicht zu lange. Er war doch mit Joshua verabredet!

KAPITEL 23

Joshua. Mit einem Schlag sehnte Nick sich nach ihm. Er wollte bei ihm sein, sich an ihn kuscheln, seine Arme um sich spüren und sich versichern lassen, dass alles gut werden würde. Dummerweise kannten sie sich dafür echt noch nicht lang genug.

Stattdessen rief Nick Lawrence an.

»Hey, Süßer! Schön, dass du dich meldest!«, drang die fröhliche Stimme seines besten Freundes kurz darauf durch das Telefon. »Wie geht's dir?«

Gleich fühlte Nick sich besser. »Ich habe hier totalen Stromausfall, und rate mal, wer als Elektriker bei mir vor der Tür stand und ausfallend geworden ist.«

Als Nick geendet hatte, war jede Fröhlichkeit aus Lawrences Stimme verschwunden. Stattdessen lagen Sorge und Wut darin. »Zeig ihn an, Nick! Ich begleite dich. Dann zeigen wir ihn auch gleich für die Scheiße in der Tierhandlung an. Oh Mann, das geht gar nicht! So ein Arsch! So ein verdammter Affenarsch! Entschuldigung an alle Affen dieser Welt. Ich komme zu dir, ja? Ablenkung. Nick beknuddeln.«

Mit einem Lächeln zog Nick die Beine in den Schneidersitz und lehnte sich zurück gegen die Lehne.

So süß, wie sein Freund sich aufregte und ihm zur Seite stehen wollte. »Schnucki, hier ist nichts, um dich zu unterhalten. Alles braucht Strom. Und den habe ich nicht.«

»Dann komm her? Ach nee, morgen hast du halb in der Nacht den Termin mit dem Elektriker. Hoffentlich ein echter und kein Arschloch. Da müsstest du ätzend früh los bei mir. Nee du, ich bin in einer Stunde da, okay? Mit dir wird mir so oder so nicht langweilig.«

»Aber keinen Sex«, sagte Nick, bevor sein Gehirn wieder einsetzte. Doch jetzt, da er sich gerade an Joshua annäherte, fühlte sich das nicht mehr richtig an, mit irgendjemand anderem zu schlafen. Sogar wenn derjenige sein bester Freund war.

Er musste grinsen, als Lawrence lachte. »Aha? Aha. Keinen Sex? Auch ohne Sex wird mir nicht langweilig mit dir. Trotzdem klingt das, als möchte ich erzählt bekommen, warum das so ist.«

»Nichts Neues, Schnucki. Du weißt schon alles. Aber genau deswegen.« Nick lachte ebenfalls.

Er fühlte sich um Welten besser, als er auflegte. Und gleich noch mal um Universen, als Lawrence nach etwas über einer Stunde bei ihm klingelte. Witzig, dass die Klingel funktionierte. Offensichtlich lief die über einen anderen Kreislauf als den seiner Wohnung.

Lawrence hatte nicht nur sich und seine Gegenwart mitgebracht. Begleitet wurde er von seinem voll aufgeladenen Laptop, drei Powerbanks, zwei Brettspielen und einem Satz Karten sowie zwei Pizzen und einer Tasche mit Schlafsachen.

Zuerst bekam Nick eine dicke Umarmung ab, die den letzten Rest an Unbehagen vertrieb, und dann einen lustigen Abend mit seinem besten Freund. Als sie schließlich kurz nach Mitternacht im Bett lagen, jeder brav auf einer Seite von Nicks Doppelbett, jeder unter seiner eigenen Decke, fühlte er sich wieder entspannt und zufrieden.

Es war der zweite Tag ohne Schmerzmittel, und Joshua ging es gut. Vermutlich war Nicks Arbeitsplan ein Segen für seine Wunde gewesen, wenngleich auch nicht für seine Sehnsucht. Denn seit dem spektakulären ersten Date hatte er erneut nicht viel mehr gemacht, als sich zu schonen. Sich um seine Hamster zu kümmern. Sich zu schonen. Die Website zu aktualisieren. Und sich zu schonen. Hardcore-Schonen, sozusagen. Extrem langweilig, jedoch effektiv.

Am Vortag hatte er die Fäden gezogen bekommen. Damit war er endlich wieder in der Lage zu wandeln, sobald er das wollte oder falls er erschrak. Nicht, dass es nicht auch mit der Naht gegangen wäre, aber die Fäden eines Menschen im Minikörper eines Hamsters? Vermutlich eher ungünstig. Joshua hatte kein Bedürfnis verspürt, das auszuprobieren.

Doch jetzt war er frei. Es ging ihm gut; das Wetter war traumhaft und schon beinahe sommerlich warm – und das im April! Außerdem war er mit Nick verabredet. Besser konnte es kaum werden.

Joshua trat in dem Moment aus der Haustür, als Nicks Sedan vorfuhr. Joshua grinste und winkte. Perfekt, als hätten sie es abgesprochen.

»Hallo!« Nick stieg aus und winkte zurück. Dann warf er ihm einen kritischen Blick zu. »Der Rucksack bleibt im Auto«, bestimmte er, noch ehe Joshua ihn erreicht hatte.

Mit einem Auflachen umarmte Joshua ihn. Vor Wohlbehagen seufzte er glatt. Sein Gefährte roch wieder wunderbar und fühlte sich ohnehin an wie für seine Arme gemacht. »Da sind Getränke für unterwegs drin.«

Sanft küsste Nick ihn zur Begrüßung auf den Mund.

Das fühlte sich sogar noch besser an. Zärtlich und wundervoll, und der Atem, der Joshua streifte, erweckte sofort das bekannte wohlige Kribbeln. Eine kleine Ewigkeit lang erwiderte Joshua den Kuss.

»Dann trage ich ihn. Ernsthaft, schone deinen Oberkörper. Je sanfter du zu dir bist, umso besser geht es dir und den Rippen. Bewegung ist okay, Belastung nicht so sehr.« Nick lächelte, seine Wangen hatten einen zauberhaften Rotstich bekommen. Seine Augen leuchteten und zeigten, wie gerne er mit Joshua zusammen war und ihn küsste.

»Ja, Herr Krankenpfleger.« Hingebungsvoll küsste Joshua ihn gleich erneut. Ging nicht anders.

Es war süß, wie sich Nick um ihn kümmerte. Doch mittlerweile war die Sorge überflüssig. Wenn Nick ihm nicht gerade einen Ellbogen oder eine Faust gegen eine der noch ziemlich empfindlichen Stellen rammte, war Joshua wieder voll einsatzfähig. Warum nur hatte er sich im Affekt ausgerechnet gebrochene Rippen als Ausrede ausgesucht? Blöde Idee. Nur jetzt nicht mehr zu ändern.

»Was macht dein Strom?«, fragte er, kaum dass sie eingestiegen waren. Sein Gefährte hatte ihm vom Stromausfall geschrieben. Leider auch davon, dass Lawrence mit ihm die Stellung hielt. Deswegen hatte Joshua ihm keine Gesellschaft anbieten können. So eine verdammte Hamsterkacke. Außerdem, uff, biss seine Eifersucht.

Nick schnitt eine Grimasse. »Der Elektriker hat angefangen, eine Wand zu öffnen. Lawrence ist ein Engel. Er hält die Stellung, damit ich unsere Verabredung nicht absagen musste. Irgendetwas mit den Leitungen scheint nicht in Ordnung zu sein. Jetzt muss der Mann nur herausfinden, wo der Fehler steckt. Ätzend.« Für einen Moment huschte Dunkelheit über sein Gesicht. Als sein Lächeln zurückkehrte, wirkte es schal. »Immerhin habe ich überhaupt so kurzfristig einen Termin bekommen.«

»Gab's Stress?« Gleich hatte Joshua das Bedürfnis, seinen Gefährten beschützen zu müssen. Er wusste nur nicht so recht vor was. Vor Lawrence? Oder dem Stromausfall? »Macht der Vermieter Stunk und will dir die Kosten unterjubeln?«

»Was?« Verdutzt sah Nick ihn an. »Der Vermieter weiß gar nichts davon. Dem schicke ich einfach die Rechnung zu und hoffe, dass er zahlt. Wenn ich darauf warte, dass der wegen der Reparatur in die

Puschen kommt, sitze ich noch in zwei Wochen im Dunkeln. Nein, da ist alles in Ordnung.«

»Aber irgendetwas ist nicht in Ordnung, oder?« Erneut meldete sich die Eifersucht. Hatte Nick mit Lawrence geschlafen und schämte sich dafür? Mit Joshua war er noch nicht zusammen; sie hatten erst ihr zweites Date. Also hatte Joshua kein Anrecht auf Treue. Trotzdem grollte sein Magen.

Nick schenkte ihm ein winziges Lächeln, aber wandte den Blick gleich darauf ab. Während er sich anschnallte, fuhr er bereits los. Schweigend sah er auf die Straße.

Joshuas Unsicherheit wuchs. Hatte Nick wirklich …? Seine Wandlerseite begann wütend, die Hamsterbacken aufzublasen. Dann zu schnattern.

»Ursprünglich hatte ich gestern schon einen Termin mit einem Elektriker«, sagte Nick nach einem Moment leise. »War ein homophobes Arschloch, das mich beleidigt und beschimpft hat. Eigentlich sollte ich darüber stehen. Es nicht an mich heranlassen. Ich meine, ich lebe offen schwul, da passiert das auch im einundzwanzigsten Jahrhundert manchmal. Aber es macht mich jedes Mal fertig.«

Joshuas Eifersucht sackte in sich zusammen, als hätte jemand den Stöpsel aus einer Luftmatratze gezogen. Dafür kochte Wut hoch. »Welche Firma? Ich gehe vorbei und kacke ihm vor die Tür!«

Eigentlich war das der Spruch der Hundewandler. Vogelwandler bedrohten eher Autos, Katzen Korbmöbel und Gärten. Hamster jedoch bedrohten niemanden. Die konnten höchstens in Zehen beißen, vorausgesetzt, die Person trug keine Schuhe. Außerdem hatte Nick keine Ahnung davon, dass Joshua ein Wandler war.

Nick lachte auf, der Ausdruck von Furcht verschwand aus seinem Gesicht. »Danke für das Angebot. Aber ich zeige ihn lieber an.«

Für einen Moment erging sich Joshua in erquicklichen Fantasien, was ein Taubenwandler anstellen könnte, wenn er die ansässigen Stadttauben um Hilfe bat. Den Wagen des Elektrikers bis zur Unkenntlichkeit verzieren. Und ihm alle zehn Minuten auf den Kopf scheißen, mindestens, sobald er das Haus verließ. Dummerweise war Joshua mit keinem befreundet. Ob er einen auftreiben konnte? Spatzen hatten leider nur einen sehr kleinen Darminhalt, das war nicht halb so befriedigend.

»Anzeigen ist gut«, grollte er. »So etwas geht gar nicht! Und wenn wir in Highheels und pinken Tutus durch die Stadt tanzen und in Opernart *wir sind schwul* schmettern würden.«

Wieder musste Nick glucksen. »Ohne die Opernarien war ich schon nahe dran. Bin jedes Jahr auf dem CSD. In bunten Kostümen. Ich mag es, mich zu verkleiden.«

Joshua ging auf den Themenwechsel ein, obwohl er sich gerne lautstark weitere Strafen für den Arsch ausgedacht hätte. Spatzen, die in seiner Lüftung nisteten. Opossums, die seinen Dachstuhl verwüsteten. Mäuse, die seine Kabel annagten. Maulwürfe, die seinen sorgfältig gepflegten Rasen mit Hügeln

überzogen. Ratten, die nachts seine Eier abbissen.
Falls er irgendetwas davon hatte.

KAPITEL 24

Joshua hatte eine einfache Strecke durch den Wald herausgesucht, mit ordentlichen Pfaden und nicht zu wild. Nick, das hatte er schnell herausgefunden, war ein Stadtkind. Er mochte Natur, doch bitte nur wohldosiert und nur bei schönem Wetter. Joshua war das recht. Hauptsache, sie bewegten sich. Ihm fehlten seine Joggingrunden und der Besuch im Fitness-Studio, aber das war die Woche echt nicht dringewesen.

Ohne jedes andere Fahrzeug verkündete der Parkplatz erfreulicherweise, dass sie den Wald zumindest größtenteils für sich haben würden. Joshua hatte darauf gehofft, er mochte Natur am liebsten allein für sich oder mit Freunden. Nick zum Beispiel. Mit dem wollte er alles teilen.

Wie angedroht nahm Nick den Rucksack, was Joshua ein schlechtes Gewissen bescherte. Gleichzeitig machte es ihn glücklich, weil Nick auf ihn aufpassen wollte. Unter alten Douglasien und Hemlock-Tannen folgten sie dem Weg bestimmt ganze zwanzig Meter, ehe sich ihre Hände wie von selbst fanden. Das machte Joshua noch glücklicher. Trotz des arschigen Elektrikers hatte Nick offensichtlich nicht vor, sich zu verstecken und ins Bockshorn jagen zu lassen.

»Schön hier«, sagte Nick nach einer Weile, in der sie über alles und nichts geredet hatten. Über ihre Jobs, Cosplay, Hamster und das letzte Spiel der Canucks. »Aber auch ganz schön einsam.«

Dass er sich dabei eher näher an Joshua drängte, als von ihm Abstand zu suchen, zeigte Joshua, dass er sich nicht spontan vor ihm zu fürchten begonnen hatte. Er grinste. »Hast du Angst, dass ich über dich herfalle?«

»Dafür ist *Angst* nicht gerade das richtige Wort.« Nick gluckste, doch zuckte im nächsten Moment zusammen, als es neben dem Weg raschelte. Besorgt warf er einen Blick in die Richtung. Außer dichtem Unterholz und jeder Menge Farn war nichts zu sehen. »Wenn du *ich* allerdings durch Puma, Elch oder Bär ersetzt ...«

Oh. Aufmunternd drückte Joshua seine Hand. »Wir sind laut, Nick. Die suchen gemütlich das Weite, ehe wir auch nur in deren Nähe kommen. Das hier wird ein Fuchs oder Waschbär gewesen sein. Oder etwas noch Kleineres.«

Außerdem roch es hier nach allem Möglichen – Erde, Laub, Moos, Maultierhirschen und der Markierung eines Marders –, aber nicht nach Bären oder Pumas. Konnte er Nick natürlich nicht sagen, der würde ihn für bekloppt halten.

Sie waren stehen geblieben. Unbehaglich starrte Nick weiter auf die Stelle. Angespannt hatte er die Schultern höher gezogen; seine Brauen waren tiefer gewandert. »Der Puma könnte geschlafen haben. Und wir haben ihn geweckt. Und vielleicht ist er jetzt sauer.«

Joshua musste sich ein Lachen verkneifen. »Ich schwöre dir, da ist kein Puma. Wirklich. Sollte uns etwas Großes über den Weg laufen, verspreche ich dir, dass ich dich beschützen werde.«

»Ich will aber nicht, dass dir etwas passiert.« Nick runzelte die Stirn. »Das ist eine Scheißidee, Joshua.«

»Mach dir keine Sorgen. Nichts wird uns angreifen.« Sacht drückte Joshua ihm einen Kuss auf die Wange. Hatte Nick nicht erzählt, dass er als Kind campen gewesen war? Wie hatte er das überlebt? »Aber *falls*, dann verwandle ich mich in einen Hamster, einen Werhamster, und falle den Bären an.« Er gratulierte sich für diesen ersten Hinweis, so dumm, wie der war. Doch irgendwie musste er das Thema ja vorbereiten.

Es hatte den Erfolg, dass Nick auflachte. »Werhamster! Mit roten Augen und langen Zähnen? Oh Mann, Fluffi hätte den Bären weggeschmust, garantiert. Aber *Wer*hamster? Dein Plan hat eine Lücke, mein Zauberhafter. Wir haben weder Nacht, noch scheint der Vollmond. Das wird nichts mit der Verwandlung. Und wie willst du mir garantieren, dass du den Bären und nicht mich angreifst?«

»Guter Punkt.« Grinsend nahm Joshua ihren Weg wieder auf, froh darum, Nick abgelenkt zu haben. »Vielleicht beschwöre ich stattdessen Spitfire. Die kennt keine Furcht. Wenn die sich auf den Bären stürzt, ist der so verwirrt, dass er das Weite sucht.«

»Vermutlich nimmt er Spitfire gleich mit, weil die sich an ihm festgebissen hat.« Nick kicherte.

Himmel, war das süß! Umgehend spürte Joshua wieder ein warmes Kribbeln im Magen. »Sag mal, du hast erzählt, dass du mit deinen Verwandten früher als Junge ab und zu zelten warst. Wenn dich Bären so sorgen, wie hast du das überlebt? Gerade nachts?«

Nicks Lächeln wurde melancholisch. »Damals habe ich noch gedacht, mein Onkel wäre ein Held. Solange der bei uns war, konnten uns weder Bären, Pumas, Wölfe oder meinetwegen auch Löwen etwas anhaben. Später hätte ich ihn gerne gegen einen Puma eingetauscht. Der Arsch. Seit er weiß, dass ich schwul bin, bin ich Ungeziefer für ihn.«

Natürlich wusste Joshua das schon. Hatte Nick ja Fluffi erzählt. Aber das konnte Nick nicht wissen. Joshua ließ Nicks Hand los, um ihm unter dem Rucksack den Arm um die Taille zu legen und ihn an sich zu drücken. Sie stießen unangenehm gegeneinander, bis sie einen gemeinsamen Schritt gefunden hatten.

»Dem kacke ich auch vor die Tür«, brummte Joshua. »Und deine Familie?«

»Toleriert es. Immerhin. Sie sind sehr christlich, ich bin zufrieden damit.« Wirklich zufrieden klang Nick nicht, stattdessen immer noch oder schon wieder traurig.

»Und trotzdem hast du den Mut gehabt und bist rausgekommen? Wow, Nick. Du bist echt große Klasse.« Liebevoll drückte Joshua ihn. Sein Gefährte würde in Joshuas Verwandten eine neue Familie finden, jawohl. Eine, die ihn akzeptierte. »Was für ein Glück, sonst hätten wir uns vermutlich nicht getroffen. Also zum ersten Date.«

Leise lachte Nick und schob nun auch seinen Arm um Joshua. Er sah ihn an und schenkte ihm ein derart weiches Lächeln, dass Joshua mindestens genauso weiche Knie bekam.

»Alleine das war jeden Stress wert«, murmelte Nick und wurde rot.

Joshua hob ab, er war sich sicher. Seine Füße berührten auf keinen Fall mehr den Boden, obwohl seine Schuhe noch immer bei jedem Schritt auf dem Kiesweg knirschten. Vielleicht hatte er ja eine zweite Form – Schwebfliege oder Kolibri.

»Das hoffe ich«, sagte er leise und hielt an, um Nick zu küssen.

Sie schafften es auf immerhin drei Stunden durch traumhafte Einsamkeit inmitten von Vogelgezwitscher, Blätterrauschen und Insektensummen. Auf halber Strecke bekam Nick eine Nachricht, dass er Strom hatte.

»Woohooo! Internet! Kaffee kochen! Licht!« Lachend überboten sie sich mit Aufzählungen, was endlich wieder möglich war.

Sie kehrten auch nur deswegen um, weil Nick energisch darauf bestand, dass Joshua sich nicht übernehmen sollte.

Joshua widersprach nicht. Es ging ihm besser, aber er merkte, dass er noch nicht auf der Höhe war, egal, ob ihm das passte oder nicht. Und es passte ihm gar nicht. Scheiß Katze.

Immerhin ließ Nick sich ohne Widerspruch von ihm zum Essen einladen. Gegen Indisch konnte er keine Argumente ins Feld führen. Unverfroren nutzte Joshua aus, dass er in seiner kurzen Fluffi-Zeit bei ihm mitbekommen hatte, wie gern er indisch aß.

Es wurde traumhaft. Über Daal und Tandoori Hähnchen flirteten sie, was das Zeug hielt, und lachten, bis sie keine Luft mehr bekamen. Sie schafften es sogar, weitgehend die Hände voneinander zu lassen, um sich nicht in Verlegenheit zu bringen. Dafür küssten sie sich lange und ausgiebig, nachdem sie wieder im Auto saßen.

Doch damit endete der tolle Tag. Nick fuhr ihn direkt nach Hause. Leider ließ er sich nicht darauf ein, noch einmal mit ihm hochzukommen, als Joshua ihn einlud, kaum dass der Sedan zum Halten gekommen war.

»Du bist fix und fertig, Josh«, sagte Nick sanft und streichelte ihm durchs Haar. »Und erzähl mir nichts anderes, ich sehe es dir an.« Er lächelte. »Ehrlich, ich würde wahnsinnig gerne länger bleiben. Aber wir haben beide nicht gerade ein Keuschheitsgelübde abgelegt.« Sein Lächeln wurde zu einem Grinsen. »Und das würde dir nicht guttun. Wirklich nicht.«

Einmal mehr verfluchte Joshua seine Idee, einen Rippenbruch für seine Schmerzen verantwortlich gemacht zu haben. Okay, es hatte Vorteile, wenn Nick ihn nicht ganz sah. Die Narbe war zwar schon ordentlich verheilt, sah aber immer noch rot und hässlich aus. Und nicht nach Rippenbruch mit Abschürfung. Er war so ein Idiot. Außerdem hatte Nick natürlich recht. Er war fertig, so ungern er das zugab. Ätzend.

»Das würde mir ganz und gar hervorragend guttun« behauptete er trotzdem, nur fürs Protokoll.

Der Spruch brachte Nick zum Glucksen, und allein das war es wert.

»Hast du morgen Zeit? Die Aussicht würde mir helfen, dich jetzt gehen zu lassen.« Halb sehnsüchtig, halb berechnend beugte Joshua sich vor und küsste seinen Gefährten. Innig, liebevoll und überhaupt nicht dazu gedacht, Nick ein Argument für ein neues Treffen zu geben. Nein, ganz und gar nicht.

Einen langen Atemzug erwiderte Nick den Kuss mit geschlossenen Augen, dann grinste er noch auf Joshuas Lippen. »Na, wenn du so fragst ... Dreizehn Uhr bei mir? Ich koche.«

»Gebongt!« Sofort freute sich Joshua auf den nächsten Tag.

Die Uhrzeit war ebenfalls perfekt. Das gab Zeit zum Ausschlafen und zusätzlich viel mehr Zeit, die sie zusammen verbringen konnten. Und vielleicht, ganz vielleicht konnten sie erneut ein so herrliches Zwischenspiel wie an ihrem ersten Abend einlegen. Auf die Art würde Nick auch keine Narbe zu Gesicht bekommen.

Joshua sehnte sich so nach ihm. Nach dem gesamten Nick. Er wollte ihn erkunden, jeden Fleck Haut küssen, ihn schmecken, ihn spüren ... überall. Aber das wäre zumindest ein guter Kompromiss.

Jawohl. Und Joshua würde alles in seiner Macht Stehende tun, um diesen einzugehen. Nicht, dass er glaubte, dass viel Überzeugungsarbeit nötig wäre. Nick war einfach traumhaft unkompliziert.

Hoffentlich blieb das so, wenn er ihm irgendwann die Hamstersache erklärte. Das wäre dann erst recht ein Traum.

KAPITEL 25

Mit klopfendem Herzen stand Nick in der offenen Tür und wartete darauf, dass die Schritte im Hausflur näher kamen. Verliebt zu sein, war einfach traumhaft. Zumindest in jemanden wie Josh verliebt zu sein, der seine Gefühle zu erwidern schien. Nick genoss jede Sekunde davon. Das Kribbeln im Bauch. Die Leichtigkeit im Kopf. Das Schwirren der Gedanken. Und eben sein aufgeregt hämmerndes Herz, wann immer sie sich sahen. Wann immer Joshua ihm lange in die Augen blickte. Sobald sie sich küssten. Ach, eigentlich ständig, wenn Joshua irgendetwas tat.

Nick grinste. Im nächsten Moment wurde sein Grinsen zu einem Strahlen, denn Joshuas zerzauster Blondschopf tauchte im Treppenaufgang auf, gefolgt vom restlichen Josh. Ein Leuchten ging über das markante Gesicht, als ihre Blicke sich trafen. Oh, wie Nick das liebte, dass die grauen Augen hell wurden, sobald sie ihn ansahen! Das verriet ihm mehr als alles andere, dass Joshua sich wirklich freute, ihn zu sehen.

Trotzdem trat Nick erst einmal einen Schritt zurück. »Komm rein.«

Joshua folgte ihm auf den Fuß, zog die Tür hinter sich zu und Nick umgehend in die Arme. »Hi«, sagte er mit einem Lächeln und küsste ihn.

Mit einem zufriedenen Laut lehnte sich Nick gegen ihn, schloss die Augen und schlang die Arme um ihm. Joshuas Jacke war feucht; es nieselte offensichtlich mal wieder. Egal. Gleich darauf war das vergessen, als Joshuas Zunge sacht über seine Unterlippe strich.

Eine halbe Ewigkeit standen sie im Flur und küssten sich, ehe sie sich erneut ansehen konnten. Mh, Nick mochte auch, wie atemlos Josh nach Küssen immer wirkte. Wie sich seine Wangen röteten.

»Hi«, antwortete er sehr verspätet und grinste. »Schön, dass du da bist.«

Joshua lachte, küsste ihn erneut und ließ ihn dann los, um Jacke und Schuhe auszuziehen. Vollkommen selbstverständlich. Herrlich! Nick mochte es nicht, wenn Besucher mit Straßenschuhen durch seine Wohnung wuselten.

Als Joshua schnupperte, wirkte er für einen Moment wie die Hamster, um die er sich so liebevoll kümmerte. Süß. »Riecht gut. Was gibt es?«

»Hirschgulasch. Ist aber noch nicht fertig. Ich hab getrödelt.« Na ja, Nick hatte ein letztes Mal die Wohnung – zugegeben hoffnungslos und damit halbherzig – nach Fluffi abgesucht. Danach hatte er »Hamster vermisst«-Plakate entworfen und gedruckt. Die würde er morgen in der Nachbarschaft aufhängen. Sollten sie Erfolg bringen, würde er einfach ein zweites Gehege kaufen, jawohl. Dann hatte er das Terrarium gesäubert und frisch eingerichtet. Und erst danach hatte er sich daran erinnert, dass Gulasch eine ganze Zeit köcheln musste, um richtig gut zu werden.

Doch Nick wollte Joshua das Gehege präsentieren und Creampuff adoptieren, obwohl es ihm um Spitfire ein wenig leidtat. Aber die würde ja bei Joshua bleiben, und das war die beste Pflege, die sie haben konnte.

»Komm, ich will dir was zeigen.« Er nahm Joshuas Hand und zog ihn mit ins Wohnzimmer. Stolz wies er auf sein Hamsterreich. »Schau! Habe ich nach den Angaben auf einer gewissen Seite namens *Hamsterherz* ausgesucht und eingerichtet.«

»Gute Website, habe ich mir sagen lassen. Hilfreich.« Grinsend zwinkerte Joshua ihm zu.

Nick gluckste. »Mit einem sehr attraktiven Webmaster, muss ich betonen. Nicht, dass das für die Hamster interessant ist, aber es ist definitiv ein Bonus.«

Mit einem zufriedenen Funkeln in den Augen zog Joshua ihn erneut an sich und küsste ihn. Noch mal und noch mal und noch mal.

Lachend legte Nick ihm nach dem vierten Kuss die Hand auf den Mund. »Der Webmaster küsst zudem fantastisch. Ein zusätzlicher Bonus. Nur soll der gerade mal mein Terrarium anschauen, ob das seinen hohen Ansprüchen gerecht wird.«

Joshua lächelte breit. »Creampuff?«

Nick nickte und konnte nun seinerseits nicht widerstehen, eben schnell einen weiteren Kuss auf die energischen Lippen zu drücken. Mann, das war aber auch unfair, wenn Joshua so verlockend aussah. »Hab schon gesehen, du hast ihn auf der Homepage als *reserviert* markiert.« So lieb und vorausschauend!

Mit einem zufriedenen Brummen schmuste Joshua das Gesicht in seine Halsbeuge und bescherte Nick damit eine Gänsehaut. »Wenn du dich nach meiner Seite gerichtet hast, sollte das in Ordnung gehen. Aber lass uns mal schauen. Gleich. Muss gerade noch mal Nähe tanken. Ey, achtzehn Stunden sind verdammt lang.«

»Okay, gleich.« Nick konnte ihm nur aus ganzem Herzen zustimmen. Joshuas Atem, der über die empfindliche Haut seines Halses strich, die starken Arme um ihn, der trainierte Körper an seinem. All das fühlte sich einfach zu himmlisch an. Noch himmlischer war das Wissen, dass sein Freund ihm ebenso nah sein wollte wie Nick ihm.

Waren sie jetzt schon zusammen? Behutsam festigte Nick seine Umarmung, nur eben spürbar, dass Josh es merken konnte, aber nicht genug, um zu einer Gefahr für seine Rippen zu werden. Hm, er sollte ihn mal auf seinen Schmerzmittelkonsum ansprechen. Vorsichtig. Irgendwie. Auf eine Art, die sich Joshua nicht bevormundet fühlen ließ. Doch so gut, wie er damit zurechtkam, fürchtete Nick, dass er es mit den Tabletten übertrieb. Und zwar deutlich.

Der Gedanke verschwamm, als Joshua ihn auf den Hals küsste. Zufrieden seufzte er und schickte dadurch einen warmen Luftstrom über Nicks Halsbeuge, ehe er schließlich den Kopf hob. Er lächelte und bescherte Nick damit das nächste Flattern im Magen.

»In Ordnung, ich bin so weit. Lass uns mal schauen.« Offensichtlich ein wenig widerstrebend ließ Joshua ihn los und wandte sich zum Terrarium um. »Oh, ich sehe, du hast umdekoriert und neu eingestreut. Hervorragend.«

»Was?« Ein unangenehmes Stechen fuhr in Nicks Magen. Woran wollte Joshua das erkannt haben? Mit einem Schlag hatte er den Mann vor Augen, den er für einen Herzschlag in der Wohnung hatte stehen sehen. Und der so verflucht Joshua geglichen hatte. Nackt. Aber das war unmöglich. Männer lösten sich nicht in Luft auf.

»Na, da hängen die Duftspuren vom alten Hamster nicht mehr im Käfig«, erklärte Joshua, als wäre das Nicks Frage gewesen. »Und falls er Parasiten oder eine Krankheit gehabt hätte, wären die auch gleich mit weg. Nicht, dass ich das glaube. Ich bin, äh, du warst ja direkt mit ihm beim Tierarzt.«

Nick sah auf die kurzen Haare in Joshuas Nacken, als sich sein Freund über den Käfig beugte. Er fasste sie so gern an, liebte es, ihn da zu kraulen. Und Josh mochte das. Er konnte die Lider dabei herrlich auf Halbacht sinken lassen. *Nein, keine Ablenkung!* Warum wusste Joshua, dass er umdekoriert hatte? Nick hatte nichts davon geschrieben, immerhin hatte er ihn überraschen wollen mit seinem Adoptionsantrag.

»Das war nicht, was ich meinte. Woher weißt du, dass ich das habe?« Frisches Streu konnte man sehen. Geputzte Futterschalen ebenfalls. Aber woher wollte Joshua wissen, dass er die Sachen nicht exakt an dieselben Stellen wie vorher gestellt hatte?

Im nächsten Moment kam er sich blöd vor. So eine dumme Frage! War bestimmt nur eine Vermutung gewesen im Zusammenhang damit, dass er eben alles saubergemacht hatte. Gleich würde Joshua grinsen, mit den Schultern zucken und etwas in der Art sagen wie: *Oh, hast du nicht? Ich bin einfach davon ausgegangen. Machen irgendwie alle Hamsterbesitzer, wenn eine neue Fellkugel bei ihnen einzieht.*

Nur, dass Joshua nichts sagte. Stattdessen spannte sich sein Körper an.

Wieder sah Nick den nackten Mann vor sich, den er für einen Wimpernschlag in der Wohnung gehabt hatte. Knackiger Po, ein toller Rücken, aschblonde Haare und Joshuas Profil. Außerdem einen Leberfleck auf der rechten Schulter. Nick hatte seinen Freund noch nie unbekleidet gesehen. Auch nicht im Krankenhaus. Na ja, bis auf seine Privatausstattung. *Mach dich mal oben herum nackig, damit ich prüfen kann, ob du ein Muttermal hast, von dem ich nichts wissen kann.*

Das ging nicht. Auf keinen Fall, oder? Warum grinste Joshua nicht, wandte sich um und war verwirrt, wo Nicks Problem lag? Das wurde gerade unbehaglich. Nicks Magen entschied, dass leichte Krämpfe der Situation angemessen waren. Sein Herz stimmte zu und holperte.

Endlich drehte Joshua sich um. Leider vollkommen frei von jedem Lächeln. Stattdessen war er wachsam und sah ein wenig aus, als würde er sich fürchten. Was? Dann atmete er durch, und schließlich kam das Lächeln, nach dem Nick sich so sehr gesehnt hatte.

»Okay«, sagte Joshua leise. »Setz dich lieber.«

»Was?« Das war der falsche Text! Misstrauen schoss in Nick hoch, seine Augen verengten sich.

»Es klingt total verrückt, was ich dir erzählen muss. Bitte, setz dich. Glaub mir, das ist besser so. Und wenn es nur ist, damit du aufspringen kannst.« Joshua grinste schief.

Das wirkte dermaßen unpassend, dass Nick ihn nur ungläubig anstarren konnte. Andererseits wiederum war die ganze Situation gerade echt schräg, da passte auch ein schiefes Grinsen. Warum und wie waren sie von romantischem Turteln und den Vorbereitungen zu einer Hamsteradoption zu etwas gekommen, das mit einem Mal so angespannt war? Als stünde eine große Offenbarung bevor? Und zwar keine gute.

»Bitte«, sagte Joshua.

Fröstelnd verschränkte Nick die Arme vor der Brust. Was auch immer Joshua zu sagen hatte, er wollte es nicht hören, da war er sich sicher. Leider war er sich noch viel sicherer, dass er es hören musste.

Widerstrebend nahm er auf der Sofakante Platz, nicht bereit, sich gemütlich anzulehnen. Oh Gott, was, wenn sein Freund ihm offenbarte, dass er ein Gangster war? Ein Einbrecher? Aber das war unmöglich, oder? Kein Einbrecher der Welt konnte innerhalb eines Lidschlags verschwinden. Und Nick war nicht ohnmächtig gewesen oder hatte die Augen geschlossen oder sonst etwas, das ihn ausgeschaltet hätte.

»Danke.« Joshua atmete tief durch. »Vorweg … ich will dich nicht beunruhigen. Ich bin nicht bedrohlich. Und ich bin auch nicht verrückt. Ich versuche, das so unkompliziert wie möglich zu machen, okay? Bitte gib mir fünf Minuten lang einen Vertrauensvorschuss und spiel mit, ja? Ich verspreche, dass das, was gleich vollkommen beknackt klingt, dann Sinn ergibt.«

Nein, Nick wollte das ganz und gar nicht hören. Sekündlich weniger. Trotzdem nickte er.

KAPITEL 26

Ihm fiel auf, wie kurz sie sich erst kannten. Wie wenig er eigentlich von Joshua wusste, obwohl sich das bis eben anders angefühlt hatte. Noch viel deutlicher wurde ihm klar, dass er ihn nicht verlieren wollte. Nicht das aufs Spiel setzen, was sie hatten. Aber wenn sein Freund schon so anfing? Was und wie viel davon konnte Nick ertragen?

Wilde Theorien flogen durch seinen Kopf, eine unwahrscheinlicher als die andere. Mord, Totschlag, Mitglied einer Gang, Spion, Geheimagent, Undercover-Cop. *Bitte, sei in nichts Illegales verwickelt! Bitte!*

Noch einmal atmete Joshua durch, als müsste er Mut sammeln. »Okay … okay. Das vermutlich Einfachste zuerst. Ich habe keine gebrochenen Rippen. Das war eine Wunde, in die du deinen Ellbogen gerammt hast.«

»Unterarm«, sagte Nick automatisch mit tauben Lippen, als machte das einen Unterschied. Das fing nicht gut an. »Du hast … warum hast du gelogen?«

»Die blöden Rippen sind mir als Begründung zuerst eingefallen, als wir so unvermittelt ineinander gerannt sind«, brummte Joshua und rieb sich sichtlich nervös den Nacken. »Es tut mir leid, es war eine Scheißidee. Ich habe nicht versucht, Bonuspunkte bei dir zu sammeln. Nur wusste ich nicht, wie ich dir das auf die Schnelle erklären konnte. Denn die Wahrheit, ehrlich, die klingt für nicht Eingeweihte ... Nick, wo genau und wie war Fluffi verletzt?«

»Was?« Die Frage kam derart aus dem Nichts heraus, dass Nick nur verdutzt starren konnte. »Was hat mein Hamster damit zu tun?« Sein weggelaufener Hamster.

»Bitte. Es ist wichtig.« Joshuas Augen waren so erschreckend ernst, dass Nick sich ihnen nicht entziehen konnte.

Widerwillig umfing er sich fester. »Eine Wunde über die Flanke. Ein Stück auf den Bauch rauf. Linke Seite.«

Joshua folgte mit dem Finger seinen eigenen Rippen auf der linken Seite und dann zum Bauch. »Und genau da war er auch rasiert, damit die Ärztin nähen konnte, richtig?«

Das wurde sekündlich dümmer. Nick presste die Lippen zusammen und nickte. Irgendwie fühlte er sich verarscht. Josh machte einen Aufriss, dass er ihm etwas Wichtiges sagen wollte, und dann fing er nicht nur mit blöden Fragen zu Fluffi an, sondern ...

»Joshua, warum ziehst du dich aus?«, fragte er alarmiert.

Joshua zerrte das Sweatshirt über den Kopf. »Ich zeige dir etwas.« Danach das T-Shirt.

Mh, sah gut aus. Herrlich sehnig und durchtrainiert. Zu jedem anderen Zeitpunkt hätte Nick das echt gern gehabt, dass sich sein Freund vor ihm auszog. Aber jetzt? Automatisch sah er zu seiner rechten Schulter hin.

Im nächsten Moment spürte er eine Welle an Übelkeit durch sich schwappen, als er ein bekanntes Muttermal entdeckte. Das er nicht kennen konnte. Das war absolut unmöglich! Gleich darauf fiel ihm die aggressiv rote Narbe auf, die sich über Joshuas linke Seite und ein Stück auf den Bauch zog. Dort, wo sein Freund eben mit dem Finger entlang gefahren war. Außerdem fehlte ein Teil seiner Brustbehaarung.

»Freitagabend«, sagte Joshua und lenkte Nicks Aufmerksamkeit weg von dem attraktiven und mit beunruhigenden Malen versehenen Körper. »Nach Mitternacht in der Haro Street. Die Katze war getigert mit weißen Flecken.«

Nicks Herz rutschte ab. Hatte Joshua ihn beobachtet? War er ein Stalker? »Woher weißt du das?«, flüsterte er. Sein Herz berappelte sich, um gleich darauf in seine Kehle hochzukriechen. Mit einem Mal fühlte er sich gar nicht mehr sicher.

»Hab keine Angst, Nick. Bitte.« Joshuas Stimme war sanft und angespannt zugleich, das markante Gesicht zeigte keine Drohung, nur Sorge. »Ich würde dir niemals etwas tun. Ich hab dich auch nicht heimlich beobachtet. Eh, na ja, quasi nicht. Höchstens ein wenig. Aber das war nicht freiwillig!«

»Was?« Jetzt wurde Nick wirklich schlecht. Das konnte nicht sein. Das durfte nicht sein! Wo war sein Handy? Konnte er im Notfall schnell genug die Polizei rufen, bevor der Mann vor ihm irgendetwas versuchte? Nein, nein, nein! Er wollte das nicht glauben. Nicht Josh! Aber der hatte ihm gesagt … sagte ihm gerade …

»Nein! Nicht so, wie du denkst!« Richtig erschrocken sah Joshua ihn an. »Ich bin kein Stalker, echt nicht! Ich bin Fluffi!«

»Was?«, wiederholte Nick. *Bitte? Was? Bitte?* Die Behauptung war derart an den Haaren herbeigezogen, dass sein Gehirn die Mitarbeit verweigerte und keinerlei logische Erklärungen für diese unmögliche Aussage suchen wollte. »Josh, du bist ein Meter achtzig groß. Und – das scheint dir gerade entfallen zu sein – ein Mensch. Fluffi ist klein und ein Hamster. Etwas mehr als dreizehn Zentimeter und einhundertdreiundzwanzig Gramm.« Die Tierärztin hatte ihn gewogen.

»Ich weiß.« Wieder grinste Joshua schief. »Ich sag ja, es klingt verrückt. Aber ich bin ein Wandler.«

Nick atmete durch und fühlte sich ein wenig besser. Sicherer. Okay. Joshua hatte eine Psychose. Das hieß nicht, dass er kein Spanner war oder dass er Nick nicht beobachtet hatte. Doch er hatte das nicht aus bösem Willen oder sinistren Motiven getan. Er brauchte Hilfe. Bewusst entspannte Nick sich und löste die verkrampften Arme vor seiner Brust.

»In Ordnung«, sagte er sanft. »Verstehe ich das richtig, dass du meinst, dich in einen Hamster verwandeln zu können?«

Verdutzt sah Joshua ihn an, dann entspannte er sich ebenfalls sichtlich und grinste erleichtert. »Ja. Einen syrischen Goldhamster, um genau zu sein. Mit

Teddyfell. Gleicher Ton wie meine Haare.« Er deutete auf seinen Kopf.

»Hm.« Nick nickte. Die Farbe hatte Josh auf jeden Fall richtig hergeleitet. Aber es half nichts. Oh Mann. Mit einem Mal wünschte er sich, Psychologie studiert zu haben. »Du weißt, dass das nicht der Wahrnehmung der meisten Menschen entspricht, sich in Tiere verwandeln zu können?«

»Der Wahrnehmung?« Überrascht hob Joshua die Brauen, ehe er unzufrieden den Mund verzog und den Kopf schüttelte. »Nein, Nick! Ich habe keine Wahnvorstellungen. Ich meine das vollkommen ernst. Ich fühle mich nicht wie ein Hamster, ich bin ein Hamster.«

Mist. Joshua hatte noch nicht einmal eine Ahnung, dass da etwas mit seiner Gehirnchemie durcheinandergeraten war. Das konnte schwierig werden. Nick setzte sich bequemer zurecht. Außerdem vermutlich länger. Hoffentlich schaffte er es, zu ihm durchzudringen. »Ich verstehe, dass dir das vollkommen real vorkommt. Andere Menschen sehen jedoch nicht, was du siehst. Hast du schon einmal mit einem Arzt darüber gesprochen?«

Joshua lächelte, als hätte Nick etwas wirklich Süßes gesagt. »Ich finde das toll, wie ruhig du bleibst und dass du mir zu helfen versuchst. Echt. Nur ist das nicht nötig, Nick. Warte, ich zeige es dir. Okay? Bitte, tick nicht aus, ja?«

Wieder nickte Nick. »Klar.«

Joshua knöpfte die Jeans auf. »Sorry, das soll keine Verführung werden. Aber es ist einfacher, wenn ich nicht aus den Stoffmassen herauswuseln muss.«

»Klar«, wiederholte Nick. Wenn sich Josh erst einmal im Hamstermodus befand, konnte Nick ihm zwar vermutlich nicht begreiflich machen, dass sie immer noch annähernd die gleiche Größe hatten. Aber zumindest konnte er ihn darauf hinweisen.

Obwohl die Situation nicht dazu geeignet war, genoss es ein Teil von ihm, dass sich Joshua vor ihm auszog. Splitterfasernackt. Verdammt, sah der Mann gut aus! Trainiert, sehnig, die perfekte Menge Muskeln, ein wirklich knackiger Hintern. Unpassend kribbelte Lust durch Nick hindurch. Mensch, er konnte sich tausend Dinge vorstellen, die er jetzt lieber mit Joshua tun würde, als über Wahnvorstellungen zu reden. Mh, zum Beispiel seine anziehende Privatausstattung zu küssen und sie unter Händen und Lippen hart werden zu spüren.

Joshua grinste. »Um den kleinen Josh kannst du dich sehr gerne nachher kümmern.«

Unvermittelt wurde Nick rot. Der Blick war seinem Freund offensichtlich nicht entgangen.

Leise gluckste Joshua. »Du bist süß, wenn du rot wirst. Obwohl ich nicht weiß, warum du das jetzt wirst. Ist ja nicht so, als hättest du mich nicht schon in voller Pracht gesehen.«

Die Hitze in Nicks Wangen verstärkte sich. Ganz eindeutig nicht aus Verlegenheit wegen des traumhaften Anblicks. »Weil es unpassend ist. Du vertraust mir hier gerade etwas sehr Intimes an, und ich denke an Sex.«

Anzüglich hob Joshua die Brauen. »Nicht verwunderlich, wenn ich einen Striptease vor dir aufführe, hm? Okay, bringen wir es hinter uns. Danach können wir uns den angenehmeren Dingen zuwenden.« Der Blick, den er ihm zuwarf, war eindeutig lasziv.

Wenn du dann noch willst, sobald du mitbekommst, dass ich dir auch nicht glaube, wenn du auf allen Vieren durch mein Wohnzimmer krabbelst. Egal, wie verlockend deine Kehrseite dabei aussehen wird. Mit einem schiefen Lächeln machte Nick eine einladende Geste. »Bitte schön.«

Innerhalb eines Wimpernschlags löste Joshua sich in Luft auf. Stattdessen hockte ein dreizehn Zenti-meter langer Hamster mit sandfarbenem Teddyfell an seiner Stelle. Einhundertdreiundzwanzig Gramm schwer. Mit schwarzen Knopfaugen, runden Öhrchen und einer zauberhaft schnuppernden Nase mit wip-penden Barthaaren.

Vor Schreck schrie Nick und sprang auf. »Fluffi!«

Einen Herzschlag lang war er versucht, zu dem Hamster hinzustürzen, ihn aufzuheben und an sich zu drücken. Oder ihn sofort zurück ins Gehege zu verfrachten, damit er nicht gleich wieder türmen konnte. Dann sickerte die Bedeutung dessen, was er gerade gesehen hatte, in ihn ein.

Unmöglich! Hektisch sah er sich um.

Das Wohnzimmer war Joshua-leer. Seine Kleidung lag ordentlich über der Lehne des Sessels, er musste also wirklich hier sein. Gewesen sein. Das war keine Einbildung von Nick.

Es sei denn, er war es, der eine Psychose hatte. Schien gar nicht so weit hergeholt. Sein Herzschlag beschleunigte sich, sein Magen krampfte. Das war auf jeden Fall eine sinnvollere Erklärung als …

Der Hamster richtete sich auf die Hinterbeine auf, winkte ihm zu – eindeutig, der winkte ihm zu! – und machte das Victory-Zeichen. Mit beiden Pfötchen. Das sollten Hamster nicht können. Anzeichen Nummer zwei für eine Psychose.

Im nächsten Moment hallte Lawrences erstaunte Stimme und das Lachen in ihm wider. *Das klingt total abgefahren, aber dein Hamster hat mir gerade den Stinkefinger gezeigt.*

Wenn Nick und Lawrence nicht die gleichen Wahnvorstellungen hatten, und das war sehr unwahrscheinlich, hieß das tatsächlich, dass der Hamster hier … dass Joshua … dass Fluffi … Nick wurde blass.

Ohne Vorwarnung stand im nächsten Moment der nackte Joshua wieder vor ihm. Und er sah extrem besorgt aus. »Alles okay? Du riechst, als hättest du Angst. Du …«

»Du bist mein Hamster, du Arsch!«, brach es aus Nick heraus.

KAPITEL 27

Tausend Erinnerungen prasselten auf ihn ein, und keine davon war gut. Er hatte Fluffi sein Herz ausgeschüttet! Er hatte ihm verraten, dass er sich noch nie … dass er sich einsam fühlte! Etwas, das er nicht einmal Lawrence anvertraut hatte. Er hatte ihm vollkommen ohne Filter von seiner Familie erzählt. Joshua hatte sich aufgeführt wie ein Verrückter, als Lawrence und Nick … Hatte er ihn beim Masturbieren beobachtet? Hatte Nick peinliche Dinge getan?

»Hey, Nick«, sagte Joshua sanft und angespannt zugleich. »Ja, ich war dein Hamster. Das tut mir leid. Aber es war keine Absicht. Glaube mir, ich hätte mir einiges Besseres vorstellen können, als mich von einer Katze aufschlitzen zu lassen. Danke, dass du mich in die Tierklinik gebracht hast. Auf deine Rechnung noch dazu. Und dafür Sorge getragen hast, dass ich die bestmögliche Behandlung bekommen habe.«

Verdammt, Nick erinnerte sich nicht mehr an all die Kleinigkeiten, die er in der Sicherheit der eigenen Wohnung tat, ohne darüber nachzudenken! Nase bohren, am Hintern kratzen, an sich herumspielen, ungeniert rülpsen und pupsen. Was genau hatte er

Fluffi alles erzählt? Kannte Joshua seine Kreditkartennummer? Hatte er ihn ausspioniert? In seinen Sachen herumgewühlt, während Nick weg gewesen war? Hatte er sich einen Ersatzschlüssel machen lassen, damit er jederzeit hier reinkam? Ihm wurde schlecht.

»Raus«, sagte er mit bebender Stimme. »Nimm dein Zeug und verschwinde, Joshua. Ich will dich nie mehr sehen.«

Joshua wurde blass. Wie vom Donner gerührt starrte er ihn an. »Was?«

»Hau ab! Verspiss dich! Raus aus meiner Wohnung!« Nicks Stimme gewann an Kraft, obwohl er zitterte wie ein kleines Kind, das sich vor dem Monster unter dem Bett fürchtete. Kein Wunder, dass Joshua ihn so gut hatte umgarnen können! Kein Wunder, dass Nick ihm auf Anhieb verfallen war!

»Bitte, Nick! Nein!« Entsetzt weiteten sich die grauen Augen. »Ich schwöre, ich habe nicht …«

»Raus habe ich gesagt! Verspiss dich. Jetzt! Oder ich rufe die Polizei!« Nicks Zittern nahm zu. Der Mann hatte genau gewusst, welche Knöpfe er bei ihm drücken musste. Auf was Nick empfindlich, auf was er freudig reagierte. Sie hatten bei Joshua *Buddy Check* gesehen. Nicht, weil Joshua den Film mochte. Sondern weil er gewusst hatte, dass *Nick* den mochte!

Im Sturmschnitt verließ er das Wohnzimmer. Nur nicht darüber nachdenken. Erst mal das Arschloch loswerden. Den Psychopathen! Oh, hoffentlich ging er, ohne Probleme zu machen. Im Vorbeigehen sammelte Nick sein Handy auf und entsperrte es. Hektisch gab er schon einmal den Notruf so weit ein, dass er nur noch durchklingeln musste, wenn es hart auf hart kam.

Dann riss er die Wohnungstür auf und schmiss Joshuas Schuhe auf den Hausflur. Die Jacke folgte. »Du hast eine Minute, um dich anzuziehen und meine Wohnung zu verlassen. Ich hab schon gewählt. Bist du bis dahin nicht draußen, kommt die Polizei. Ich bluffe nicht.«

»Nick, ich lasse mich doch nicht absichtlich von einer Katze anfallen! Bitte, denke darüber nach!« Die Geräusche aus dem Wohnzimmer zeigten an, dass Joshua sich hastig anzog. »Bitte! Ich schwöre dir, ich habe das nicht gepl…«

»Ich will nichts mehr hören!«, unterbrach ihn Nick mit einer Stimme, die hart an Panik vorbeischrammte. »Du kannst dir deine Erklärungen sonst wohin stecken. Du hast dich bei mir eingeschlichen und es nicht für nötig gehalten, mir irgendwie klarzumachen, dass du kein Hamster bist. Du hast …«

Joshua betrat auf nackten Füßen, aber ansonsten angezogen den Flur. »Bitte, ich …«

»Raus. Sofort.« Mit rasendem Herzen wich Nick vor ihm zurück und gab ihm den Weg nach draußen frei. Das Blut schoss so schnell durch seine Adern, dass er das Gefühl hatte, gleich ohnmächtig werden zu müssen. *Nein! Keine Schwäche zeigen, die der Kerl ausnutzen kann!* Umkippen durfte er, sobald die Tür verschlossen und verriegelt war.

»Ich konnte nicht …«, versuchte Joshua es erneut.

Nick schob den Daumen über das Hörersymbol und hielt das Handy so, dass Joshua Nummer und

Symbol gut erkennen konnte. »Noch ein Ton, und ich klingle durch.«

Mit bleichem Gesicht schüttelte Joshua den Kopf und trat den erlösenden Schritt auf den Hausflur. »Bitte«, flüsterte er. »Hör mir bitte zu. Bitte, Nick. Ich …«

Abrupt schlug Nick die Tür zu und drehte den Riegel herum. Zweimal. Schmerzhaft verkrampfte sich sein Magen.

Draußen rief Joshua seinen Namen. Es klang verzweifelt.

Nick verschloss die Ohren und flüchtete ins Schlafzimmer. Ins Wohnzimmer konnte er nicht. Dort stand Fluffis Terrarium. Von dem aus Joshua ihn beobachtet und ausspioniert hatte. Das Wohnzimmer fühlte sich nicht mehr sicher an.

Er wollte die Tür hinter sich zu- und die Decke über den Kopf ziehen. Doch er wagte es nicht. Nur, falls Joshua wirklich einen Ersatzschlüssel hatte machen lassen. Falls er gleich wieder reinkam. Nick musste hören, falls sich die Verriegelung löste.

Zitternd setzte er sich aufs Bett. Seine Knie wollten ihn nicht mehr tragen.

Draußen blieb alles ruhig.

Endlich wagte Nick es, das Handy auszuschalten und neben sich zu legen. Ganz allmählich beruhigte sich sein Herzschlag wieder, das Beben ließ nach. Half nicht wirklich, stellte er fest. In den letzten Minuten hatte es seine Brust wundgescheuert, so wie das mit einem Schlag zu schmerzen anfing.

Joshua hatte ihn belogen, betrogen und ausspioniert. Um ihn leichter verführen zu können. Hatte ihm einen Rippenbruch vorgespielt ... und als Hamster bei ihm gelebt.

Fluffi gab es nicht. Nicht einmal das blieb Nick.

Mit brennenden Augen ließ er sich auf das Bett fallen. Er hielt das Handy schon in der Hand, als ihm einfiel, dass er Lawrence gar nicht anrufen konnte, um sich trösten zu lassen. Was sollte er sagen? »Oh, mein Date hat sich als Hamster entpuppt. Oder eher – als Maulwurf. Spioniert gerne. Kann sich verwandeln und scheut sich nicht, das auszunutzen.«

Wimmernd rollte er sich zu einem Ball zusammen, presste das Kissen an sich. *Nicht heulen. Nicht heulen wegen des Arschlochs!*

Es war vergeblich. Im nächsten Moment quollen die Tränen übers. Warum musste der einzige Mann, in den sich Nick verlieben konnte, ein psychopathischer Hamster sein?

Ein Hamster! Das war komplett unmöglich. Trotzdem hatte Nick nun bereits zum zweiten Mal gesehen, wie der Kerl sich verwandelt hatte. Nur hatte er das beim ersten Mal nicht begriffen. Wie auch?

Nope, sagte sein Kopf. Klar, laut und deutlich. Noch immer. Menschen verwandelten sich nicht in Tiere.

Vielleicht hatte Nick geträumt. Das wäre eine logische Erklärung. Und eine sehr willkommene! Dann wäre Joshua kein Arschloch, das ihn ausspioniert hatte, sondern auf dem Weg zu ihm. Sie könnten gemeinsam essen, knutschen und mehr. Nick könnte einen Freund haben. Einen, in den er Hals über Kopf verliebt war. Keinen, der ihn heimlich beobachtet hatte.

Erneut krampfte sich sein Herz zusammen. Alles in ihm begann zu schmerzen. Seine Brust, sein Bauch, jede noch so kleine Muskelfaser.

Brennend wünschte er sich Fluffi herbei. In Plüschform hatte Joshua echt eine beruhigende, tröstliche Wirkung auf ihn gehabt.

Nur Fluffi gab es nicht. Hatte es nie gegeben.

Kein Fluffi. Kein Freund. Nick hatte noch nicht einmal die Möglichkeit, sich von Lawrence trösten zu lassen, weil es viel zu verrückt klang.

Der Schmerz in ihm nahm zu. Nick war allein.

Mit allem Möglichen hatte Joshua gerechnet – mit Wut, mit Tränen, mit Misstrauen, mit Panik. Aber tatsächlich nicht damit, dass Nick ihn rauswarf, ohne ihm die Chance zu geben, alles zu erklären. Ungläubig starrte er die Tür an, die Nick eben abgeschlossen hatte. Zweimal. »Nick! Nick, bitte!«

Drinnen entfernten sich Nicks Schritte.

Scheiße!

Mehrere Atemzüge lang lauschte Joshua angespannt in die Wohnung, ob sein Gefährte nicht vielleicht doch wieder zurückkommen wollte. Es blieb still.

Der Steinboden war kalt unter Joshuas nackten Füßen. Stumm in sich hinein fluchend zog Joshua seine Schuhe an. Sockenlos, die lagen noch in Nicks

Wohnzimmer. Dann hob er die Jacke auf und schüttelte sie aus. *Scheiße, Scheiße, Scheiße!*

Er wollte zu Nick. Wollte ihn in den Arm nehmen, ihn trösten und ihm sagen, dass alles gut werden würde. Wollte ihn auf die Stirn küssen und ihm versprechen, dass er auf ihn aufpassen würde. Dass er sich niemals als Hamster an ihn anschleichen und ausspionieren würde. *Das* war ihm vorgeschwebt nach diesem Gespräch. Nicht, dass Nick auf der einen Seite einer Tür war und Joshua auf der anderen.

Doch Nick hatte ihn rausgeworfen. Oh Mann, hoffentlich weinte er nicht. Joshuas Herz krampfte sich zusammen. Angestrengt lauschte er erneut, aber er konnte gar nichts hören. Verdammt. Bestimmt weinte er leise. Weil er sich endlos allein fühle. Endlich verliebt, und dann das.

»Bitte, lass mich rein«, flüsterte Joshua und legte die flache Hand auf die Tür. »Komm zurück.«

Kraft seines Willens versuchte er, Nick davon zu überzeugen, ihm wieder zu öffnen. Klappte natürlich nicht. Joshua atmete durch und wandte sich endlich ab. Er fühlte sich wie ein getretener Hund. Und für Nick musste das noch viel schlimmer sein.

Ungebeten tauchte eine der amtlichen Broschüren vor seinem inneren Auge auf, die Cayden ihm mit einem Grinsen mitgebracht hatte. Sie gab Tipps für die Offenbarung, und wie man diese einleiten konnte. *Menschlicher Gefährte – was nun?*

»Ihr habt überhaupt keine Ahnung«, knurrte er, während er die Treppe hinab lief.

Wähle den richtigen Moment, um ihm zu sagen, was du bist. Wie denn, wenn der Gefährte misstrauisch wurde und die einzige Alternative eine unglaubwürdige Lüge war?

Konzentriere dich auf das Positive. Klappte hervorragend, wenn jeder Versuch, etwas zu sagen, mit einem »Raus!« quittiert wurde.

Sei offen, wenn er mehr wissen will. In Joshuas Träumen vielleicht.

Bleibe sachlich. Jupp, Joshua hatte sich sehr sachlich wieder und wieder unterbrechen lassen.

Gib ihm Zeit. Das war das Einzige, was ihm blieb. Dafür brauchte er jedoch keine Broschüre mit Tipps. Die in keiner Weise verhindert hatte, dass Nick nun allein daheim war und sich verraten und verkauft fühlte.

Wütend trat Joshua gegen die Wand. Toll, jetzt schmerzte auch noch sein Fuß.

KAPITEL 28

Nick ignorierte ihn. Sehr gekonnt. Joshua schrieb ihm eine lange Erklärung per Messenger, die Nick nicht las. Er schrieb eine E-Mail, für die keine Empfangsbestätigung eintrudelte. Er schrieb einen Brief, den er persönlich einwarf, um bloß der Post keine Chance zu geben, ausgerechnet dieses Schriftstück zu verlieren.

Zwei Tage später warf er ihm eine Packung Pralinen und eine Entschuldigung in den Briefkasten, obwohl er nicht einmal genau wusste, wofür er sich entschuldigte. Dafür, dass er sich hatte von einer Katze anfallen lassen? Dafür, dass er hatte genäht werden müssen und deswegen nicht früher hatte wandeln können? Dafür, dass er ihm die Wahrheit gesagt hatte? Schien auch egal zu sein, Nick meldete sich nicht.

Joshua hatte das Gefühl, die Wände hochgehen zu müssen. Ging aber nicht, er war weder Spinne noch Gecko. Er wollte bei Nick vorbeifahren und klingeln, doch er mochte ihn nicht noch mehr verängstigen. Oder wütender machen.

Hölle, er sehnte sich so nach ihm! Jede Faser seines Körpers zog ihn zu seinem Gefährten, der einfach nichts von ihm wissen wollte. Der ihm keine Chance gab, ihm zu erklären, was falsch gelaufen war. Der ihn behandelte wie einen Stalker. Klar, wäre Joshua ein Stalker, handelte Nick genau richtig. Aber das war er nicht!

Scheiße, er hatte sich so anti-stalkerisch wie möglich verhalten. Er hatte sogar verhindert, dass Nick mit Lawrence Sex gehabt hatte! Vollkommen selbstlos. Damit Nick nicht heimlich von ihm beobachtet wurde. Oder zumindest gehört. Denn geräuschdicht war das Hamsterreich nun echt nicht gewesen.

Okay, okay, vielleicht war ein bisschen Eifersucht im Spiel gewesen. Möglicherweise sogar ein wenig mehr. In Ordnung, er hatte vor Eifersucht nicht gewusst, wohin mit sich selbst. Also nicht selbstlos. Doch das Ergebnis war das Gleiche, ergo zählte das. Nick hatte keinen Sex vor einem Fremden gehabt. Warum sah er das nicht?

Ob gerade jetzt Lawrence bei ihm war? Düster starrte Joshua aus seiner unbeleuchteten Wohnung auf den begrünten Vorgarten, der von verschnörkelten Laternen erhellt wurde. Ob sie herumknutschten? Nick und Lawrence. Nicht die Laternen.

Wütend blies er die Backen auf, obwohl er als Mensch vor dem Fenster stand und nicht als Hamster. Ob Nick sich bestätigen wollte, dass er für Männer attraktiv war, wenn er sich schon nicht verliebte? Ob er sich deswegen irgendjemanden mit nach Hause genommen hatte? Ob in diesem Augenblick ein anderer Mann diese samtweiche Haut auf

Nicks Bauch liebkoste? Ihm einen Kuss in die Halsbeuge drückte?

Zornig schnatterte seine Hamsterseite. Sie wurde lauter, als Joshua sich vorstellte, dass irgendein Arsch vielleicht gerade jetzt Nicks Erektion in der Hand hielt.

Da half es leider gar nicht, dass Joshua sich sagte, dass Nick und er weder zusammen waren, noch vor dem Bruch eine Beziehung angefangen hatten. Nick hatte jedes Recht auf Sex mit anderen Männern. Egal, wie eifersüchtig das Joshua werden ließ.

»Außerdem hat er ja vielleicht gar keinen Sex«, grollte er die Fensterscheibe an. »Wahrscheinlich ist er nun von Männern traumatisiert.«

Das machte es nicht besser. Kein Stück. Das machte es schlimmer. Jetzt war Joshua nicht mehr sauer, sondern mit einem Schlag wieder traurig. Er wollte bei Nick sein. Ihm alles erklären und dafür sorgen, dass es ihm gut ging.

Fröstelnd rieb er sich über die Oberarme, dann wandte er sich ab und startete den Computer, um Nick einen großen Blumenstrauß zu bestellen. Mensch, irgendwie musste er ihn doch erreichen und ihn überzeugen, dass er nicht der Arsch war, für den sein Gefährte ihn hielt!

Wie der Stalker, der Joshua war, ließ er Nick nicht in Ruhe. Noch am gleichen Abend kamen tausend Nachrichten im Messenger. Nick schaltete ihn auf stumm und sah sie nicht an.

Am Montag, nachdem Nick für eine Anzeige gegen den Elektriker auf der Polizeistation gewesen war, trudelte eine E-Mail bei ihm ein. Nick markierte sie als gelesen, ohne sie zu öffnen, und verschob sie in seinen Archivordner, um sie nicht mehr sehen zu müssen.

Am Dienstag kam ein Brief, den er erst ins Altpapier steckte, nur Minuten später jedoch wieder herausholte, um ihn ungeöffnet in eine Schublade zu legen.

Irgendwie brachte er es nicht übers Herz, die Nachrichten komplett zu löschen, obwohl es das Beste wäre. Aber vielleicht brauchte er sie irgendwann als Beweis für eine Anzeige bei der Polizei. Jawohl, es ging nur darum, Beweise zu sichern.

Der Gedanke drehte ihm den Magen um. Nick wollte Joshua nicht anzeigen. Obwohl der ein Arschloch war. Doch was, wenn er nicht aufhörte? Wie viel deutlicher, dass Nick nichts mehr mit ihm zu tun haben wollte, konnte er werden? Er hatte ihn rausgeworfen! Er ignorierte ihn! Und seine Socken hatte er mit Genuss in den Mülleimer befördert und den auch gleich in die große Tonne vorm Haus entsorgt.

Am Mittwoch folgte eine Schachtel Pralinen, handgefertigt in edler Verpackung, mit einer Entschuldigung. Nick las nicht weiter als bis »Bitte, verzeih mir«, doch für einen Moment musste er lächeln. Ungebeten schlich sich das Wort *süß* in seine Gedanken.

Dann begann er wieder zu grollen. Ja, Pralinen waren süß, die enthielten auch genug Zucker. Aber das änderte nichts an Joshuas unmöglichem Verhalten. Der Kerl brauchte nicht zu denken, dass alles vergeben und vergessen war, nur weil er hartnäckig sein konnte. Nick nahm die Schokolade mit ins Krankenhaus und verteilte sie großzügig an seine Lieblingskolleginnen.

»Igel, du weißt, wie man das Herz einer Frau gewinnt«, seufzte eine genüsslich.

Dummerweise erinnerte sein Spitzname Nick nur daran, dass Joshua ein Hamster war. Ein Hamster! Fluffi. Und dieser verdammte Hamster saß irgendwo in diesem Gebäude und machte Arbeitspläne. Immerhin war Joshua diese Woche noch krankgeschrieben, so konnte Nick ihm nicht aus Versehen über den Weg laufen. Dem Arsch.

Krankgeschrieben mit Rippenbruch, obwohl er nur eine … na ja, eine aufgeschlitzte Seite hatte. Nicht viel besser. Doch am Sonntag hatte er schon ziemlich gut ausgesehen. Offensichtlich heilten Wandler schnell. Oder zumindest Joshua. Die Narbe war rot gewesen, aber nicht mehr so frisch, wie sie hätte sein müssen. Da kannte Nick sich echt aus. Narben hatte er als Krankenpfleger zu Hunderten gesehen.

Als er am Donnerstagabend von der Arbeit nach Hause kam, hatte er eine Benachrichtigung im Briefkasten, dass eine Sendung für ihn bei Nachbarn abgegeben worden war. Nick stöhnte.

Für einen Moment spielte er mit dem Gedanken, sie einfach liegenzulassen und zu ignorieren. Nur würde die Nachbarin dann garantiert persönlich vorbeikommen und sie ihm geben. Auch nicht besser. Vielleicht war es ja gar nicht von Joshua. Möglicherweise hatte seine Mutter ihm einen Ostergruß geschickt. Waren ja nur noch ein paar Tage hin, und für seine Familie war Ostern wichtig.

Der Karton war riesig und kam von einem Blumenversandhandel. Damit sank die Chance, dass es ein Geschenk seiner Mutter war, in den Promillebereich. Dennoch klammerte sich Nick an diese Hoffnung, bis er einen traumhaft bunten Strauß ausgepackt hatte und die Karte in den Händen hielt.

Bitte, lass es mich nur einmal erklären. Wenn du mich dann nicht mehr sehen willst, verspreche ich dir, dass ich mich künftig für immer aus deinem Leben raushalte. Josh

Die Nachricht war zu kurz und Nick ein viel zu geübter Leser, als dass er es schaffte, die Botschaft nicht zu erfassen. Grollend pfefferte er die Karte auf die Anrichte in der Küche und stapfte wütend ins Wohnzimmer. Doppelt wütend warf er dem leeren Hamsterkäfig einen Blick zu und starrte dann betont davon weg.

Das nahm er Joshua ebenfalls übel. Wie sollte er jetzt noch einen Hamster adoptieren, ohne ständig an den Arsch zu denken? Creampuff konnte er erst recht vergessen. Zuerst Fluffi, danach Creampuff. Der Kerl hatte ihm zwei Hamster geraubt! Sozusagen.

Nick ließ sich auf die Couch fallen, zog die Beine an und schlang die Arme darum. Mit einem Seufzen legte er die Stirn auf die Knie und wünschte sich eine Spontanamnesie. Wer namens Nick war noch mal auf die Idee gekommen, dass es toll und die Erfüllung seiner Träume wäre, sich endlich verlieben zu können? Scheißidee.

Aber dummerweise war er das. Hals über Kopf verliebt. Und blieb das auch, egal wie viele gute Gründe dagegen sprachen. Ob er wollte oder nicht – und er wollte nicht –, vermisste er Joshua wie verrückt. Seine grauen Augen, die sich immer mit Wärme füllten, sobald Joshua ihn ansah. Sein süßes Lächeln. Sein dunkles Lachen, wenn Nick einen Scherz gemacht hatte. Die starken Arme um sich. Den trainierten Körper, der mit einem Mal die ganze Welt perfekter aussehen ließ, bloß weil Nick sich an ihn kuschelte. Das Gefühl von Geborgenheit, das Josh ihn hatte spüren lassen, einfach, indem er da war.

»Drei Dates. Mehr hatten wir nicht. Da war noch nicht viel mit Intimität und Geborgenheit«, nuschelte er streng in die Dunkelheit der kleinen Höhle zwischen Knien und Bauch. Trotzdem bahnten sich nur einen Moment später Tränen ihren Weg seine Wangen hinab. Scheiße, wie sehr er ihn vermisste!

Er ließ sich zur Seite sinken und heulte weiter. War ohnehin egal, sah ja niemand.

Joshua hatte schlicht durch die Umstände dafür gesorgt, dass da niemand sein konnte. Wenn Nick Lawrence erzählte, dass Josh ein Stalker war, musste er ihm auch erklären, warum. Und das ging nur mit Lügen. Niemals würde Lawrence glauben können, dass Joshua sich in einen Hamster verwandelt hatte. Nur – Nick wollte ihn nicht anlügen. Und er wollte keine Lügen über Joshua erzählen.

Von seiner Familie war Hilfe erst recht nicht zu erwarten, ob mit oder ohne Lügen. Die würden ihm raten, zu Gott zu beten, seine Sünden zu bekennen und reumütig auf den Pfad der Tugend zurückzukehren. Für die wäre die ganze Misere ein Zeichen, dass Nick auf dem falschen Weg war. Seine Mutter würde sich richtig Sorgen um ihren verlorenen Sohn machen. Mehr noch als ohnehin schon.

»Oh Mann, Joshua! Warum bist du so ein … Idiot!« Warum war er ein *Hamster*?

KAPITEL 29

Das erste Mal seit dem unsäglichen Sonntag erlaubte sich Nick, wirklich darüber nachzudenken, dass sich ein Mann vor seinen Augen in ein Tier verwandelt hatte. Etwas, das rein logisch betrachtet vollkommen unmöglich war. Blöd nur, dass sich Nick sehr sicher war, tatsächlich nicht unter einer Psychose zu leiden. Dank Lawrence, der den Stinkefinger gesehen hatte.

Außerdem musste es Joshua geben. Die Bedienung im *Colourful* hatte nicht seltsam geschaut, weil Nick sich mit der Luft unterhalten und so getan hatte, als sei er mit einem Date hier. Sie hatte auch mit Joshua ein paar Worte gewechselt. Ergo, Joshua gab es.

Und wenn Nick, Joshua und Lawrence nicht die gleichen Wahnvorstellungen hatten, musste es wahr sein, dass sich der Mann in einen Hamster verwandeln konnte. In Fluffi. Der ihn belauscht hatte. Der ihn ausspioniert hatte. Der ihm seine Geheimnisse entlockt hatte. Wütend schlug Nick auf die Rückenlehne. Arsch!

Na gut, im Grunde genommen konnte Joshua nichts dafür, dass Nick ihm sein Herz ausgeschüttet hatte. Oder war das eine Magie der Wandler? So hatte

Joshua sich bezeichnet. Wandler. Das klang, als sei er nicht der Einzige mit dieser … Magie.

Misstrauisch sah Nick zu seinem Balkon hin, auf dessen Geländer ein Rotstirnschnäpper saß und aus vollem Hals sein Frühlingslied zum Besten gab. Ob das ebenfalls ein Wandler war? Möglicherweise ein Freund von Joshua, der ihn im Auge behalten sollte. Oder war das Kaninchen, das er am Morgen auf dem Weg zur Arbeit gesehen hatte, ein Wandler gewesen? Vielleicht saß auch direkt unter der Treppe am Hintereingang des Krankenhauses eine Ratte versteckt und beobachtete ihn.

Stöhnend legte Nick die Arme über das Gesicht. So ein Scheiß! Er würde niemals wieder Tiere ohne Argwohn ansehen können! Aber nicht jedes Tier konnte ein Wandler sein. Oder? Kurz wurde ihm schlecht, als er an den Burger dachte, den er zum Mittag gegessen hatte. Hoffentlich war in dem Fleischpatty kein Kuhwandler enthalten gewesen.

Mit einem Schlag hatte er tausend Fragen, und der Einzige, der sie ihm würde beantworten können, war … ein Vollidiot, den Nick nicht mehr wiedersehen wollte. Weil der sich bei ihm eingeschlichen hatte.

Hatte er doch, oder? *Klappe, Kopf! Keine Rechtfertigung auffahren, klar?*

Sein Gehirn hielt sich nicht an Nicks Befehl und brachte ihm die Nacht in Erinnerung, als er über Fluffi gestolpert war. Natürlich hatte Joshua ihm aufgelauert. Er war ein niedlicher Hamster. Der hatte darauf gesetzt, dass Nick ihn aus Mitleid mit einem entlaufenen Tier einsammelte und mit zu sich nach Hause nahm. Die Katze war nie geplant gewesen, dumm gelaufen für den Vollidioten.

Es gab nur einen klitzekleinen Haken an dieser überaus logischen Erklärung. Nick war an dem Abend spontan mit Freunden weggewesen. Weder hatte er gewusst, wo sie im Endeffekt landen würden, noch welchen Weg er von dort aus nahm. Beziehungsweise in dem Fall zum nächsten Taxisammelpunkt. Theoretisch hätte er das Taxi ja auch direkt zu dem Kumpel bestellen können, den er nach Hause gebracht hatte. Noch theoretischer hätte er sogar bei dem Freund übernachten können, so wie der ihm das angeboten hatte.

»Klappe, Kopf, habe ich gesagt!«, knurrte Nick.

Es wäre viel logischer gewesen, hätte Joshua ihm vor der Haustür aufgelauert. Oder vorm Krankenhaus. Irgendwo, wo Nick oft war.

»Trotzdem hat er sich bei mir versteckt«, grollte er. »Ohne mir auch nur einen klitzekleinen Hinweis zu geben, dass er kein Tier ist. Und hat sich alle Mühe gegeben, mir einen heißen Abend mit Lawrence zu vermiesen, der eifersüchtige Spanner.«

Na ja, Spanner eben genau nicht. Sonst hätte er Nick ja machen lassen können; hatte er aber nicht. Irgendwie rücksichtsvoll.

Nick bekam ein flaues Gefühl im Magen, allein bei dem Gedanken daran. Darauf, beim Sex beobachtet zu werden, stand er absolut nicht. Ein abgeschottetes Fleckchen, zum Beispiel ein Schlafzimmer oder ein Wohnzimmer, plus die Sicherheit, dass niemand sie störte, das hingegen war genau seins. Sonst konnte er sich nicht fallenlassen. Er mochte Sex! Auch mit One-Night-Stands. Aber nur zu zweit.

Gut, aktuell konnte ihm sogar jede Affäre gestohlen bleiben. Blöderweise war der einzige Mann, den er wollte, Joshua. Der Dreckshamster. Der sich echt niedlich geputzt hatte. Und der als Mann so herrlich duftete. Nichts mit dreckig.

Draußen auf dem Balkon begann der Rotstirnschnäpper entweder eine weitere Strophe oder ein neues Lied. Der war also immer noch da, der Spion. Falls es einer war. Ob man das erkennen konnte? Außer daran, dass ein Tier gegebenenfalls den Stinkefinger zeigte?

Nick stand auf und zog die Vorhänge zu. Sicher war sicher. Dann ging er in die Küche, um die Blumen vor dem Vertrocknen zu retten. Das hatten sie nicht verdient; die konnten ja nichts dafür, dass Joshua ein Vollhorst … ein Vollhamster war.

Wider Willen musste Nick kichern.

Tag fünf ohne eine Nachricht von Nick. Zumindest, wenn Joshua den Sonntag nicht mitzählte. Sonst wäre es bereits Tag sechs. Das klang noch deprimierender. Er war versucht, irgendetwas zu tun. Mehr Blumen zu schicken. Mehr Pralinen. Ein Buch mit Schnittmustern für Nicks Cosplays. Aber es half ja nicht. Wenn Nick das ignorieren wollte, konnte er das.

Zeit geben, sagte die dämliche amtliche Broschüre. Wie viel Zeit, das hatten sie nicht ausgeführt. Die hatten keine Ahnung.

Leider konnte Joshua nicht auf Erfahrungen im Freundes- und Bekanntenkreis zurückgreifen. Bisher kannte er nur Wandler-Gefährten oder Menschen, die jubelnd die Gelegenheit beim Schopfe ergriffen hatten. Hey, es war ja auch toll! Nur Nick hatte ihm nicht mal den Ansatz einer Chance zum Erklären gelassen. Joshua hatte es verbockt. Aber richtig.

Eine helle Hand erschien in seinem Gesichtsfeld. Schnipste. Cayden.

Joshua hob den Blick. Stimmt, er saß mit seinem besten Freund im *Bonsai Beast* und versuchte, den Frust loszuwerden. Und die eklige Unruhe, die ihm befahl, sofort zu seinem Gefährten zu eilen. Weil er sich verdammt noch mal nach ihm sehnte!

Um ihn her brandeten Stimmen auf, als er sie wieder wahrnahm. Es roch nach Tieren, Holz, geräuchertem Essen und Bier.

Caydens hellblaue Augen musterten ihn, dann grinste sein Freund. »Oh, bist ja doch bei mir. Hätte ich nicht erwartet.«

»Halb«, brummte Joshua und verzog das Gesicht. Er sah sich in dem Kellerraum mit seinen dunklen Holzelementen, den mit rotem Samt bezogenen Stühlen und Sofas um, die größtenteils von Menschen besetzt waren. Viele davon in weißen Kaftanen, sie waren als Tiere gekommen. Cayden und er hatten dieses Mal die Tür genommen, nicht die Tunnel. »Ich bekomme Nick einfach nicht aus dem Kopf. Nicht mal für eine Stunde.«

»Er ist dein Gefährte«, sagte Cayden weise. »Das wird sich nie ändern. Nicht mal, wenn ihr verbunden seid.«

»Wenn er mich überhaupt nur wiedersehen wollen wollte! In Richtung Verbinden mag ich ja schon gar nicht denken.« Frustriert trank Joshua einen Schluck Bier. *Two Wolves* natürlich. Immerhin da konnte er ein bisschen siegreich sein. Zwei Wölfe niederkämpfen.

Cayden zuckte mit den Schultern. »Ich finde, du hast ihm genug Zeit gegeben, um sich mit dem Gedanken vertraut zu machen. Geh zu ihm. Rede mit ihm, bevor er sich in etwas reinsteigert, das es nicht gibt.«

»Jawohl, rede mit ihm. Mit wem auch immer.« Eine dunkle Stimme unterbrach Joshua, noch ehe er den Mund hatte öffnen können.

Ein sonniges Grinsen und ein Glucksen empfingen ihn, als er den Blick hob. Pierre, ein loser Kumpel, war zu ihnen an den Tisch getreten. Der Mann war der größte Rattenwandler, den Joshua sich vorstellen konnte. Gut zwei Meter Mann mit Schultern, die jedem Kleiderschrank Ehre machten. Und zwar der Familienvariante, nicht den schmalen Kinderzimmerdingern.

Ohne eingeladen worden zu sein, schnappte Pierre sich einen Stuhl, drehte ihn mit der Lehne zum Tisch und setzte sich rittlings darauf. »Hi, ihr zwei.«

Unwillkürlich musste Joshua grinsen. Pierres gute Laune war ansteckend. »Hi Pierre. Dich habe ich ja schon ewig nicht mehr gesehen.«

Vergnügt zuckte Pierre mit den mächtigen Schultern. »Hatte wichtige Dinge zu tun. Musste in Frankreich auf einen Knirps achtgeben, einen Seelenraub verhindern, Ratten um mich sammeln. Was man halt so tut, wenn man im Ausland ist.«

Joshua lachte. »Ja, was man halt so tut. Klingt nach einem ganz normalen Urlaub. Pierre, Cayden, ihr kennt euch noch nicht?«

»Nope. Eine Schande.« Pierres Lächeln wurde breiter, als er sich an Cayden wandte und eine Pranke über den Tisch reichte.

Erwartungsvoll beobachtete Joshua, wie Cayden sie ergriff und sich seine Wangen einen Hauch dunkler färbten. Doch sein Geruch änderte sich nicht. Keine Gefährten. Nur offensichtlich aneinander interessiert. So schade, das wäre echt einfach geworden.

Hi!

Hi!

Hui!

Du spürst es auch?

Klar! Verbindung?

Jupp, Verbindung!

Fertig. Na ja, fast.

Sein Gesicht knautschte sich von ganz allein wieder zusammen. Erneut stach die Sehnsucht los, vollkommen ungerührt davon, dass es keinen Zweck hatte. Nick wollte stur sein, und Joshua wollte keinen anderen außer Nick. Seinen durch und durch menschlichen Gefährten. Nicht, dass er da eine Wahl hatte. Aber er wollte auch nichts an Nick ändern, wünschte ihn sich nicht als Wandler. Nur etwas offener. Das würde völlig ausreichen!

»Hui, da hat jemand das Licht ausgedreht.« Pierre gluckste. »Ist zumindest ein gutes Stück dunkler im Raum geworden.«

KAPITEL 30

Schlecht gelaunt verzog Joshua den Mund. Eigentlich mochte er Pierre und seine lockere Art. Uneigentlich wollte er jedoch gerade keine dummen Kommentare hören.

»Mein Gefährte will nicht mit mir reden«, grollte er. »Wirft mir vor, ich hätte ihn als Hamster ausspioniert. Da würdest nicht mal du dein Sonnenscheingrinsen tragen, wenn all deine Bemühungen, mit ihm in Kontakt zu kommen, einfach im Nichts verpuffen.«

»Bringe ihn dazu, mit dir zu reden«, wiederholte Cayden. »Campe im Notfall vor seiner Tür, verdammt! So geht das nicht weiter. Vielleicht hat er es auch schon längst eingesehen, aber traut sich nicht, sich bei dir zu melden. Weil er meint, dass es ihn das Gesicht kostet oder so. Männer können komisch sein.«

»Vor allen Dingen Menschen.« Pierre lachte. »Schleichen wochenlang umeinander herum, obwohl sie beide wissen, dass sie zusammen sein wollen. Ich hab keine Ahnung von deinem Schatz, aber ich bin bei Cayden. Geh zu ihm. Rede Klartext. Bloß nicht um den heißen Brei und durch die Blume, verstehen weder Männer noch Menschen. Also dein Schatz gleich mal doppelt nicht.«

Wider Willen musste Joshua ebenfalls lachen. »Ich wollte ihm Zeit geben. Menschen brauchen das.« Beherzt biss ihm seine Hamsterseite in den mentalen Finger. Die hielt nichts von Geduld.

»Er hatte eine Woche Zeit«, erinnerte Cayden ihn.

»Reicht«, stimmte Pierre zu und warf einen neuen Blick zu Cayden.

Joshua hatte den deutlichen Verdacht, dass der Mann nicht seinetwegen an den Tisch gekommen war. Er grinste. Wandler waren so herrlich unkompliziert, was das betraf. Nur er musste … na ja, er musste gar nichts. Vielleicht machte Joshua das Problem größer, als es war. Möglicherweise war wirklich alles, was Nick brauchte, ein Gespräch von Angesicht zu Angesicht. Eventuell würde er sich sogar ein wenig freuen, ihn zu sehen!

Mit einem Schlag wuchs seine Sehnsucht ins Unerträgliche. »Wisst ihr was? Ihr habt recht. Cay, stört es dich, wenn ich einfach verschwinde? Ich fahre direkt zu ihm. Setze mich vor seine Wohnungstür und gehe erst, wenn er mit mir gesprochen hat.«

Energisch schlug Cayden ihm auf die Schulter. »Das ist mein Josh! Auf geht's, Kampfhamster! Du schaffst das! Außerdem lässt du mich nicht allein.«

»Ich passe gut auf ihn auf.« Pierre hob die Brauen und gluckste.

»Na, dann passt mal schön gegenseitig auf euch auf.« Auf und ab hibbelnd trippelte Joshuas Hamsterseite auf der Stelle herum. Jetzt, da er sich erst einmal entschieden hatte, wollte er los. Sofort. Ohne Verzug. Ungeduldig sah er sich im Raum nach der Bedienung um. Wo steckte die?

»Hau ab.« Cayden lachte auf. »Ich lade dich ein. Du bist heute echt nicht zum Aushalten. Entweder eine Gewitterwolke oder ein Flummi.«

»Ich bin kein Flummi. Bin ja kein Eichhörnchen.« Joshua grinste, sprang auf und umarmte Cayden. »Danke. Ich mach's wieder gut, sobald du deinen Gefährten triffst. Nur für den Fall, dass du ebenfalls einen Menschen erwischst.«

Auch Pierre bekam eine Umarmung ab, dann drehte Joshua auf dem Absatz um. Mit einem Schlag konnte es ihm nicht mehr schnell genug gehen. Verdammte Scheiße, fast sechs Tage waren einfach zu lang.

Eigentlich hatten sie feiern wollen. Tanzen, Spaß haben. Nur war es Nick so überhaupt nicht danach zumute. Lawrence hatte es gemerkt. Sofort. Und während ihre Freunde ins *Drunken Fae* gegangen waren, hatte er Nick schlicht zum nächsten Pub geschleift mit der fröhlichen Ansage: »Wir kommen später nach!«

Als Lawrence die Tür öffnete, schlug ihnen dröhnendes Stimmengewirr entgegen. Es war zu voll, es war zu laut. Die Musik machte es schlimmer.

Immerhin fanden sie einen Platz, der zumindest am Rand des Raumes gelegen war. Nick hatte auch darauf keine Lust. Er wollte nach Hause. Doch dort war es nicht besser, deswegen war er ja eigentlich hier.

Um sich von dem bescheuerten Grübel-Kreislauf abzulenken.

Sie saßen noch nicht richtig, als Lawrence bereits über den Tisch langte und seine Hände über Nicks legte. »Süßer, du siehst nicht gut aus. Ich dachte, du schwebst auf Wolke Sieben und meldest dich deswegen nicht. Was ist los?«

Nick hätte nichts lieber getan, als ihm sein Herz auszuschütten. Aber selbst nach einer Woche klang »Mein Freund hat sich als mein Hamster entpuppt, der mich beobachtet hat« nicht wirklich glaubwürdig. Falls Joshua ihn beobachtet hatte.

Auch das hätte Nick unendlich gerne mit Lawrence durchdiskutiert. Das Problem dabei blieb die Hamstersache. Er biss sich auf die Unterlippe, versuchte ein Lächeln und schüttelte den Kopf. »Ach, nicht weiter wichtig. Klappt nicht so richtig mit Josh und mir, das ist alles.«

Augenblicklich wurden Lawrences Augen schmal. »Hat er dir etwas getan? Dich geschlagen? Sich an dir vergriffen? Hat er …«

»Was? Nein!« Erschrocken zuckte Nick zusammen. »Nein, hat er nicht!«

Misstrauisch sah Lawrence ihn an, dann entspannte er sich. »Gut. Sonst wäre er seines Lebens nicht mehr froh geworden, dafür hätte ich gesorgt. Schnipp-schnapp, Eier ab. Und den Schwanz gleich mit dazu.«

Nick musste lachen. Wärme sickerte in ihn, weil Lawrence so beschützend war. »Nein, wirklich nicht.

Seine Privatausstattung sollte sicher sein. Wie kommst du darauf?«

»Echt jetzt?« Ungläubig hob Lawrence die Brauen. »Süßer, ich bekomme nichts erzählt, keinen Anruf, keine Nachricht, außer dass du das homophobe Arschloch angezeigt hast. Eine Woche lang! Und das von dir. Endlich sehen wir uns wieder, und du siehst aus, als hättest du seit Tagen nicht mehr geschlafen. Und meinst dann, dass es mit dir und ihm *nicht so klappt. Das ist alles.* Was würdest du denn denken?«

»Oh.« Verlegen rieb Nick sich im Nacken, obwohl er dafür eine Hand unter Lawrences hervorziehen musste. »Ja. Aber nein. Das ist es echt nicht.«

Warum war er noch mal hier? Für einen Moment war ihm das wirklich wie eine akzeptable Idee erschienen. Ein Mittelding zwischen dem Verkriechen daheim und dem ausgelassenen Feiern im Club. Nur klar, dass Lawrence Antworten wollte. Um ihm zu helfen. Wäre Nick umgekehrt ja genauso gegangen.

»Also, was ist los?«

Die Bedienung kam, nahm ihre Bestellung auf und verschaffte Nick damit eine Gnadenfrist. Nicht, dass das viel half. Immerhin grübelte er seit Tagen über die ganze Misere nach. Auch darüber, wie er Lawrence etwas davon erzählen könnte, ohne sich lächerlich zu machen oder seinen Freund zu beunruhigen. Weit war er nicht gekommen.

»Es ist … kompliziert«, sagte er schließlich, als sie wieder allein waren. Soweit man in einem vollen Pub allein sein konnte.

»Hat er einen Freund und will einen Dreier? Will er nur 'ne Affäre? Hat er gar eine Frau und will es vor ihr geheimhalten?« Lawrence legte den Kopf schief.

Manno, warum hatte sich Nick nicht in ihn verliebt? Das wäre so viel einfacher gewesen. Na ja, zumindest, wenn Lawrence sich auch in ihn verliebt hätte. Hatte der aber nicht. Was für ein Glück. Doch Lawrence war kein Hamster, und das war ein echter Vorteil.

»Nichts davon. Er …« *War als Hamster bei mir daheim, hat verhindert, dass wir Sex haben, und dir den Stinkefinger gezeigt.* »Er hat Erkundungen über mich eingeholt, um mich besser um den Finger wickeln zu können.« Das klang falsch. Viel zu harmlos.

Empört zog Lawrence die Brauen zusammen, sein Gesicht verdunkelte sich. Natürlich war er gleich bereit, ihm zu glauben und Nicks Worte im Geiste passend zu Nicks Reaktion zu ergänzen. Egal, wie nichtssagend die waren. »Hat er deine Post durchwühlt? Dich verfolgt? Ist er ein Stalker?«

»Er hat Kollegen auf der Arbeit befragt«, log Nick. Wenn er sagte, dass Joshua heimlich bei ihm daheim gewesen war, klang das nach Einbruch. Dann würde Lawrence wissen wollen, ob er ihn angezeigt hatte. Hatte Nick nicht. Und danach käme die Frage auf, warum er das nicht getan hatte. Doch Nick würde den Teufel tun und die Mounties anlügen.

»Das … das klingt ehrlich gesagt weder kompliziert noch kritisch.« Verdutzt blinzelte Lawrence, dann lehnte er sich zurück. »Vermutlich willst du das nicht hören. Aber wenn ich einen Schwarm auf der

Arbeit hätte, würde ich auch versuchen, etwas über ihn herauszufinden. Oder war er eklig? Hat nach intimen Details gefragt? Ist durch deine Personalakte gegangen?«

Nick verzog den Mund und schüttelte den Kopf. Mann, warum musste das so kompliziert sein, sich seinem besten Freund anzuvertrauen? Das sollte es nicht sein.

»Okay, und wo passt ihr jetzt nicht zusammen, Süßer? Am Samstag warst du noch total von den Socken und durch den Wind, weil du ihn wiedersehen würdest. Regelrecht schwebend mit jedem Schritt. Kopf in den Wolken. Herzrasen. Glühend vor Glück. Was hat er angestellt?« Lawrence runzelte die Stirn, das Misstrauen gegenüber Joshua kehrte zurück.

Nick konnte es deutlich in den blauen Augen sehen. Wieder bekam er einen kleinen Aufschub, weil die Bedienung bereits mit den Getränken zurückkehrte. Ein Bier für Lawrence, einen Cocktail für Nick. Cremig süß und mit etwas zu viel Alkohol. Genau das brauchte er jetzt – süß und cremig. Dankbar nahm er einen Schluck.

»Er ist voll der Outdoor-Mann. Ständig in der Natur«, sagte er lahm. »Das Gegenteil von mir. Außerdem ein Einsiedlerkrebs. Geht nicht gerne feiern. Das passt einfach nicht.«

Lawrence wartete.

Doch Nick hatte nichts hinzuzufügen. Was auch? Bis auf so ein paar kleine Macken wie seine Hamsterverwandlung, mit der er sich bei Nick eingeschlichen hatte, war Joshua toll. Sofort spürte er wieder den altvertrauten Magenkrampf, weil er sich nach ihm sehnte.

Lawrence trank einen Schluck Bier. Sah ihn einfach nur an. Und wartete.

»Manno, Lawrence«, brummte Nick. »Da ist nicht mehr. Wir passen nicht zusammen. Wir haben uns gestritten. Ich habe ihn rausgeworfen. Er hat mir mehrfach geschrieben. Mir Pralinen geschickt. Und Blumen. Weil er einen Rauswurf nicht verstehen kann, scheint's mir. Das ist alles.«

»Hui. Das ist eine ganze Ecke mehr!« Lawrence hob eine Braue und lehnte sich vor. »Hast du ihm gesagt, dass du ihn nicht wiedersehen willst? Willst du das überhaupt?«

Nick atmete durch und spürte das Stechen im Magen aufs Neue. Das war die Krux an der Sache. Er wollte keinen Freund, der ihn ausspionierte. Aber der Gedanke, Joshua niemals wiederzusehen, bescherte ihm körperlich Übelkeit. Tränen traten in seine Augen, er konnte sie kaum zurückhalten. Scheiße.

KAPITEL 31

Und noch immer war er sich nicht sicher, ob Joshua ihn wirklich bespitzelt hatte. Wenigstens war er am zweiten Tag gegangen. Aber warum nicht direkt am ersten? Immerhin war Nick für eine Stunde weg gewesen, um einzukaufen. Oder zumindest heimlich in der Nacht?

»Hey, Süßer ...« Lawrences sanfte Stimme holte ihn zurück in den Pub. Sein Freund beugte sich erneut vor und umfing seine Hände aufs Neue. Sacht drückte er sie. »Hast du Angst?«

Mühsam blinzelte Nick die Tränen weg. Jupp, sie verschwanden aus seinen Augen. Leider zogen sie sich nicht einfach wieder zurück, sondern rollten seine Wangen hinab. Klasse. »Warum sollte ich Angst haben?«, murrte er. Höchstens davor, sich einen Stalker einzufangen.

»Vor einer Beziehung. Du hattest keine, solange wir uns kennen. Und auch davor hast du immer nur Affären erwähnt.« Liebevoll streichelte Lawrence seine Handrücken mit den Daumen. »Du hast Bedenken, dass er dir deine Freiheit raubt, oder?«

»Quatsch«, brummte Nick, aber hielt dann inne. Klar dachte Lawrence das. Was hatte er ihm auch schon groß erzählt? Da musste der ja auf so etwas kommen. Andererseits wiederum ... Was hatte Joshua eigentlich wirklich angestellt? Nick sah in die blauen Augen seines Freundes, las Sorge, Wärme, Rückhalt. Ohne genau zu wissen, was los war, versuchte Lawrence, ihm zu helfen. Es gab ihm Ruhe.

Nick lehnte sich zurück und nahm einen großen Schluck Cocktail. Oh, schon fast leer.

Joshua hatte sich von einer Katze anfallen lassen. Vielleicht oder vielleicht auch nicht in dem Moment, in dem er Nick hatte hinterher schleichen wollen. Als Hamster. Um sich aufsammeln zu lassen. Wofür er hätte Gedanken lesen müssen, und zwar auf die Entfernung, denn Nick hatte ja selbst nicht gewusst, wo er zu diesem Zeitpunkt sein würde. Oder er war ihm gefolgt. Stundenlang. In Hamsterform. Hamster waren klein, die fielen nicht auf. Aber es war extrem unwahrscheinlich, dass er mit ihm im Skytrain in die Innenstadt gefahren war.

Dann hatte Joshua sich in Narkose versetzen und nähen lassen. Und statt dort auszubüchsen, hatte er auf Nick gewartet. Hatte er? Wohl eher nicht. Woher hätte er wissen sollen, dass Nick zurückkam, um ihn einzusammeln? Das hatte Nick alles mit Daniel besprochen, als Joshua schon im Tiefschlaf gelegen hatte. Vielleicht war Joshuas Plan einfach gewesen, dass er gemütlich bei der Tierärztin heilte und dann verschwand.

Stattdessen war er bei Nick gelandet. Wo er alles getan hatte, um ihn in keine peinliche Situation rauschen zu lassen. Indem er sogar trotz seiner frischen

Naht Rambazamba verursacht hatte, damit Nick und Lawrence keinen Sex vor einem Zuschauer haben mussten. Von dem sie nichts gewusst hatten.

Fluffi hatte geschlafen, als Nick einkaufen gewesen war. Und kaum, dass er eine Chance gesehen hatte, war er verschwunden. So schnell wie möglich. So schnell sogar, dass Nick ihn erwischt hatte, weil er den Schlüssel hatte liegen lassen.

Gut, Fluffi hatte nicht verhindert, dass Nick ihm sein Herz ausgeschüttet hatte. Aber er war so für ihn dagewesen. So gut ein Hamster das eben konnte. Und darin war er phänomenal gewesen.

Unwillkürlich musste Nick lächeln. Gleich darauf setzte das Sehnen noch viel heftiger ein. Joshua hatte versucht, ihn zu erreichen, nicht ihn zu stalken. Nick war der Idiot, oder? Nicht Joshua. Der hatte sich wirklich Mühe gegeben, seine Privatsphäre zu respektieren. Hatte ihm geschrieben, ihm Pralinen und Blumen geschickt und war nicht einfach jedes Mal bei ihm aufgetaucht.

»Oh Mann …«, murmelte er. »Ich glaube, der Vollhamster bin ich, nicht er.«

Lawrence prustete los. »Vollhamster?«

»Eh, ich meinte Vollhorst.« Mit einem schiefen Grinsen hob Nick die Schultern. »Danke, Schnucki, dass du mich hierher entführt hast. Jetzt sehe ich klarer. Oh Mann, ich hoffe, Joshua redet noch mit mir!«

»Nachdem er dir Blumen und Pralinen geschickt hat, meinst du? Und dir jedes Zeichen gegeben hat, dass er mit dir reden will?« Erfolglos versuchte

Lawrence, ein Auflachen zu unterdrücken. Es wurde ein geschnaubtes Prusten. »Ich glaube, der wartet nur darauf, dass du mit ihm redest. Ruf ihn an. Am besten jetzt gleich.«

Nick schüttelte den Kopf. »Nein. Ich fahre zu ihm. Jetzt gleich.« Das wollte er nicht am Telefon klären. Das führte noch viel leichter zu Missverständnissen. Die Sehnsucht in ihm nahm zu, rapide und massiv, da er sich endlich entschieden hatte. Oh Mann, oh Mann! Hoffentlich war Josh nicht zu sauer. Nicht zu verletzt. »Sagst du den anderen, dass ich heute nicht mehr komme? Ist das okay?«

»Und was ist, wenn er gar nicht daheim ist? Es ist Freitagabend«, gab Lawrence zu bedenken.

Unbekümmert wedelte Nick den Einwand mit einer Hand beiseite. »Ich sage doch, er ist ein Einsiedlerkrebs. Der geht nicht oft weg. Die Chancen stehen gut, dass ich ihn erwische. Tagsüber hätte ich weniger Aussicht auf Erfolg, gerade bei einem Wetter wie heute. Aber nachts wandert es sich nicht mehr gut im Wald.« Suchend sah er sich nach der Bedienung um. Mit einem Schlag konnte es ihm alles nicht schnell genug gehen. Warum konnte er nicht beamen? »Mann, wo ist der Kerl? Ich will los!«

Lawrence strahlte so voller Freude, als hätte Nick ihm ein Geschenk gemacht. »Da ist er ja, der Nick vom Samstag. Geh, Süßer. Ich zahle deinen Cocktail mit.«

»Oh Mann, du bist ein Schatz!« Nick beugte sich über den Tisch und küsste Lawrence auf die Stirn.

»Ich mach's wieder gut. Danke, Schnucki. Tausend Dank, dass du meinen Kopf geklärt hast.«

Verschmitzt zwinkerte Lawrence ihm zu. »Reiner Eigennutz. Ich mag es nun mal lieber, wenn du glücklich bist. Viel Erfolg! Und ruf mich an, wenn du mehr weißt. Kein Versacken, klar?«

Mit einem Auflachen salutierte Nick. »Kein Versacken! Zu Befehl, Sergeant Bell! Danke, du Schatz. Hab einen tollen Abend!«

Er zog seine Jacke von der Stuhllehne und strebte ungeduldig dem Ausgang entgegen. Mit einem Schlag fühlte er sich besser und energiegeladener als die ganze Woche. Zuversichtlicher. Oh, hoffentlich konnte Joshua ihm verzeihen! Aber Lawrence hatte recht. Der Mann hatte sich alle Mühe gegeben, ihn zu erreichen. Es wäre unlogisch, würde er ihm die Tür vor der Nase zuschlagen.

Als die Tür des Pubs hinter ihm zufiel und die Stimmen nur noch als leises Murmeln zu hören waren, atmete Nick durch. Wo war von hier aus die nächste Taxisammelstelle? Unmöglich konnte er jetzt auf die Öffentlichen warten und stundenlang durch Vancouver gondeln. Er wollte zu Josh. Sofort.

Sein Kopf war voll von Erinnerungen an leidenschaftliche Küsse, an Joshuas Duft, an seine Stimme, während er in die Timber Alley bog, um den kürzesten Weg zu nehmen. In Gedanken spielte er all das durch, was er Joshua sagen wollte, was der erwidern könnte, was Nick wiederum darauf antworten würde.

Oh, hoffentlich, hoffentlich würden sie sich wieder vertragen! Es war verrückt, wie rapide seine Sehnsucht mit einem Mal anstieg. Als hätte sie sich hinter der Barriere aus verletzter Wut und Angst die ganze Zeit angestaut und bräche nun hervor.

»Schau mal an, wen wir hier haben. Wenn das nicht der dreckige Schwanzlutscher ist, der mich angezeigt hat.«

Nick zuckte zusammen und hob ruckartig den Kopf. Kälte rauschte durch seine Adern und tunkte ihn in Eiswasser. Keine drei Meter vor ihm standen ein feixender Mason Shaw sowie zwei weitere Männer. Nick war derart in Gedanken versunken gewesen, dass er überhaupt nicht bemerkt hatte, dass ihm jemand entgegen gekommen war. Sein Herz sprang in seine Kehle und raste los.

»Gottes Wege sind unergründlich, was?« Einer der anderen Kerle grinste und ließ die Schultern kreisen.

Nick pfiff auf seine Würde und seine generell vorhandene Hoffnung, unterschiedliche Meinungen mit Diskussionen und Argumenten beilegen zu können. Die waren zu dritt, und Shaw hatte schon bei den letzten Malen kein Geheimnis aus seinem abgrundtiefen Hass gegenüber Schwulen gemacht. Nick wirbelte herum und rannte los.

Er kam fünf Meter weit, ehe die drei aufgeholt hatten. Harte Hände packten ihn und warfen ihn gegen eine Wand. Ein Stich zuckte durch Nick, als sein Hinterkopf gegen Stein prallte. Er ächzte. Durch den Nebel der aufwallenden Panik spürte er den Schmerz jedoch nur schwach.

Shaw und seine Kumpane bauten sich wie eine Mauer vor ihm auf. Shaw stand locker, die beiden anderen hatten die Arme vor der Brust verschränkt und flankierten ihn wie Lakaien oder Bodyguards.

»Ich hätte es auf sich beruhen lassen, Schwuchtel.« Shaw musterte ihn kalt. »Ein Arschficker unter vielen. Aber jetzt ist es persönlich geworden. Das war eine wirklich schlechte Idee von dir, mich anzuzeigen.«

»Du machst es schlimmer für dich.« Immerhin gab es Nick eine winzige Genugtuung, dass seine Stimme nicht bebte. War jedoch nur noch eine Frage der Zeit, so eng wie seine Kehle war und sein Herz gegen die Stimmbänder zu pochen schien. »Wenn du etwas versuchst, wissen die Mounties, wer dahinter steckt. Die kennen dich.«

Träge grinste Shaw und zuckte mit den Schultern. »Oh, ich sitze daheim mit meinen guten Freunden. Trinke ein Bierchen, rede über Gott und die Welt. Ich habe Zeugen, siehst du? Wer auch immer dir gleich die Eier abreißt, ich war es nicht.«

So viel zu Argumenten. Nick atmete ein, dann schrie er so laut um Hilfe, wie er konnte. Im selben Moment warf er sich nach vorne, in der Hoffnung, durch einen Überraschungseffekt an ihnen vorbei zu kommen.

Ein harter Faustschlag traf seine Wange und schleuderte ihn zurück gegen die Wand. Sein Schrei verstummte, wurde zu einem erstickten Wimmern. Scheiße, tat das weh! Erneut quoll die Panik hoch.

Hektisch sah Nick sich um, aber die Gasse blieb menschenleer. Und um diese Uhrzeit würde sie das ziemlich sicher auch bleiben. Oh Gott, das konnte doch gar nicht wahr sein! Die würden ihn zusammenschlagen. Vielleicht totschlagen!

»Für jeden Laut, der jemanden auf uns aufmerksam machen könnte, breche ich dir einen Finger. Deal?« Abfällig verzog Shaw die Lippen. »Obwohl ich das so oder so tun sollte. Dann kannst du sie nicht mehr in Ärsche schieben oder Schwänze wichsen.«

»Was hast du davon?« Jede Sicherheit war aus Nicks Stimme verschwunden, sie bebte, verriet seine Furcht. Sein Magen krampfte. Hektisch hämmerte sein Herz gleichermaßen in seinen Schläfen wie in seiner Brust. Panisch drohte es, sich einen Weg aus seinem Körper zu meißeln. »Ich habe dir nie etwas getan, bis du angefangen hast, mich zu beleidigen und zu bedrohen. Dir kann es doch vollkommen egal sein, was ich mache. Es betrifft dich nicht, es schadet dir nicht.« Wenn er ihn am Reden hielt … wenn er ihn irgendwie am Reden hielt, vielleicht …

»Ungeziefer wie du gehört ausgerottet.« Shaw schlug zu, direkt in Nicks Bauch.

Nicht mit voller Kraft, aber schmerzhaft genug. Keuchend krümmte Nick sich zusammen. Mit einem Schlag wusste Nick, der wollte das ausdehnen. Genießen. Ihm wurde richtig schlecht.

KAPITEL 32

Joshua fragte sich, ob es klug war, ausgerechnet an einem Freitagabend bei seinem Gefährten aufzuschlagen. Logischer wäre es vermutlich, auf den nächsten Tag zu warten und am Vormittag vorbeizusehen. Nick ging immerhin gerne weg. Und wenn er nach Hause kam und einen im Tee hatte?

Doch seine Hamsterseite schnatterte ungeduldig und trieb ihn nur noch mehr an. Er wollte zu ihm. Wollte ihn … na gut, erst einmal nicht in die Arme schließen, sondern mit ihm reden. Ihn dazu bringen, ihm zuzuhören.

Joshua konnte die gelben Wagen der Taxiflotte bereits sehen und beschleunigte den Schritt, als er den Hilferuf hörte. Leise. Viel zu weit weg.

Nick! Unmöglich, die Stimme zu verwechseln. Sein Gefährte war in Gefahr!

Joshuas Herz setzte einen Schlag aus. Dann raste es los, pumpte mehr Sauerstoff und eine wahre Flut an Adrenalin durch seine Adern. *Scheiße, verdammt!* Er fuhr herum und rannte los, zurück in die Richtung, aus der er gekommen war. Horrorszenarien fluteten ihn. Nick zusammengeschlagen. Unter einem Auto.

Angefallen von Hunden, Ratten, Dämonen. Jedes einzelne davon ließ seinen Magen krampfen.

Woher genau war der Schrei gekommen? Über seinen viel zu lauten Schritten und seinem Atem versuchte Joshua, mehr zu hören. *Nick, ich komme! Halte durch!*

Scheiße! Eine Abzweigung. Timber Alley? Oder weiter geradeaus? Abrupt bremste er ab, hielt die Luft an, lauschte. Ein ersticktes Ächzen drang aus der Gasse, das kein Mensch auf die Entfernung hätte wahrnehmen können. Kälte rauschte über Joshua hinweg. Sein Nick!

Mit allem, was seine Beine hergaben, sprintete Joshua in die Timber Alley.

Vor ihm an einer dunklen Stelle unter einer flackernden Lampe kamen Männer in Sicht. Und Nick. Einer der Kerle presste ihn an die Wand. Er hatte eine Faust in seinen Haaren vergraben und schien sich gerade daran machen zu wollen, Nicks Kopf gegen die Mauer zu schlagen.

Wut pulsierte durch Joshuas Körper, ließ einen roten Schleier vor seinen Augen erscheinen. Brennend wünschte er sich, etwas Großes zu sein. Ein Löwenwandler vielleicht, ein Eisbär oder gerne auch ein Elefant. Er wollte die Schweine zerquetschen, die sich an seinem Nick vergriffen! Nicht ihnen in die Zehen beißen, egal, wie sehr sein Hamster die Hamsterbacken aufplusterte.

»Hey!«, brüllte er, noch ehe er heran war. »Ich mach euch platt, ihr Arschlöcher! Ihr verdammten Wichser! Ihr Drecksäcke! Ihr verkackten Bastarde!«

Die drei Kerle wirbelten herum. Automatisch lockerte der eine dabei den Griff.

Nick nutzte die Chance. Er riss sich los, tauchte unter einer zupackenden Hand hinweg und stürzte Joshua entgegen. »Hau ab, Josh! Hau ab!«, rief er mit vor Panik schriller Stimme. Auf seiner Wange prangte ein Bluterguss.

Joshua knurrte vor Wut. Die Arschlöcher hatten seinem Nick wehgetan!

Er erreichte Nick gleichzeitig mit einem der Männer. Als der nach seinem Gefährten griff, donnerte Joshua ihm die Faust gegen das Kinn. Der Schmerz, der im nächsten Moment durch seine Hand zuckte, brachte ihn ein wenig zur Besinnung. Ebenso wie die Erkenntnis, dass der Kerl zurücktaumelte, benommen schien, jedoch nicht zu Boden ging.

Die waren zu dritt, sie zu zweit, und Nick war alles, aber kein Schläger. Panisch geweitete Augen starrten Joshua aus einem bleichen Gesicht an. Und alles, was Joshua im nächsten Wimpernschlag wollte, war, seinen Gefährten in Sicherheit zu bringen. Sogar wenn das hieß, dass die Wichser ungeschoren davonkamen.

»Komm!« Er packte die Hand seines Gefährten und rannte los.

Nick war erschreckend langsam. So langsam eben wie jemand, der nicht trainierte. Obwohl er sich sichtlich anstrengte und lief, so schnell er konnte. Was halt nicht sonderlich schnell war.

Hinter ihnen hämmerten die Schuhe ihrer Verfolger auf dem Asphalt. Sie holten auf. Kurzerhand zerrte Joshua Nick nach rechts, als sie aus der Gasse stürzten. Wenn sie es in die Nähe des *Bonsai Beasts* schafften, gab es jede Menge Wandler mit feinem Gehör. Dort würden ihre Hilferufe nicht auf taube Ohren fallen. Und es war nicht weit! Zumindest theoretisch. Nick war schon jetzt außer Atem.

Warum nur war die Hamsterpopulation von Vancouver quasi nicht vorhanden? Sie könnten gerade wirklich Hilfe gebrauchen. Und warum hörten weder Tauben noch Spatzen noch Möwen auf Hamster? Eine Luftkampfflotte wäre auch nicht zu verachten.

Nick keuchte, als würde sich gleich seine Lunge verabschieden. Scheiße, der war echt überhaupt nicht trainiert!

»Fast da, Nicki, halte durch!«, feuerte er ihn an.

»Nicht so schnell, ihr feigen Ratten!«, grollte einer der Männer hinter ihnen und packte Nicks Jacke.

Ein Ruck ging durch Nick. Er wimmerte, versuchte, Joshua loszulassen und gleichzeitig, sich von dem Kerl freizuwinden. »Lauf, Josh!«

So mutig! So wundervoll! Aber das kam auf keinen Fall in Frage. Wütend schnatternd kam Joshua zum Stehen, egal, ob der Laut für Nicht-Hamster bedrohlich wirkte. Er war zu sauer, um es zu unterdrücken.

Der Mann lachte.

»Hilfe!«, brüllte Joshua mit der ganzen Kraft seiner Lunge, nur für den Fall, dass jemand nah genug war. So oder so war es egal. Er würde sie platt machen, ob ihn Wandler hörten oder nicht. Niemand vergriff sich an seinem Nick. Niemand!

Ein harter Schlag auf die Hand, die Nicks Arm noch immer umklammerte, ließ den Mann mit einem Fluch zurückweichen. Leider waren die anderen bereits herangekommen und umkreisten sie.

Joshua wollte Nick hinter sich schieben, doch der wehrte sich.

»Zu zweit haben wir eine Chance«, flüsterte er mit fliegendem Atem. »Ich lasse nicht zu, dass du dich für mich verprügeln lässt.«

Joshua konnte seine Angst riechen. Aber für ihn wollte er sie überwinden? Oh Himmel, was für einen wundervollen Gefährten hatte er! So mutig, obwohl sie sich gestritten hatten! Joshua nickte grimmig. »Gut, dann machen wir sie zu zweit fertig.«

»Als ob Schwuchteln kämpfen könnten«, knurrte der Kerl, der Nicks Kopf gegen die Wand hatte hämmern wollen.

Joshua sprang vor und schlug zu. Der harte Ton, mit dem seine Faust leider nicht das Gesicht, sondern nur die Schulter erwischte – der wich aus, der Sack! –, war zufriedenstellend.

Gleich darauf musste er sich unter einem Angriff ducken. Schmerzhaft traf ihn ein zweiter Schlag in den Rippen, zum Glück rechts. Hinter sich hörte er einen dumpfen Laut, dann Nick stöhnen. Scheiße! Verdammte Dreckskakerlaken! Er würde sie platt-machen! So platt, dass sie unter jedem Türspalt hindurchpassten! »Finger weg von ihm!«

»Hey!«, dröhnte eine dunkle Stimme durch die Straße. »Verpisst euch, ihr Spacken!«

Zwischen den Männern hindurch sah Joshua die Kavallerie. Die Mounties hoch zu Pferd mit fliegenden Fahnen in donnerndem Galopp. Na ja, zwei Meter Pierre mit breiten Schultern und funkensprühenden Augen, daneben etwas schmaler, aber nicht minder wütend Cayden.

»Scheiße, weg hier!«, fluchte der Wortführer.

Joshua wollte ihnen folgen. Wollte ihnen die Fressen polieren dafür, was sie Nick angetan hatten. Was sie ihm hatten antun wollen. Er kam genau einen Schritt weit, dann schloss sich Nicks Griff erstaunlich eisern um seinen Arm.

»Nicht! Bist du verrückt?«, keuchte er.

Die Angst in seiner Stimme stoppte Joshua viel effektiver als die Hand. »Die entkommen, die Wichser!«

»Ich kenne den einen. Der entkommt vielleicht gerade, aber der Anzeige kann er nicht davonlaufen.« Mit zusammengepressten Lippen sah Nick ihn aus großen, dunklen Augen an, Furcht und Entschlossenheit gleichermaßen in den Zügen. »Bring dich nicht erneut in Gefahr. Bitte.«

Noch immer wollte Joshua ihnen hinterherlaufen und sie zusammenschlagen. Doch ein Blick in das süße Gesicht machte ihm klar, dass Nick ihn hier brauchte. Sein Gefährte hatte genug Angst, dass er es riechen konnte, und stand unter Schock. Vermutlich war er kurz davor zusammenzubrechen.

»Ist okay, Nick«, sagte Joshua so sanft und warm, wie er konnte. »Komm her. Geht es dir so weit gut?«

Ein Beben ging durch seinen Freund. Sichtbar wich die Anspannung aus seinen Schultern. Für einen Atemzug zögerte Nick, dann trat er vor, schlang die Arme um ihn und drückte ihn an sich. Behutsam, wie um auf seine verletzte Seite Rücksicht zu nehmen.

»Ja«, flüsterte er. »Und dir?«

»Alles okay mit euch?« Stolpernd kam Cayden bei ihnen zum Stehen. »Muss ich einen Krankenwagen rufen?« Er hielt bereits sein Handy in der Hand.

»Du kennst die Spacken?«, fragte Pierre grollend im gleichen Atemzug. »Denn wenn ich das falsch verstanden habe, hole ich mir die Wichser! Dann haben die nichts mehr zu lachen. Und höchstens noch Rühreier, sobald ich mit denen fertig bin und mit ihnen die Straße aufgewischt habe!«

Finster grinste Joshua. Sein Kopfkino lieferte gleich passende Bilder dazu. Plus einen exzellenten Soundtrack. »Oh ja, bitte!«

»Nein, auf keinen Fall!« Nick hob den Kopf, aber ließ Joshua nicht los. Nach wie vor war er bleich mit riesigen Augen, schien jedoch schon wieder etwas gefasster. »Ich kenne den einen, das ist Mason Shaw, der Chef von *Shaw Electrics*. Die Polizei wird sich darum kümmern. Da kann er noch so sehr behaupten, dass er mit seinen Kumpels im Garten gesessen und ein Bierchen getrunken hat.«

»Jupp, ihr habt Zeugen.« Cayden funkelte die nun wieder leere Straße hinab. »Ich habe ihn vielleicht nicht deutlich gesehen, aber den Gestank erkenne ich überall.«

»Wandler«, erklärte Joshua auf den verdutzten Blick seines Gefährten hin. »Wir haben feinere Nasen als Menschen. Das sind Cayden, Eichhörnchenwandler, und Pierre, Rattenwandler. Ihr beiden, das ist mein Freund Nick.«

»Ah, der Gefährte. Sich gemeinsam zu prügeln, ersetzt das Reden, scheint mir.« Sonnig grinste Pierre. »Hi Knirps. Schön, dich kennenzulernen.«

»Das Reden?« Niedlich verwirrt verzog Nick den Mund.

Joshua hatte das dringende Bedürfnis, einen Kuss darauf zu drücken. Aber im Gegensatz zu Pierres Behauptung ersetzte kein Prügeln eine Erklärung. »Ich war auf dem Weg zu dir. Um die Missverständnisse aus der Welt zu schaffen. Was hältst du davon: Wir gehen jetzt direkt mit unseren Zeugen zur Polizei, erstatten Anzeige, und dann kommst du mit zu mir. Zum Reden.«

Nick schauderte und nickte. »Hervorragend. Bei dir weiß er immerhin nicht, wo du wohnst.«

Gleich wünschte Joshua, dass Nick Pierre und ihn nicht aufgehalten hätte. Rühreier waren noch viel zu gut für diese Arschlöcher.

KAPITEL 33

Als sie in Joshuas Wohnung traten und Joshua die Tür hinter ihnen schloss, atmete Nick auf. Es mochte extrem unwahrscheinlich sein, dass er am gleichen Abend zweimal angegriffen wurde. Doch das interessierte seinen Bauch nicht, der noch immer dumpf von dem Schlag pochte. Nicht bedrohlich, aber deutlich unangenehm und eine hartnäckige Erinnerung an das, was eben geschehen war.

Joshua streifte die Schuhe ab und hängte die Jacke auf; Nick tat es ihm gleich. Mit einem Mal fühlte er sich entsetzlich müde. Er wollte auf der Stelle zusammensacken, sich einrollen, alles vergessen und schlafen.

»Nicki?« Joshuas Stimme war sanft und besorgt.

Erschöpft hob Nick den Kopf und begegnete dem Blick nicht minder besorgter grauer Augen. Er lächelte, um seinen Freund zu beruhigen, obwohl es ein Kraftakt war, die Mundwinkel nach oben zu ziehen. »Alles okay.«

»Hm. Klar. Komm her.« Unwiderstehlich einladend öffnete Joshua die Arme und trat auf ihn zu.

»Wirklich«, log Nick und lehnte sich gegen ihn. Erleichterung flutete ihn, als Joshua ihn umarmte und an sich drückte. Mit geschlossenen Augen presste er das Gesicht in seine Halsbeuge, grub die Finger in sein Shirt und atmete tief seinen beruhigenden Duft ein. Joshua roch nach Heimkommen, Sicherheit und Geborgenheit. »Danke«, flüsterte er. »Dass du gekommen bist.«

Joshuas Umarmung festigte sich einen Hauch. »Natürlich, Nicki! Mann, ich wünschte, ich wäre schneller gewesen. Die verdammten Dreckswichser! So schade, dass Pierre ihnen keine Rühreier beschert hat.«

Dumpf gluckste Nick an seiner Schulter, nicht gewillt, sein behagliches Nest zu verlassen. »Hätten sie verdient. Aber so ist es besser. Nicht, dass Pierre noch Ärger mit der Polizei bekommen hätte.«

Zu Nicks Erstaunen hatten die Mounties ihre Anzeige mit dem Versprechen aufgenommen, dass Shaw nicht ungeschoren davonkommen würde. Niemand hatte Schwulenwitze gerissen oder abfällige Kommentare von sich gegeben. Nicht, dass er *das* ernsthaft erwartet hatte, aber ein Teil in ihm hatte es trotzdem befürchtet.

»Hm«, brummelte Joshua, ganz offensichtlich nicht mit ihm einer Meinung. Liebevoll drückte er ihm einen Kuss auf den Scheitel. »Lass mich mal nach deiner Wange sehen, ja?«

Nick hob den Kopf nur deswegen, weil es süß war, wie Joshua sich um ihn kümmerte. Denn eigentlich war seine Halsbeuge viel zu tröstlich.

Prüfend betrachtete Joshua ihn, ehe er sehr behutsam mit den Fingerspitzen über die schmerzende

Stelle strich. »Das wird richtig blau. Aber immerhin ist die Haut nicht verletzt. Und es hat nicht dein Auge erwischt. Brauchst du Schmerzmittel?«

Als hätte Joshua das nicht schon mindestens dreimal geprüft. So süß besorgt. Als hätte Nick ihn nicht eine Woche lang auf Abstand gehalten. Er schüttelte den Kopf und schenkte ihm ein Lächeln. »Geht. Echt.«

Widerstrebend entließ Joshua ihn aus den Armen. »Komm, geh ins Wohnzimmer, setz dich. Ich mache dir einen heißen Kakao, ja? Das tröstet. Dann können wir reden. Über Wandler, über das Arschloch, über was immer du willst.«

Heißer Kakao klang gut, tröstlich nach sorgenfreier Kindheit. Von Josh getrennt zu sein hingegen, das klang scheiße. Nick schüttelte den Kopf. »Ich komme mit in die Küche. Ist denn mit dir wirklich alles okay? Du warst doch vorher schon angeschlagen. Und der hat dich erwischt, ich hab's gesehen.« Als hätte Nick das nicht ebenfalls mindestens dreimal gefragt.

Mit einem Grinsen winkte Joshua auch dieses Mal ab. »Ich bin so gut wie gesund. Wir Wandler haben den enormen Vorteil, dass wir schnell heilen.«

Wenig später saßen sie mit zwei dampfenden Tassen heißen Kakaos auf der Couch. Nick hatte die Beine angezogen und sich klein zusammengerollt gegen Joshua gelehnt, der ihn mit beiden Armen festhielt. Es fühlte sich an, als hätten sie nie gestritten. Als hätte Nick ihn nicht aus seinem Leben ausgesperrt und ihn ignoriert. Sein Freund war einfach da für ihn, ohne Rückfrage, ohne Vorbehalt. Weil Nick ihn brauchte.

»Danke«, sagte er leise. »Und entschuldige, dass ich … dass ich das Schlimmste angenommen habe, als du dich verwandelt hast. Tut mir echt leid. Das war ziemlich scheiße von mir.«

Joshua zuckte mit den Schultern. »Ich habe dich überrumpelt«, brummte er. »Du hast vorher noch nicht einmal geahnt, dass es Magie gibt, und dann … *das*. Ein Fremder unerkannt in deinem Hamsterkäfig und in deiner Wohnung. Kein Wunder, dass du nicht vor Glück in die Luft gesprungen bist.«

Nick lächelte und trank einen Schluck Kakao. Mit Milch. Und einem Schuss Sahne. Joshua war toll. Rundum. Nicht mal eine Woche eisiges Schweigen nahm er ihm übel. Stattdessen umsorgte er ihn, weil ihn jemand hatte verprügeln wollen. Totschlagen vielleicht sogar.

Nick schauderte. Eigentlich wollte er gar nicht so genau darüber nachdenken. In die Enge getrieben hatte er sich entsetzlich hilflos gefühlt. »Das heißt, du bist nicht mehr sauer?«

»Ich war nie sauer, Nick.« Sanft küsste Joshua seine Stirn. »Nur verzweifelt, weil du nicht mit mir reden wolltest. Ich hatte Angst, dass du mich nicht wiedersehen willst. Wegen eines Missverständnisses. Ich konnte nicht sofort wandeln und verschwinden. Die Naht wandelt genauso wenig mit wie die Kleidung. Die wäre gerissen, so wie sie das später ja auch getan hat. Eigentlich habe ich noch zwei, drei Tage länger warten wollen, aber du …« Ein weiterer Kuss.

»Du hast mich als Hamster direkt in dein Herz geschlossen. Ich wollte dich nicht ausspionieren.«

Stimmt. Nick erinnerte sich daran, dass Joshua sich vorher ausgezogen hatte. Warum sollten die Fäden eine Ausnahme bilden? Hm, Wandler durfte man wohl auch keine Schrauben und Ähnliches bei Operationen einsetzen. Zumindest, wenn man keine Todesfälle riskieren wollte, sobald sie Tiergestalt annahmen. Das klang immer noch total bizarr. Trotzdem zweifelte Nick nicht daran. Darüber war er hinaus. Schon lange. Eigentlich ziemlich direkt.

»Tut mir leid«, wiederholte er leise. »Und du hast es mir bei der ersten halbwegs vernünftigen Gelegenheit gesagt, statt es für dich zu behalten. Allein das hätte mir zu denken geben müssen.«

»Du warst überrumpelt. Mach dir keine Vorwürfe, Nicki.« Liebevoll streichelte Joshua über seinen Rücken. Er klang so erleichtert, dass es Nick ganz warm wurde. »Ich bin einfach nur froh, dass du wieder bei mir bist. Wieder mit mir sprichst.«

Nick trank einen weiteren Schluck und stellte die Tasse zu Joshuas auf den Tisch, ehe er sich enger an seinen Freund kuschelte. Nachdenklich starrte er ins Nichts. »Du hast auch niemanden abgestellt, um mich im Auge zu behalten? Einen Rotstirnschnäpper zum Beispiel? Oder eine Maus? Oder etwas ähnlich Kleines?«

»Natürlich nicht!« Joshuas Empörung vibrierte durch seinen Brustkorb und ließ Nick angenehm beben. »Wir dürfen genauso wenig in der Privatsphäre anderer herumschnüffeln wie jeder Mensch auch.

Obwohl wir unauffälliger sind und kein Mensch einen Spatz verdächtigt.«

»Oh, gut.« Dann war der Rotstirnschnäpper auf Nicks Balkon wirklich nur ein Vogel gewesen; das beruhigte Nick maßlos. »Du kennst eine Ratte und ein Eichhörnchen, ja? Gibt es viele von euch? Welche Tiere gibt es?«

»Einige, allerdings sind wir nicht derart zahlreich, dass du ständig einem Undercover-Wandler über den Weg laufen würdest.« Joshua grinste. »Und es sind ein Haufen Tierarten vertreten. Von Kolibris bis zu Elefanten taucht wohl jedes Tier in unseren Reihen auf. Na ja, zumindest eine Menge. Säugetiere, Amphibien, Reptilien, Vögel. Nur von Insekten weiß ich nichts, aber das heißt nicht, dass es sie nicht gibt. Nur, dass ich keine kenne.«

Nick gluckste, als er sich eine Beziehung zwischen einem Kolibri und einem Elefanten vorstellte. War bestimmt süß. Der Kolibri konnte im Ohr des Elefanten mitreiten, wenn es gefährlich wurde. »Warum habe ich noch nie davon gehört? Ich meine, warum hat *niemand* bisher davon gehört?«

Er ruckelte sich zurecht, bis er Joshua ansehen konnte. Mann, er schaute ihn so gern an! Kein Wunder. Joshua war einfach verdammt attraktiv mit seinem kantigen Gesicht, den hohen Wangenknochen, den ausgeprägten Brauen und dem sinnlichen Mund. Doppelt und dreifach, weil seine Augen wieder so warm wurden, als ihre Blicke sich trafen.

»Die magische Welt lebt im Verborgenen. Das passt schon. Da haben die magielosen Menschen kein

Problem mit Eifersucht oder Angst. Müssen sich nicht fürchten, dass die Amsel im Baum eventuell ein Spion sein könnte.« Mit einem Schulterzucken beugte Joshua sich herab und küsste ihn auf die Nasenspitze. »Mach dir keine Sorgen. Die Behörden wissen von uns. Die meisten haben streng geheime, eigene Abteilungen, die sich darum kümmern, dass mit Magie kein Unfug getrieben wird.«

Das fand Nick richtig gut. »Irgendwie tröstlich. Ich meine, nicht wegen dir. Aber es gibt garantiert auch magische Arschlöcher und Verbrecher.« Wieder schauderte er, als er sich vorstellte, dass Shaw hätte Magie haben können. Vielleicht die, sich in eine Maus zu verwandeln, um heimlich bei ihm einzudringen und ihn in seinen eigenen vier Wänden zusammenzuschlagen. »Gibt es andere Magie außer Wandler?«

»Und ob!« Joshua grinste. »Eine Menge! Hexen, Feen, Feuermagier, Dämonen, Gargoyles … ich nehme dich mal mit ins *Drunken Fae*. Der Club hat einen privaten Bereich, das *The Other Side*. Da bekommst du eine bunte Mischung an allen Fabelwesen, die du dir nur vorstellen kannst. Die sind gar nicht so fabelhaft, sondern eher ziemlich handfest.«

Ungläubig starrte Nick ihn an. Dämonen? Jetzt war er doppelt froh, dass die Behörden davon wussten.

»Die meisten sind nett und harmlos.« Lächelnd stupste Joshua ihm mit einem Finger auf die Nase. »Sogar die Dämonen. Im Grunde genommen sind das geflügelte, gehörnte Menschen mit Magie, die aus einer anderen Welt kommen und ziemlich alt werden.

Klar gibt es auch bei denen Arschlöcher, so wie es die bei Menschen gibt. Shaw zum Beispiel, der Wichser.« Seine Fröhlichkeit verschwand, als hätte ein schwarzes Loch sie geschluckt. »Was hätte ich dem gern meine Faust ins Gesicht gepflanzt. Und ihm dann die Augen ausgekratzt. Mit scharfen Hamsterpfoten. Und ihm den Schwanz abgenagt. Ich sage dir, Hamster können das. Ganz hervorragend. Wir sind Nagetiere.«

KAPITEL 34

In einer Mischung aus Ekel und Lachen schüttelte sich Nick. »Verlockende Vorstellung. Aber lass das, das ist widerlich. Außerdem müsstest du dir das Blut ja wieder aus dem Fell putzen.«

Joshua schenkte ihm ein sonniges Grinsen. »Ich verlasse mich darauf, dass du mich gewaschen hättest. Du bist Krankenpfleger, Blut macht dir nichts aus.«

Natürlich stimmte das. Doch das war nicht der Punkt. Egal. Nick wollte nicht an Shaw denken. Nicht an die Gasse. »Ich würde dich wirklich gerne noch mal als Hamster sehen. Aber ich liege gerade so bequem in deinen Armen. Das will ich nicht aufgeben. Fühlt sich sicher an.« Er schmiegte die gesunde Wange gegen Joshuas Brust und seufzte wohlig. »Kannst du dich beliebig oft hin und her wandeln?«

»Nonstop, wenn mir danach ist. Bis ich müde bin. Ist ein wenig wie Training. Der erste Liegestütz ist einfach. Die nächsten zehn auch. Irgendwann lassen halt die Muskeln nach.«

Nick verzog den Mund und kicherte. »Ich finde schon den ersten nicht leicht. Aber ich verstehe, was du meinst.« Dann zuckte er zusammen. »Oh, ich muss Lawrence schreiben! Der macht sich sonst Sorgen!«

Notgedrungen ließ Joshua ihn gehen, als Nick sich aufsetzte. Das Grummeln in seinem Gesicht war nicht zu übersehen und brachte Nick zum Lächeln. So niedlich. Trotzdem holte er sein Handy aus der Jacke im Flur und kuschelte sich so schnell wie möglich wieder bei Joshua ein. In seinen Armen fühlte er sich gerade am sichersten. Als könnte nichts ihn berühren.

Rasch tippte er eine kurze Nachricht an seinen Freund, dass er bei Josh war, dass sie redeten, dass alles okay war. Dann schaltete er das Handy aus und warf es auf den Tisch. Den Rest mit Shaw würde er ihm in den nächsten Tagen persönlich erzählen. Das war sinnlos, ihn jetzt damit zu ängstigen.

»Bist du auf eine Art mit Lawrence zusammen?« Joshua klang betont ruhig, als wollte er sich nicht anmerken lassen, dass er eifersüchtig war.

Nick konnte es dennoch hören. Verdutzt sah er auf. »Was? Nein!« Dann fiel ihm ein, dass Joshua mitbekommen hatte, dass sie hin und wieder miteinander schliefen. Er wurde rot. Eigentlich gab es keinen Grund dafür, trotzdem war es ihm mit einem Schlag unangenehm. »Wir sind beste Freunde. Manchmal mit gewissen Vorzügen. Aber nicht mehr, seit ich dich kenne. Also dich, nicht Fluffi. Obwohl ... dank Fluffis Eskapaden auch nicht mehr seit Fluffi.«

Joshua entspannte sich fühlbar, dann räusperte er sich. »Ja, sorry deswegen. Na ja, ich dachte, ihr wollt bestimmt nichts vor Zuhörern anfangen. Und ich war ... na ja, eifersüchtig. Ziemlich eifersüchtig.«

Zuhörer. Nick konnte nicht anders, er musste grinsen. Weil Josh so unendlich süß war. Er hätte nicht hingeschaut, das sagte er damit. Scharfe Hamsterohren zu verschließen, das war wohl nicht möglich. »Eifersüchtig, hm?« Sein Lächeln vertiefte sich. Das gefiel ihm auch. »Aber du kanntest mich doch gar nicht. Nur ein paar Stunden. Als Hamster.«

»Hat gereicht, um mich zu verlieben«, brummte Joshua.

Damit schickte er richtig Hitze in Nicks Wangen. Und überhaupt durch seinen gesamten Körper. Wenn dieses Glücksglühen nicht ganz Vancouver erhellte, dann wusste er nicht, was Helligkeit war. Prickeln füllte ihn, ein herrlicher Rausch, ein euphorisches Summen!

»Oh Joshua.« Er reckte sich hoch und küsste die energischen Lippen. Gleich darauf wurde ihm bewusst, dass er das viel zu lange nicht mehr gemacht hatte. Aber ein richtiger Kuss musste gerade noch warten. »Ich habe mich auch in dich verliebt. Auf den ersten Blick«, murmelte er auf seinem Mund.

»Mann, Nicki, ich ...«

Was Joshua hatte sagen wollen, erfuhr Nick nicht. Denn im nächsten Moment erwiderte Joshua seinen Kuss stürmisch.

Nicks Kopf tat endlich das, was er sich schon seit Stunden erhoffte. Er schaltete ab. Alles, was er noch empfinden konnte, war das Glück, bei Joshua zu sein. Seine Gedanken beschränkten sich auf »Ja, mehr,

mehr, mehr!«, während Joshuas Zunge seinen Mund erforschte. Während ihre Lippen übereinander strichen, ihr Atem sich vermengte. Joshua schmeckte himmlisch, fühlte sich traumhaft an und roch wie das Paradies.

Sie waren beide atemlos, als sie sich voneinander trennten. Außerdem stellte Nick fest, dass sie mittlerweile auf dem Sofa lagen, er unter Josh. Joshuas Hände umfingen seine Schultern, er hatte ein Bein um Joshuas Hüften geschlungen. Perfekt. So konnte er ihn gleich noch deutlicher spüren.

Lächelnd sah er hoch in das gerötete Gesicht und die verschleierten Augen. »Heißt das, wir sind zusammen?«

Joshua grinste, grinste breiter und küsste ihn erneut.

Nick konnte nicht anders, als den Kuss innig zu erwidern. Joshuas Küsse schmeckten besser als alle zusammengenommen; egal, mit wem er die geteilt hatte.

»Ja«, nuschelte sein Freund schließlich auf seinen Lippen, biss ihm in die Unterlippe und lächelte. Dann hob er den Kopf und sah mit einem Schlag unerfreulich nüchtern aus. »Es gibt da allerdings noch zwei Sachen, die wir, eh, die wir vorher klären sollten.«

»Oh.« Unsicher sah Nick ihn an und spürte einen nervösen Stich im Magen, der sich unwillkommen in seine Euphorie bohrte. Hoffentlich gab es keinen Wandlerkodex, der irgendwelche komischen Dinge von Wandler-Partnern verlangte.

»Eh ja. Nichts Schlimmes.« Joshua grinste schief und küsste ihn erneut. »Ups. Das wollte ich gar nicht. Aber wenn du da so verlockend unter mir liegst und einen so süßen Oh-Mund machst …«

Unwillkürlich musste Nick lachen. So katastrophal konnte es nicht werden, oder? Wenn Joshua sich so leicht ablenken ließ.

»Also, das eine …« Schon wieder starrte Joshua ihm auf den Mund.

Wenn Nick nicht wirklich gern gewusst hätte, was die zwei Dinge waren, dann hätte er sich jetzt über die Unterlippe geleckt. Nur, um herauszufinden, wie das auf Joshua wirkte. »Ja?«

»Hast du ja bereits mitbekommen.« Joshua atmete durch und richtete den Blick in seine Augen. »Ich bin eifersüchtig. Ich bin … ich eigne mich auf einer Skala von Null bis Zehn ungefähr minus Dreiundneunzig für offene Beziehungen. Ich mag meinen Gefährten nicht teilen.«

Gefährte. So hatte Pierre ihn auch genannt. Das klang niedlich veraltet und brachte Nick zum Grinsen. Mal abgesehen davon war das eine Sache, die wirklich einfach zu erfüllen war.

»Ich hatte noch nie eine Beziehung jenseits von Affären. Weißt du ja.« Trotzdem fühlte er deswegen eine leichte Hitze in den Wangen. »Aber ich habe mir immer eine gewünscht.« Jetzt fiel es Nick schwer, seinen Freund nicht zu küssen. Allerdings war nun das Reden dran. Obwohl Josh herrlich auf ihm lag und ihm mit einem Schlag klar wurde, dass sich gewisse Körperteile bereits selbständig gemacht hatten.

Joshua nickte und sah ihn weiter aufmerksam an.

Nicks Herzschlag beschleunigte sich. Er mochte das so gern, seinem Freund in die Augen zu sehen. Es brachte seine Gedanken durcheinander und ließ ihn die Welt vergessen. »Seit ich dich kenne, will ich dich. Niemand anderen«, sagte er leise. Dann grinste er. »Unter der Bedingung, dass ich ausreichend Küsse und Gekuschel erhalte. Oh, und Sex natürlich.«

Erleichtert lachte Joshua, frech funkelten seine Augen auf. »Oha, mein Süßer, ich warne dich. Die Forderung könntest du bereuen.«

»*Das* will ich sehen. Und noch viel lieber spüren.« Nick grinste. Erwartungsvolles Prickeln rann durch seinen Körper. Doch Joshua hatte von zwei Dingen gesprochen. »Vorher allerdings – was ist Nummer zwei?«

Joshua war schon wieder näher gekommen, sein Atem streifte Nicks Lippen. Bei den Worten hielt er inne, biss sich auf die Unterlippe. »Beim nächsten klärenden Gespräch müssen wir sitzen. Mit Abstand«, brummte er. »Verdammt, ist das schwer, mich zu konzentrieren, wenn die Verlockung pur unter mir liegt. Aber dich loszulassen, das geht gerade auch nicht.«

Das Kribbeln in Nick nahm zu, ein wohliger Stich fuhr durch seinen Magen. Oh, wie er es liebte, wie Joshua auf ihn reagierte. Nur mit Mühe hielt er sich davon ab, seine Hüfte provozierend an ihm zu reiben.

Joshua ächzte, und Nick merkte, dass er mit seiner Zurückhaltung nicht sonderlich erfolgreich gewesen war. Gut, er hatte nicht *gerieben*, sich ihm jedoch entgegen gedrückt. Oh, das fühlte sich wundervoll an!

Joshua wollte ihn. Er wollte ihm die Kleidung vom Leib reißen und jeden Quadratzentimeter dieses köstlichen Körpers erkunden. Er wollte ihn küssen bis zur Besinnungslosigkeit, in ihm versinken und ihn lieben, bis die Welt bedeutungslos wurde.

Dass er die Sünde pur unter sich liegen hatte, half kein Stück dabei, sich auf ihre Unterhaltung zu konzentrieren. Dieser herrliche Körper presste sich gegen seinen, sodass Joshua wirklich alles spüren konnte. Die Brust, den flachen Bauch. Seine langen Beine. Und die deutliche Beule genau an seiner eigenen Erektion.

Er atmete durch, was ebenfalls nicht half, weil nun noch viel mehr von Nicks berauschendem Duft seine Lungen füllte. Aber sie mussten das klären. Jetzt. Nicht, dass da erneut ein blödes Missverständnis aufkam. Eines, das seinen Freund dazu brachte, das Weite zu suchen. Immerhin rauswerfen konnte er ihn nicht, sie waren schließlich in Joshuas Wohnung.

»Wandler haben Gefährten«, murmelte er und hielt es im nächsten Moment schon nicht mehr aus. Behutsam küsste er Nick über die verletzte Wange, dann auf einen Mundwinkel und gleich darauf seine weichen Lippen.

Nick gab einen undefinierbaren Laut von sich und öffnete den Mund. Seine warme Zungenspitze glitt über Joshuas Lippen und verlangte Einlass.

Nur zu gern gab Joshua dieser Aufforderung nach. Er kam Nick entgegen, und während ihre Zungen sich umtanzten, spürte er, wie Nick seine Hände unter sein Sweatshirt und auf seinen bloßen Rücken schob. Eine herrliche Gänsehaut rann über Joshuas Haut. Dummerweise war er noch nicht fertig mit seiner Erklärung.

Irgendwie gelang es ihm, sich aus dem Zungenkuss zu lösen. Was er allerdings nicht schaffte, war, von Nick abzulassen. Er musste weitere halbwegs keusche Küsse auf die samtige Haut drücken. Musste eine Hand in dem zerzausten Haar vergraben und mit der anderen über seine Schulter streicheln.

»Gefährten ... das sind ... sie passen besonders gut zusammen«, nuschelte er. »Sie passen ... passen wundervoll zusammen. Also seelisch ... und biologisch. Und so.«

Nick gab einen zustimmenden Laut von sich und leckte über seinen Hals. Gleichzeitig manövrierte er eine Hand unter Joshuas Hosenbund und schaffte es, den Ansatz der Pobacken zu erreichen. Genau da, wo sie sich trafen.

Ein heißer Schauer rann über Joshua und gleich darauf durch seinen Körper. *Konzentration!* Gar nicht so einfach bis hin zu unmöglich, wenn Nick die Hüfte wieder anhob und einen kleinen Kreis beschrieb.

Joshua stöhnte. »Und … sie können sich vereinen«, endete er. Das letzte Wort wurde bei einem
zweiten Hüftkreis zu einem neuen Stöhnen.

»Vereinen klingt gut«, murmelte Nick heiser und
zog ihn in einen tiefen Kuss.

KAPITEL 35

Fand Joshua auch, Hamster und Mensch waren da vollkommen einer Meinung. Aktuell waren sie beide in erster Linie für die körperliche Vereinigung. Der Rest konnte warten. Aber genau dafür war auf dem Sofa einfach zu wenig Platz. Besonders da Joshua mehr wollte, als sich nur gegenseitig bis zum Höhepunkt zu streicheln und zu reiben.

Sein Kopf mochte nicht klar genug sein, um die Verbindung ausreichend ausführlich erklären zu können. Aber dafür reichten seine Gedanken auf jeden Fall. Unter Nicks gemurmelten Protest stemmte er sich hoch; sein Freund folgte ihm umgehend, ohne den Kuss wirklich zu unterbrechen.

Hatte den enormen Vorteil, dass nun mehr weder die Couch noch Joshuas eigener Körper viel von Nick verdeckten. Er konnte mit den Händen so ziemlich überall herankommen. Weidlich nutzte er das aus. Nick fasste sich aber auch zu wundervoll an!

Umgekehrt schien Nick das ebenso zu finden. Jede Stelle an Joshuas Körper, die sein Freund erreichen konnte, kribbelte von den ungezählten Berührungen und Streicheleinheiten, die er ihm schenkte.

Schließlich unterbrach Nick den Kuss. »Ich will dich!«, sagte er hitzig mit so verschleiertem Blick, dass er Joshua genau wie der Tonfall direkt zwischen die Beine fuhr. Energisch zerrte er ihm im nächsten Moment das Sweatshirt über den Kopf.

Kurzerhand tat Joshua es ihm nach. Tief atmete er ein, als sein Blick gleich darauf über den schlanken Oberkörper glitt. Nick war nicht trainiert, aber wundervoll anzuschauen. Einzig der beginnende, faustgroße blaue Fleck auf seinem Bauch störte den Anblick und ernüchterte Joshua ein wenig.

Behutsam berührte er die Stelle. »Geht es dir gut?«

»Was? Oh. Ja.« Nick warf nur einen flüchtigen Blick darauf, offensichtlich viel zu fasziniert von Joshuas Körper. Mit den Fingerspitzen erkundete er seine Brust, grinste bei dem Übergang vom Flaum zu den Stoppeln, wo Fluffi rasiert gewesen war. Dann beugte er sich vor und leckte über eine Brustwarze, um sie im nächsten Moment mit den Lippen zu umfangen und daran zu saugen.

Joshua stöhnte auf, als ein heißer Stich durch ihn hindurch raste und zwischen seinen Beinen zu explodieren schien. Seine Hose war ohnehin schon viel zu eng, gerade ging sie noch mal ein Stück ein. Eindeutig. Die musste er dringend loswerden.

»Komm«, sage er heiser, umfing Nicks Hände und stand auf. »Im Schlafzimmer ist mehr Platz. Und alles, was wir gleich brauchen könnten.«

»Hm, gut«, murmelte Nick, umarmte ihn und zog ihn in den nächsten Kuss, als wäre Joshuas Mund magnetisch.

Nicks war das auf jeden Fall, denn Joshua konnte sich einfach nicht davon lösen.

Irgendwie schaffte er es, sie in Richtung Schlafzimmer zu lotsen, ohne das Streicheln und Küssen unterbrechen zu müssen. Als sie endlich Arm in Arm aufs Bett fielen, waren sie beide unterwegs alles bis auf ihre Shorts losgeworden. Nicks hing allerdings mittlerweile auf Halbacht, dafür ruhten Joshuas Hände auf seinen festen Pobacken. Auch die fassten sich traumhaft an, wie überhaupt alles an Nick.

Joshua rollte herum, bis er auf Nick lag, dann richtete er sich halb auf. Genüsslich küsste er eine Spur die haarlose Brust hinab, den Bauch entlang, bis er die aufragende Erektion erreichte. Von der hatte Joshua beim letzten Mal eindeutig zu wenig gehabt. Mmh, Nick duftete verführerisch, auch hier. Der Geruch benebelte seine Sinne, verlangte danach, Nick zu mehr dieser herrlichen Halblaute, zum Keuchen und Stöhnen zu bringen.

Genießerisch leckte Joshua einmal an der pulsierend samtheißen Länge entlang und stöhnte selbst, als sein Gefährte ihm ächzend die Hüften entgegen hob.

»Mehr«, keuchte Nick.

Gerne hätte Joshua ihm mehr gegeben. Er wollte Nick in den Mund nehmen, schmecken, lecken, saugen. Nur war er sich gleichzeitig sicher, dass sie es beide nicht mehr allzu lang durchhielten. Stattdessen streifte er ihm die Shorts von den Beinen und seine gleich mit dazu. Besser. So viel besser. Ungeduldig beugte er sich zum Nachttisch und holte ein Kondom und die Gleitgeltube heraus.

Aus vor Erregung dunklen Augen folgte Nick ihm mit den Blicken. Die verführerisch geteilten Lippen ließen einen Schimmer seiner Zähne erahnen und lockten Joshua, ihn erneut innig zu küssen. Im Licht der Deckenlampe glitzerte ein feiner Schweißfilm auf seiner Haut, verlangte regelrecht danach, jede noch so kleine Stelle mit der Zunge zu erkunden. Ihn zu schmecken. Herauszufinden, ob er überall gleich lecker war. Seine Brust hob und senkte sich im Rhythmus seines schnellen Atems; Nick wirkte, wie nur eine Liebkosung vom nächsten lustvollen Stöhnen entfernt.

Himmel, der Mann war Versuchung, Verlockung und Sünde pur! Und noch eine ganze Menge mehr. Joshua konnte nicht anders, als sich gleich wieder für weitere Küsse auf ihn zu stürzen und um ihn der Länge nach an sich zu spüren.

»Ich will dich«, flüsterte Nick undeutlich in Joshuas Mund. »Will dich in mir.«

Joshuas Lenden zogen sich zusammen vor Lust. Dass er nicht allein von dieser Aufforderung kam, war auch schon alles. Er brummte etwas, das eine Zustimmung sein sollte. Aber dann brauchte er trotzdem mehrere weitere Küsse, um sich ausreichend von Nick lösen zu können und seinen Freund umzudrehen.

Mann, diese Rückseite! Der hatte er noch viel zu wenig Beachtung geschenkt. Klar, dem Hintern schon, aber Nick war von oben bis unten küssens- und berührenswert.

Rigoros biss sich Joshua auf die Unterlippe, um seine Beherrschung zu bewahren. Die wurde gleich darauf auf eine harte Probe gestellt, als Nick sich auf die Knie aufrichtete und ihm seine Kehrseite viel zu verlockend präsentierte.

»Mach!«, verlangte er ungeduldig. »Jetzt!«

Joshua grinste. Wow, konnte sein sanfter Gefährte fordernd werden. »Zu Befehl!«

Sorgfältig rieb er Nick mit reichlich Gleitgel ein, dehnte ihn behutsam und brachte ihn allein damit zu weiteren dieser zauberhaft lustvollen Laute, zum Wimmern und Stöhnen. Joshua war sich wirklich nicht sicher, wie er es schaffte, das durchzustehen, ohne sich einfach in diesem süßen Hintern zu versenken.

Aber erst … Kondom. Hektisch streifte er es über. Wandler waren weitgehend immun gegen die meisten Menschenkrankheiten, doch das Restrisiko wollte Joshua trotzdem nicht eingehen. Weder für sich noch für Nick.

»Bereit?«, fragte er atemlos.

»Schon seit Stunden«, knurrte Nick. »Mach. Ich will dich in mir spüren!«

Joshua kämpfte darum, um nach dieser Forderung trotzdem einigermaßen kontrolliert in Nick einzudringen. Auf keinen Fall wollte er ihm …

Mit einem Ruck drängte Nick sich ganz ohne jede Vorsicht nach hinten. Erleichtert stöhnte er auf, als

Joshua ihn bis zum Anschlag ausfüllte. »Oh ja! Du fühlst dich toll an.«

Fand Joshua auch. So heiß, so eng. Begierig packte er Nicks Hüften und begann, sich in ihm zu bewegen. Stoß um Stoß kam Nick ihm entgegen, während die Hitze in Joshua immer weiter zunahm. Er ließ sich nach vorne sinken, umfing seinen Gefährten mit einem Arm und schloss die freie Hand um Nicks Erektion. Das Gefühl der erhitzten, weichen Haut, die Härte machten ihn nur noch mehr an.

Während er fest in ihn stieß, streichelte er Nick im selben Rhythmus. Fahrig drückte er Bisse und Küsse auf seinen Hals, seinen Rücken, keuchte wieder und wieder seinen Namen. Endlich ... endlich waren sie vereint.

Nicks Stöhnen wurde zu atemlosen Schreien. Im nächsten Moment erfasste ihn ein Beben, er warf den Kopf in den Nacken, kollidierte mit Joshuas Schulter.

Der Schaft in Joshuas Fingern wuchs erneut an, begann zu zucken. Joshua stieß kraftvoller zu, schneller, bewegte sich nur noch für sich, als Nick Schub um Schub kam.

Die Enge, die Laute, die Hitze, es war zu viel. Joshuas Arm schloss sich fester um seinen Gefährten. Noch einmal und noch einmal trieb er sich in ihn, ehe sich die Welt zu einem Punkt in ihm zusammenzog und in Gleißen und Lust explodierte.

Schwer atmend sackte er auf ihm zusammen, während Nick auf die Matratze sank, als wäre er flüssig. Eine ganze Weile lagen sie einfach nur da.

Endlich schaffte Joshua es, von seinem Freund herunterzurutschen und sich aus ihm zurückzuziehen. Gleich vermisste er die Nähe. Trotzdem streifte er das Kondom ab, knotete es zusammen und warf es neben das Bett.

Nick nutzte die Gelegenheit, um eine Decke unter ihnen hervorzuzerren, ehe er sich wieder an Joshua ankuschelte und sie über sie zog. Sein Gesicht schien vor Glück und Zärtlichkeit zu glühen.

»Wow«, sagte er leise und küsste Joshua behutsam auf die ein wenig wunden Lippen. Dann grinste er. »Wow! Das war ... wow!«

Zufrieden erwiderte Joshua das Grinsen und zog Nick enger an sich. »Der beste Sex, den du je hattest?«

Nick musste lachen. »Das wüsstest du wohl gerne. Nee, wenn ich dir sage, ob das stimmt oder nicht, strengst du dich beim nächsten Mal vielleicht nicht mehr ausreichend an.«

KAPITEL 36

Mit einem Glucksen biss Joshua ihm in die Unterlippe. »Ich werde mich immer anstrengen. Dich die Beherrschung verlieren zu sehen, deine Schreie zu hören … das ist erst mal *wow*.« Behutsam streichelte er über die blaue Wange. »Ist alles okay, Nicki? Waren wir nicht zu wild?«

Nick schüttelte den Kopf, sein Grinsen wurde zu einem Lächeln, das Joshuas Welt erhellte. »Ich fühle mich wundervoll. Alles in mir glüht. Auf kribbelnd weiche Art. Ich hätte nicht gedacht, dass ich mich nach *dem* Abend so herrlich würde fühlen können. So gut. So sicher. So geborgen. Danke.«

Joshua schob ein Bein über Nicks, um ihm näher zu sein. Und irgendwie auch, um ihn zu beschützen, damit sein Freund dieses Gefühl beibehalten konnte. »Ich will immer für dich da sein«, sagte er mit vor Zärtlichkeit rauer Stimme. »Du bist mein Gefährte.«

Nick zog die Stirn in niedlich grüblerische Falten.

Joshua wollte sie küssen. Jede einzelne.

»Stimmt, du hattest da etwas gesagt. Ich war …« Wieder grinste Nick. »Ich war abgelenkt und du nicht sonderlich konzentriert. Was war das genau mit den Gefährten?«

»Also ich fand meine Erklärung eloquent.« Grinsend küsste Joshua Nicks Nasenspitze und schob eine Hand in seinen Nacken, um die kurzen Härchen zu kraulen.

Nicks Lider glitten halb zu. Genüsslich streckte er den Hals, um Joshua mehr Raum zu geben, wandte den Blick jedoch nicht von ihm ab. »Dann erkläre es mir noch einmal weniger eloquent, dafür aber ausführlicher.«

Irgendwie war das gar nicht so leicht. Jetzt runzelte Joshua die Stirn; ihm fiel die Broschüre wieder ein. Darin klang das, was einfach wundervoll und das Beste war, was einem Wandler passieren konnte, total nüchtern.

»Ein Gefährte ist der ultimative Partner«, sagte er nach einem Moment des Zögerns. »Findest du deinen Gefährten, findest du sozusagen ein Stück deiner Seele, das in einem anderen Körper unterwegs ist. Gefährten passen zusammen. Ergänzen einander. Harmonieren miteinander. Es ist fast immer Liebe auf den ersten Blick. Oder auf den ersten Atemzug.« Er grinste. »Ich habe dich gerochen, bevor ich dich richtig gesehen habe. Hamster sind verdammt kurzsichtig.«

Überrascht hob Nick die Brauen. »Ernsthaft?«

»Ja, liegt daran, dass sie nicht wirklich viel scharf erkennen müssen. Dafür können sie Bewegungen sehr gut sehen, um sofort zu flüchten, falls ein Raubvogel angreift.«

Kichernd schüttelte Nick den Kopf. »Ich meinte, dass du mich zuerst gerochen hast. Hab ich so gestunken?«

»Gestunken? Im Gegenteil!« Voller Behagen vergrub Joshua das Gesicht in Nicks Halsbeuge und atmete tief durch. Hm, so erhitzt und frisch nach dem Lieben roch sein Gefährte noch einmal so lecker. »Du duftest für mich wie der Himmel.«

»Also bist du eigentlich nur einem Hormoncocktail verfallen?« Mit einem Schlag wirkte Nick unsicher. Zwischen seinen Brauen konnte Joshua etwas erkennen, das gerade so keine Falte war. Um seinen Mund lag ein angespannter Zug.

Sofort musste Joshua ihn küssen. Das half nur mit der Erklärung nicht weiter. »Ich bin *auch* deinem Hormoncocktail verfallen. Gibt wohl nur wenige Paare, die sich im wortwörtlichen Sinne nicht riechen können. Wir sind Menschen, auch wir Wandler. Menschen funktionieren nun mal mit und über Hormone. Aber ich bin dem ganzen Nick verfallen. Deinem Humor, deinem Lachen, deinen traumhaften Augen. Deinem Lächeln. Deiner Leichtigkeit. Deiner süßen Art. Wie du mich ansiehst. Deiner Wärme.«

Es wurde schwer weiterzureden, denn Nicks Augen leuchteten derart hell, dass es Joshua schlicht die Sprache verschlug. Oh Mann, so unendlich niedlich!

»Jetzt schaust du wie Fluffi, dem ich einen Joghurtdrop vor die Nase halte.«

Die Mischung aus Liebe, Zärtlichkeit und Lachen in Nicks Stimme half Joshua nicht, seine eigene wiederzufinden. Schon wieder musste er ihn küssen. Ging nicht anders.

Voller Enthusiasmus erwiderte Nick den Kuss.

»Du bist besser als jeder Joghurtdrop«, murmelte Joshua schließlich und brachte Nick damit zum Lachen.

»Das will ich hoffen. Joghurtdrops gibt es wie Sand am Meer, mich gibt es nur einmal«, neckte Nick mit funkelnden Augen. »Okay, ich bin also das supermega-ultimative Leckerli für dich, das du zufällig gefunden hast, weil ich dufte wie Mehlwürmer und Joghurtdrops zusammengenommen. Was ist das mit dem Vereinen? Das galt vorhin nicht dem Sex, oder?«

Joshua gluckste. Und wie er Nicks Humor liebte! »Du riechst kein Stück nach Mehlwürmern, egal wie gern Hamster die mümmeln. Und das Vereinen galt nicht dem Sex, stimmt. Es ist … es ist Hochzeit auf Wandlerart, sozusagen. Nur bindender. Und mit biologischen Auswirkungen.«

Fragend hob Nick die Brauen. Er sah ein wenig skeptisch aus. Vielleicht sogar misstrauisch.

Joshua konnte es ihm nicht verdenken. Er eroberte Nicks Arm und legte ihn zwischen sie, Handfläche nach oben. Sacht zeichnete er mit einer Fingerkuppe einen Kreis auf seinen Puls und bescherte seinem Gefährten damit eine herrliche Gänsehaut.

»Ich würde dir hier ein Zeichen malen. Du mir hier.« Er deutete auf sein eigenes Handgelenk. »Eine Art Rune der Verbindung. Ein magisches Seelentor. Dann innerhalb des Zeichens ein kleiner Schnitt, eben nur tief genug, dass Blut fließt. Wir halten die Zeichen aufeinander, sodass die Runen eins werden und sich unser Blut vermischen kann. Damit binden wir uns aneinander.«

»Blutsbrüderschaft?« Ganz geheuer schien es Nick nicht zu sein, doch er war eindeutig fasziniert.

Joshua schüttelte den Kopf. »Ja und nein. Also eine ähnliche Verbindung, ja. Nur wären wir alles, aber keine Brüder.« Er grinste und kniff Nick in den süßen Hintern. »Mit meinen Brüdern habe ich echt kein Bedürfnis, ins Bett zu gehen. Mit dir will ich am liebsten nicht wieder hinaus.«

Nick kicherte. »Gut. Beides.«

»Finde ich auch.« Joshuas Herz machte einen kleinen Hüpfer. Ein kichernder Nick war jedes Mal aufs Neue derart süß, dass er ihn küssen wollte, doch dieses Mal hielt er sich zurück. »Bei Menschen, die keine Gefährten sind, kannst du noch so oft das Seelentor zeichnen und das Blut vermischen. Bei aller Magie wird da nichts passieren. Will einer von beiden die Vereinigung nicht, funktioniert es ebenfalls nicht. Der Wunsch wirkt seine eigene Magie und aktiviert die der Verbindung erst. Sie ist nichts, das man erzwingen kann.«

Irgendwie schien Nick erleichtert zu sein. Seine Schultern entspannten sich genau den Hauch, der sichtbar war, der Ansatz der Falte verschwand zwischen seinen Brauen.

Hatte er geglaubt, Joshua würde sich ihm aufdrängen wollen? Sanft küsste er ihn auf die Stirn. »Ich würde dich nie zu etwas zwingen, Nicki«, brummte er. »Außer mir zuzuhören, wenn wir mal wieder ein Missverständnis haben sollten.«

»Du nicht, aber die Magie vielleicht«, murmelte Nick und kuschelte sich enger an ihn. »Ich kenne mich damit nicht aus. Die hat bis vor ein paar Tagen noch gar nicht in meiner Welt existiert. Und was macht diese Vereinigung?«

Das ließ Joshua das Herz leichter werden. Wenn er etwas auf gar keinen Fall wollte, dann dass Nick sich vor ihm fürchtete. Oder angespannt in seiner Gegenwart war, weil er erwartete, dass Joshua etwas tat, das er nicht wollte. »Sie schweißt uns zusammen. Sie bindet uns aneinander. Du wirst nie wieder einen anderen Partner wollen als mich, ich keinen anderen als dich.« Wollte er sowieso nicht. »Außerdem verlängert sie unser Leben. Gefährten können bis zu fünfhundert Jahre alt werden.«

Dass ungebundene Wandler nach gut der Hälfte eines Menschenlebens starben, erwähnte er nicht. Das würde Nick unnötig unter Druck setzen. Sagte auch die eigentlich nutzlose Broschüre.

»Oh.« Nicks Lippen verharrten gespitzt, als müsste er stumm noch weitere Ohs anfügen. Aus großen Augen sah er ihn an. Klar, *das* musste er erst einmal verdauen.

Trotzdem dachte Joshua wieder nur ans Küssen. Oh Mann. Aber dieser Mund lud einfach dazu ein! Mühsam riss er seinen Blick davon los. »Ja. Exakt. Also … jetzt weißt du's.«

Dann konnte er nicht länger widerstehen und küsste ihn doch. Genau auf die gespitzten Lippen, die sich gleich entspannten und auf seine schmiegten. Sanft erwiderte Nick den Kuss, als hätte er nur darauf gewartet.

»Musst dich nicht sofort entscheiden«, sagte Joshua nach einem ewigen Moment. »Wir haben Zeit.« Er war ja erst dreißig. Kritisch wurde es ab vierzig. »Mach dich einfach mit dem Gedanken vertraut, 'kay?«

Erleichtert lächelte Nick und küsste ihn aufs Neue. »Gut. Danke. Denn ... du musst zugeben, das klingt verrückt.«

»Verrückter, als ein Mann, der sich in einen Hamster verwandelt?« Joshua gluckste und biss ihn in die Unterlippe. Das machte er entschieden zu gerne.

Nick schauderte aber auch so herrlich zufriedenstellend dabei. »Nicht wirklich«, gab er zu. Sanft streichelte er über Joshuas Schulter und seinen Rücken hinab, bis die Hand auf Joshuas Po liegen blieb. Nicks Lächeln wurde zu einem frechen Grinsen. »Gerade mag ich mich allerdings lieber mit deinem Körper vertraut machen als mit Magie.«

Dagegen hatte Joshua nicht das Mindeste einzuwenden.

Die Nacht wurde lang, und das auf die denkbar beste Art. Sie hatten Sex, redeten, hatten mehr Sex. Sie flüsterten sich romantische Dinge zu und schliefen erneut miteinander, ehe sie noch ineinander verschlungen und halb aufeinander liegend in den Schlaf drifteten.

Als Joshua erwachte, war es später Vormittag. Die Sonne schien ins Schlafzimmer, denn aus vollkommen unerklärlichen Gründen – er grinste – war er am Abend nicht dazu gekommen, die Vorhänge zu schließen.

Nick schlief noch immer, eng an ihn gekuschelt und unwiderstehlich süß. Er lag auf der rechten Seite, gut so. Vermutlich schmerzte der Bluterguss auf der linken Wange bei Druck.

Joshua wollte ihn wegstreicheln. Ging natürlich nicht. Hoffentlich wurde der Arsch, der ihm das angetan hatte, für eine lange Zeit weggesperrt. War zwar nicht wirklich wahrscheinlich, denn nach den Buchstaben des Gesetzes hatte er wohl nicht viel getan. Trotzdem hoffte Joshua das. In ihm grollte es. Sollte der Kerl noch einmal so viel wie einen Finger an seinen Nick legen, würde Joshua einen Weg finden, um …

Nicks Wimpern flatterten, dann hoben sich seine Lider und offenbarten den Blick auf herrlich verschlafene Augen. Im nächsten Moment zog ein Lächeln über das Gesicht seines Gefährten.

»Morgen«, nuschelte Nick.

»Morgen, Nicki.« Joshuas Herz zog sich vor Zärtlichkeit zusammen. Alle Gedanken an den Arsch drifteten davon. Die würden zurückkommen, keine Frage. Aber gerade jetzt und gerade hier hatten sie keinen Raum.

Hier war er mit seinem Gefährten. Mit dem wundervollsten Mann der Welt. Und Joshuas Leben hatte eben erst so richtig begonnen.

EPILOG

Hochsommer. Zeit der verboten kurzen Shorts, die Nick ausschließlich innerhalb ihrer eigenen vier Wände zu tragen wagte. Das dafür aber umso lieber, weil er es mochte, wie Joshua seine Beine und seinen Hintern ansah. Auch die Zeit zum Baden im Meer, für Strandspaziergänge und zum Frühstücken auf dem Balkon.

Nick liebte diese Jahreszeit. Er spannte den Sonnenschirm auf und verteilte das Geschirr vom Tablett auf den Tisch. Joshua belud in der Küche das zweite Tablett mit dem halben Inhalt ihres Kühlschranks und kochte Kaffee.

Nicks Herz machte einen glücklichen Satz, sobald er darüber nachdachte. Vier Monate waren sie schon zusammen. Seit zwei Monaten wohnten sie in Joshuas Wohnung. Irgendwie war das nur logisch und folgerichtig gewesen. Nick war ohnehin nicht mehr viel nach Hause gekommen. Einmal, weil sie sich nicht trennen wollten. Zum anderen, da er immer noch Sorge hatte, dass Shaw wieder bei ihm vor der Tür stehen könnte, um Rache zu nehmen. Oder jemanden dafür schickte.

Schließlich kannte Shaw jetzt seinen Namen; das ließ sich während einer Gerichtsverhandlung nicht vermeiden. Damit wusste er auch, dass Nick ihn angelogen hatte von wegen »Wohnungssitting für einen Freund«. Vier Monate hatte er aufgebrummt bekommen.

Joshua hatte geschimpft, dass das viel zu wenig sei, doch es war bereits am obersten Limit für das gewesen, was Shaw getan hatte. Nicht für das, was er hatte tun wollen, aber natürlich hatte der Kerl behauptet, sein Verhalten zutiefst zu bereuen. Nick glaubte ihm kein Wort. Nicht bei dem eisigen Blick voller Hass, den der Mann ihm zugeworfen hatte.

Noch immer schauderte Nick bei der Erinnerung. Er lehnte das Tablett an die Wand, als Joshua mit der Kaffeekanne nach draußen kam. Sein Haar war total zerzaust und machte dem Plüschfell von Fluffi alle Ehre. Mochte daran liegen, dass Nick seine Hände nicht daraus fernhalten konnte. Er grinste und stahl sich einen Kuss.

So schnell, wie Joshua die Kanne abgestellt und ihn in die Arme gezogen hatte, konnte er gar nicht schauen.

Auflachend schmiegte Nick sich an den nackten Oberkörper seines Freundes. Seines Gefährten. Mittlerweile hatte er sich an das Wort gewöhnt. Es füllte ihn mit Wärme, wenn Joshua sie so bezeichnete, sobald er Nick irgendwo vorstellte. Sie gehörten zusammen. Fest.

»Ich liebe dich«, sagte er mit einem zufriedenen Seufzen und erwiderte die Umarmung.

»Ich weiß.« Joshua grinste und küsste ihn gleich noch einmal.

»Fluffi, das ist nicht zufriedenstellend, wenn du mit so etwas Unromantischem antwortest«, maulte Nick gespielt empört und biss ihm in die Unterlippe.

Hinreichend angemessen erschauderte Joshua, ehe er erneut grinste. »Ich weiß.«

Nick schnaubte und musste lachen. »Und darum tust du das? Weil du mich gerne unbefriedigt zurücklässt?«

»Unbefriedigt?« Joshua hob eine Braue, dann die zweite, ehe sein Grinsen breiter wurde. »So nennt man das also, wenn du vor Lust die halbe Nachbarschaft zusammenbrüllst?«

Unwillkürlich wurde Nick rot. »Josh, wir sind auf dem Balkon«, murmelte er, aber konnte nicht verhindern, dass sich ein träges Lächeln auf seinem Gesicht ausbreitete.

Ja, der Sex mit seinem Freund war immer wieder aufs Neue mehr als fantastisch. War offensichtlich auch eine Gefährtensache, dass sie im Bett so gut harmonierten. Nicht, dass jedes Mal perfekt war oder glatt lief, aber so alles in allem war es schlicht erderschütternd.

Zumindest, wenn es nach Nicks ganz privater Meinung ging. Die er sehr gerne mit Joshua teilte. So, wie er fast alles mit seinem Gefährten teilte. Die Wohnung, das Bett, Sichtweisen, Lachen, Sex, Unternehmungen, den Fahrtweg zur Arbeit, wann immer sie gleiche Schichten hatten. Und das war oft. Extrem praktisch, dass sein Freund in der Personalabteilung arbeitete.

Er sah in die grauen Augen, die ihm die Welt bedeueten. Unglaublich, dass Grau eine so warme Farbe sein konnte. Aber das war sie. Oh, Josh konnte auch eiskalt schauen, doch nie, wenn sich sein Blick auf Nick richtete. Dann entzündete sich umgehend ein Feuer in den seelenvollen Tiefen, leidenschaftlich und lodernd heiß oder liebevoll und sanft sowie in jeder Schattierung dazwischen.

Nicks Brust zog sich vor Glück zusammen. Wie konnte man einen Mann nur so unendlich lieben?

Joshuas Augen weiteten sich, dann hielt er unwillkürlich die Luft an, um sie gleich darauf langsam entweichen zu lassen. Aus seinem Grinsen wurde ein zärtliches Lächeln, ehe er ihn erneut küsste, endlos weich und innig. »Ich liebe dich auch, Nicki«, sagte er leise.

Nick festigte seine Umarmung und schmiegte das Gesicht in Joshuas Halsbeuge. Manchmal wollte er einfach mit diesem wundervollen Mann verschmelzen, um nur nie wieder getrennt von ihm zu sein. Niemals hatte er sich vorstellen können, dass Liebe so überwältigend sein könnte. So bedingungslos. So allumfassend. Und so kompromissbereit.

Joshua kam oft aus seiner Einsiedlerhöhle heraus, um mit Nick feiern zu gehen. Nicht jedes Wochenende, Himmel bewahre. Aber immer mal wieder. Nick hingegen ging mit ihm wandern. Und das nicht nur auf ordentlichen Pfaden. Josh musste ihn anschließend jedes Mal sehr genau nach Zecken absuchen. Nick hasste bereits den Gedanken an diese ekligen Viecher. Trotzdem wanderte er mit Joshua durch Felder, Wiesen und Wälder. Und es machte Spaß.

In der ersten Zeit nach dem Überfall hatte Joshua ihn zudem überallhin begleitet, weil Nick sich kaum noch allein aus dem Haus getraut hatte. Gerade nicht im Dunkeln. Besonders, wenn sonst keine Menschenseele zu sehen gewesen war.

Joshua hatte, unterstützt von Lawrence, ihn liebevoll davon überzeugt, dass es eine gute Idee wäre, sich einen Therapeuten zu suchen. Und er hatte recht gehabt, obwohl Nick am Anfang grummelnd gemeint hatte, dass das Bisschen Angst das nicht rechtfertigte. Es war nicht nur *das Bisschen Angst,* das auf dem besten Wege gewesen war, sich zu einem echten Problem zu entwickeln. Was Nick nicht erwartet hatte, war, dass ihm die Therapie helfen würde, mit seiner Familie umzugehen und Abstand von seinem Onkel zu gewinnen. Aber das tat sie.

Joshua war das Beste, das Nick je passiert war. Und er liebte ihn zum Verrücktwerden.

Nach einem ausgedehnten Samstagsbrunch ging es an den wöchentlichen Wohnungsputz. Joshua wirbelte durch die Küche, während Nick dem Staub den Kampf ansagte. Gründlich. Inklusive dem Leerräumen von Regalfächern, um in jede Ecke zu kommen.

Hinter ein paar Büchern hatte sich eine farbenfrohe Broschüre versteckt. Kitschig aufgemacht mit einem Mann, der einen Wolf umarmte, und einer Frau, die einen Tiger beschmuste. Hatte aufgrund der Motive etwas von religiösen Blättchen und bescherte Nick einen unangenehmen Stich, obwohl Joshua nicht gläubig war.

Er warf einen kurzen Blick auf den Titel, um herauszufinden, ob er sie wegwerfen konnte. *Menschlicher Gefährte – was nun?*

Unwillkürlich grinste er. Wandler hatten Informationsmaterial? Von offizieller Stelle sogar, wie ein entsprechender Schriftzug verriet.

Neugierig legte Nick den Staublappen beiseite und schlug das Faltblatt auf. Das Innere war schlicht gehalten. Ein Einleitungstext pries an, wie bereichernd die Beziehung zu einem Menschen war, hatte man erst einmal die anfängliche Verwirrung gemeistert.

Mit einem Lächeln lauschte Nick auf die Geräusche, die aus der Küche zu ihm drangen. Ja, da war er wohl keine Ausnahme gewesen. Armer Josh.

Dann kamen Tipps, die sich wie die zu einem Coming Out lasen. Ohne die Fotos hätte man die Broschüre auch gut in einen Jugendclub auslegen können.

Die meisten Ratschläge zumindest. Nummer acht hingegen … *Sage ihm nicht, dass du eine kürzere Lebensspanne hast. Das setzt ihn unnötig unter Druck.*

Was?

Kälte rauschte durch Nicks Adern, sein Magen krampfte sich zusammen. Kürzere Lebensspanne. Was hieß das? Halb so alt wie ein Mensch? Fünfzig?

Sechzig? Fünfunddreißig? Je nach Person unterschiedlich? Josh hatte kein Wort davon erwähnt! Offensichtlich ganz nach den Richtlinien dieses verdammten Pamphlets. Das auch nichts dazu sagte, weil es für Wandler vermutlich Allgemeinwissen war.

Mit einem Mal schlug sein Herz viel zu schnell. *Nein. Nein!* Das durfte nicht sein. Er wollte Joshua nicht verlieren. Nicht jetzt, nicht später. Nicht, bevor sie beide alt und grau waren! Seine Hände krampften sich um das Papier.

Aber Joshua hatte gesagt, dass Wandler um die Fünfhundert werden konnten! Nick atmete durch, als ihm das maßgebliche Detail dazu wieder in den Sinn kam. Vereinigt mit ihrem Gefährten. Nick hatte gedacht, er hätte Zeit. Endlos Zeit, bis achtzig oder so, um sich zu entscheiden. Oder zumindest ein bis zwei Jahre. Sie kannten sich doch gerade erst einmal etwas mehr als vier Monate.

Und sie wohnten zusammen. Seit über acht Wochen. Waren ein Herz und eine Seele. Konnten sich nicht im gleichen Raum aufhalten, ohne einander zu berühren. Normal für Gefährten, hatte Josh ihm versichert, und die Wandler-Paare, die Nick bisher kennengelernt hatten, hatten das durch vorgelebtes Beispiel voll und ganz bestätigt.

Das einzig Gruselige an der Vereinigung war, dass sie niemals mehr einen anderen Partner wollen würden. Na ja, wollte Nick sowieso nicht. Er liebte Joshua mit jeder Faser seines Herzens und jedem Fitzel seiner Seele. Er wollte ja, dass sie zusammen bleiben, bis sie alt und grau waren! Und wenn das

Alte und Graue erst in ein paar Jahrhunderten statt-
finden würde, dann war das … ebenfalls ein wenig
gruselig. Er würde seine Freunde altern und sterben
sehen. Nicks Herz krampfte, als er an Lawrence
dachte.

Andererseits bot es auch spannende Möglich-
keiten. Er konnte zuschauen, wie sich die Welt ent-
wickelte. Hatte viel mehr Zeit für alles, und das mit
dem besten Mann des Universums an seiner Seite.

Der gemeint hatte, es sei eine gute Idee, ihm so ein
unwichtiges, vernachlässigbares Detail zu verschweigen. Eines, das ihn in Lebensgefahr brachte. Nicks
Herz krampfte erneut. Sein Magen machte mit.
Warum hatte Joshua ihm das nicht erzählt? Dieser
verdammte, rücksichtsvolle Idiot!

»Joshua?« Wütend stapfte Nick in die Küche. »Ich
will die Vereinigung. Jetzt.«

»Was?« Verdutzt drehte Joshua sich zu ihm um.
Für einen Moment huschte unbändiges Glück über
sein Gesicht, als er ganz offensichtlich den Sinn der
Worte begriffen hatte. Dann verschwand es und
wurde von Vorsicht ersetzt. »Nicki, ich will das auch.
Sehr gerne! Aber du siehst zornig aus, nicht voller
Erwartung.«

Nick klatschte ihm die Broschüre gegen die Brust.
»Wie viele Jahre hast du noch? Eines? Zwei? Fünf?
Weißt du das überhaupt?« Oh ja, er war sauer. Weil
Wut besser war als die Angst, die dahinter lauerte.
Und die mit Tränen drohte.

»Oh«, sagte Joshua leise. »Deswegen. Ich wollte
dich nicht … oh nein, bitte, nicht weinen!« Bestürzt

sah er ihn an. »Nicht weinen, wirklich! Bitte!« Er hob die Hände, hielt inne, dann zog er ihn kurzerhand doch an sich. »Nicki, ich bin erst dreißig. Ich habe noch ein paar reichliche Jahre vor mir. Darum habe ich nichts gesagt.«

Nick biss sich auf die Unterlippe, um nicht zu schluchzen. Fest umfing er seinen Freund und drückte ihn an sich, während er das Gesicht an seiner Schulter vergrub, um ihn die Tränen nicht sehen zu lassen. Denn die flossen nun über. Immerhin schien es keine akute Bedrohung sein. Wenigstens etwas.

»Du doofer Hamster, du«, schniefte er. »Du kannst mir doch so was nicht einfach verschweigen.«

»Ich wollte dich nicht unter Druck setzen«, murmelte Joshua direkt neben seinem Ohr und drückte ihm kleine Küsse auf die Stelle dahinter, auf den Hals und auf den Kopf. »Ich hätte es dir gesagt. Wenn es akut geworden wäre, ohne dass du dich für die Vereinigung entschieden hättest. Aber warum hätte ich dich vorher stressen sollen?«

»Damit so etwas wie jetzt nicht passiert«, grummelte Nick. »Damit ich nicht über Broschüren stolpere. Damit ich gleich weiß, was los ist, statt halbe Informationen zu bekommen.«

»Ich dachte, ich hätte die weggeworfen.« Joshua klang ein wenig schuldbewusst.

Mit einem Schnauben kniff Nick ihm in die Seite. »Das ist nicht der Punkt, mein Lieber. Hätte ja auch sein können, dass mich einer unserer Wandlerfreunde aufklärt. Aus Versehen. Wie alt kannst du werden, wenn du keinen Gefährten hast?«

»Ich bin ein Kleintierwandler. Vierzig bis fünfundvierzig, so ungefähr.« Sanft küsste Joshua ihn erneut. »Siehst du, ich habe noch viel Zeit. Du kannst dir das in Ruhe überlegen.«

Bitte was? »Sag mal, spinnst du?« Empört sah Nick auf. »Überlegen? Was gibt es denn da zu überlegen, jetzt da ich weiß, was passiert, wenn wir das nicht machen? Glaubst du allen Ernstes, ich lasse dich sterben?«

Immerhin hatte Joshua den Anstand, verlegen auszusehen. »Nein. Und deswegen wollte ich nicht, dass du es erfährst. Ich habe mir hoffnungsvoll vorgestellt, dass du dich für die Vereinigung entscheidest, weil du mit mir zusammen sein willst. Wenn ich dir in ein paar Monaten einen Antrag gemacht hätte. Und dann hätte ich dir sagen können, was passiert wäre, wenn wir uns nicht vereinigt hätten. Etwas anderes habe ich ehrlich gesagt gar nicht in Betracht gezogen.«

Und das zu Recht. Natürlich hätte Nick den angenommen! Wie wundervoll! Was sich Joshua wohl ausgedacht hätte? »Oh Mann, jetzt wünschte ich auch, du hättest die Broschüre wirklich weggeworfen.« Weniger Schreck für ihn und einen romantischen Antrag. Er seufzte, dann kuschelte er sich wieder an seinen Freund. »Sorry. Ich hätte wissen müssen, dass du nicht so unverantwortlich bist. Aber ich habe mich dermaßen erschreckt ... Ich will dich nicht noch einmal verlieren.«

»Noch einmal? Hast du mich denn schon mal verloren?«, fragte Joshua verdutzt.

»Zweimal sogar.« Unwillkürlich ließ Nick seinen Griff fester werden. Es zählte vielleicht nicht für Joshua, doch für ihn sehr wohl. »Einmal Fluffi, Fluffi. Das hat mich wirklich mitgenommen, obwohl du nur ein Hamster warst, den ich zwei Tage lang kannte. Ich glaube, ich hab das damals schon gespürt, dass du mein Gefährte bist. Und dann, als ich dich rausgeworfen habe. War meine Schuld, hat aber trotzdem wehgetan.«

»Du wirst mich nicht verlieren.« Sehr bestimmt legte Joshua den Spüllappen beiseite, den er noch immer in der Hand gehalten hatte. Mit feuchten Fingern hob er Nicks Kinn an und drückte einen energischen Kuss auf seine Lippen. »Nicki, tut mir leid, dass dich das so mitgenommen hat. Tut mir leid, dass diese nutzlose Broschüre herumlag. Und dass das jetzt kein Stück mehr romantisch ist oder auch nur ein Minimum an Vorbereitung hat.«

Nick grinste schief. »Kannst du doch nichts dafür, wenn ich zu gründlich Staub wischen muss. Hätte ich das mal so wie du gemacht.«

Joshua lachte auf und gab ihm einen Klaps auf den Hintern. »Wird da jemand frech?«

»Tu nicht so, als würdst du das nicht mögen«, frotzelte Nick und fühlte sich um drei Stufen besser. Er holte Luft, um Joshua zu fragen, ob sie sich trotzdem gleich und auf der Stelle verbinden konnten. Sicher war sicher.

Im selben Moment ging Joshua vor ihm auf ein Knie, nahm seine Hände und küsste sie. »Ich habe jetzt keine Ringe, Nicki, weil ich null vorbereitet bin.«

Nicks Herz machte einen Satz. Der würde doch nicht …

»Keine Blumen, keinen Plan und nichts. Dass ich dich über alles liebe, ist keine Neuigkeit für dich. Sag ich dir trotzdem noch mal, mein Joghurtdrop. Ich liebe dich. Mehr als jeder Hamster seine Mehlwürmer.« Joshua lächelte von unten zu ihm empor, so voller Liebe und Zärtlichkeit, dass Nicks Knie nachzugeben drohten. »Du bist mein Ein und Alles. Willst du mich heiraten? Auf Menschen- und auf Wandlerart?«

Tränen traten in Nicks Augen. Heiraten? Das war … irgendwie mehr als eine Verbindung, damit Josh ihm nicht wegstarb. Glück strudelte durch ihn hindurch in einem blubbernden, leuchtenden Wirbel, der ihn lachen ließ.

Kurzerhand sank er ebenfalls auf die Knie und zog Joshua an sich. Er wollte seine Antwort schmettern, begeistert und voller Enthusiasmus, doch seine Stimme hatte sich verabschiedet. Heraus kam nur ein ersticktes Flüstern. »Ja.«

Joshua verstand ihn trotzdem. Klar, er hatte ja hamsterfeine Ohren. Stürmisch bedeckte er Nicks Gesicht mit Küssen, lachte, küsste ihn erneut.

Begeistert erwiderte Nick die Küsse, das Lachen und weitere Küsse. Er liebte ihn. Himmel noch mal, er liebte diesen Mann so sehr! Joshua war alles, was er sich erträumt hatte, und mehr. Für Sex lohnte es sich vielleicht nicht, sich mit seiner Familie zu überwerfen. Für Joshua? Und wie! Für die Liebe, für die Freiheit, für das Glück, das dieser wundervolle Mann ihm schenkte.

Eine halbe Ewigkeit hielten sie einander schließlich im Arm, ohne sich zu rühren.

Bis Joshua brummte: »Meine Knie tun weh. Hätte ich auch nicht gedacht, dass ich dir auf unserem Küchenboden einen Antrag machen würde. Total unromantisch. Hoffentlich heiratest du mich trotzdem, wenn du Zeit zum Nachdenken hattest.«

Nick lachte, küsste ihn erneut und ließ ihn weit genug los, dass sie aufstehen konnten. Dann sah er ihm mit einem Lächeln an, das all das ausdrückte, was er empfand. »Es war der wundervollste Antrag, den ich mir vorstellen konnte. Fliesenboden und Spüllappen inbegriffen. Dürften nicht viele Männer von sich sagen können, dass ihr Schatz es schafft, die Romantik trotzdem hinzubekommen.« Er grinste und umarmte ihn gleich wieder. »Josh … es gibt keine Vorgaben, wie so eine Vereinigung zu funktionieren hat, nicht wahr? Keine Vorbereitungen, die wir treffen müssen, richtig?«

Joshua schüttelte den Kopf und lächelte. »So ungeduldig, Nicki? Ich dachte, ich bin der Wandler und kann es kaum abwarten.«

Zärtlich erwiderte Nick das Lächeln. »Färbt vermutlich ab.« Außerdem würde er trotz der Versicherung, dass Joshua noch bis über Vierzig Zeit hatte, erst wieder ruhig schlafen können, wenn sie verbunden waren. Er wollte ihn sicher wissen.

»Keine große Party darum herum?«, neckte Joshua mit funkelnden Augen und biss ihm in die Unterlippe. »Du überraschst mich.«

Nick schüttelte den Kopf und lächelte schon wieder. Oder noch immer. »Dafür haben wir die Hochzeit.«

Doch die Vereinigung, die würde nur ihnen beiden gehören. Wenn es nach Nick ging, war das einfach perfekt. Eine private Feier, intim und nur für sie, die sie für die Ewigkeit aneinanderbinden würde. Und eine, um ihr Glück mit der ganzen Welt zu teilen. Na ja, dem Teil der Welt, der ihnen wichtig war.

Erneut küsste Nick seinen Freund. Seinen Gefährten. Die Liebe seines Lebens. Spürte dessen Lippen auf seinen, die starken Arme um sich, seinen Atem, seinen Herzschlag. Spürte seine Liebe, seine Nähe, sein Vertrauen. Spürte tiefe Geborgenheit und wusste, er war daheim.

UND JETZT?

Willst du benachrichtigt werden, sobald der nächste Band erscheint? Dann trage dich auf **kaye-alden.de** in meine Mailingliste ein.

Ich freue mich auf dich! :D

MEIN DANK GILT

- meinen Uferlosen für die konstante Unterstützung und Freundschaft. <3

- Tanja Rast für ein wundervolles Lekto-Korrektorat.

- Regina Mars für Hilfe und Anregungen bezüglich des Plots.

- Maha Devi für den Namen Bonsai Beast.

- meinen traumhaften Leserundenteilnehmerinnen.

- Bianka H., Regina Mars und Tanja Rast für das Brainstorming bezüglich der Gefährten-Verbindung.

- Katrin S., die mich auf die Idee brachte, dass ungebundene Wandler eine (deutlich) kürzere Lebensspanne haben als gebundene.

- jedem einzelnen von euch, die ihr mich auf MeWe und Facebook so angefeuert und unterstützt habe. <3

- dir, weil du den Roman gelesen hast und dir jetzt auch noch die Danksagung anschaust. :D

SEELENGEFAEHRTEN
Die Uferlosen

**Zwei Helden, vom Schicksal zusammengeführt!
Zwei Herzen, eine Bestimmung!**

Das Autorenkollektiv "Die Uferlosen" präsentiert: "Seelengefährten". In jedem Buch wird das Thema neu interpretiert, aber eins haben alle Bände gemeinsam: Sie gehen direkt ins Herz.

Warnhinweis
Die Bände 3 & 4 - Ewige Seelen - können Spuren von **Rattenwandler mit Schnodderschnauze** enthalten: Pierre.

MEERESTRAEUME

Tina Alba

 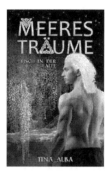 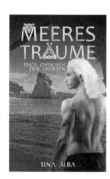

Meeresträume – das ist eine phantastische gay romance-Trilogie um Gestaltwandler, Meermänner und Geheimnisse, die in den Tiefen der Ozeane schlummern.

In Thalessia fühlt Sayain sich sicher, vor allem, seit er die Ruinenstadt mit Fallen gespickt hat. Weit weg von allen Menschen muss er nicht befürchten, dass sein Geheimnis ans Licht kommt: die Gabe, sich in einen gefährlichen Raubfisch verwandeln zu können.

Doch dann greifen Sklavenjäger die umliegenden Dörfer an. Sayain muss eine folgenschwere Entscheidung treffen. Er rettet den Sklaven Alvar aus den Händen der Jäger - und hat plötzlich, was er nie wieder haben wollte: Gesellschaft.

Sayain ist hin-und hergerissen, denn ein Blick in die sturmgrauen Augen des Geretteten genügt, um ein lange vergessenes Feuer in ihm zu entfachen. Doch Sayain kann und will nicht zulassen, dass Alvar sein Herz berührt. Und noch weniger, dass der sanfte Seefahrer ihm sein Geheimnis entlockt.

MANEGE DER WOELFE

Erin Tramore

Der tierliebe Nathan ist entsetzt: Der Wanderzirkus, der in seiner Heimatstadt gastiert, hält Wölfe gefangen. Zu Recherchezwecken besucht Nathan eine Vorstellung und fühlt sich unwiderstehlich zu dem Messerwerfer Marlon hingezogen. Das hindert ihn jedoch nicht daran, mit seiner Tierschutzgruppe einen Wolf aus dem Zirkus zu befreien und im Wald auszusetzen.

Der Wolf ist nicht sonderlich begeistert, denn es handelt sich um keinen anderen als Wandler Marlon in seiner Wolfsgestalt. Er gibt sich Nathan zu erkennen und hat gleich noch eine Neuigkeit für ihn:

Nathan ist ein „schlafender Wandler", dessen wahre Natur von der Begegnung mit seinem Seelengefährten erweckt wurde. Dieser Seelengefährte ist ausgerechnet Marlon, der von dem Konzept des vorbestimmten Schicksals rein gar nichts hält. Seine Freiheit ist ihm wichtiger. Doch ein schlafender Wandler bedeutet große Macht für den Gefährten, der ihn für sich beanspruchen kann, und schon bald hat es ein skrupelloser Alpha-Wandler auf Nathan abgesehen.

Müssen sich Nathan und Marlon gegen ihren Willen miteinander verbinden, um Nathan zu schützen?

Printed in Germany
by Amazon Distribution
GmbH, Leipzig